KB263119

*

박상률 완역 삼국지 7

*

7
완역
三國志
*
삼국지
*
스러지는 별들
나관중 지음
박상률 옮김
백남원 그림
북플레저

조식
자는 자건. 조조의 셋째 아들로, 어릴 적부터 총명하고 문장력이 뛰어나 조조의 총애를 받았다. 아버지 사후 형 조비와 갈등을 겪으며 권력에서 밀려났고, 이후 시와 문장으로 명성을 떨쳤다.

맹달
자는 자경. 우부풍 미현 사람으로, 본래 유비 휘하였다가 장송의 추천으로 유장 진영에 들어갔다. 유비의 익주 진입을 도운 뒤 다시 복귀해 중용되었으며, 이후 제갈량과의 관계가 틀어지자 조조에게 귀순해 위나라 장수가 된다.

여몽
자는 자명. 여남 부파 사람으로, 노숙의 뒤를 이어 육구를 맡았다. 젊은 시절에는 글을 익히지 못했으나, 무공을 세운 뒤 스스로 공부에 힘써 학문을 익혔다. 관우의 배후를 끊고 형주를 회복하는 데 결정적인 역할을 한다.

조비
자는 자환. 조조의 둘째 아들로, 문장에 능해 동생 조식과 함께 시로 유명했다. 조조 사후 뒤를 이어 헌제를 폐하고 위나라의 초대 황제 자리에 오른다.

서황

자는 공명. 하동 양현 사람으로, 큰 도끼를 잘 다뤘다. 성품이 충직하고 무예가 뛰어나 조조의 신뢰를 받았으며, 위나라를 대표하는 장수 가운데 하나로 꼽힌다.

화타

자는 원화. 패국 초군 출신으로, 당대 최고의 명의로 꼽힌다. 주태와 관우의 부상을 치료했으며, 조조의 두통을 치료하려다 의심을 받아 비극을 맞는다.

육손　자는 백언. 오군 오현 사람으로, 손책의 사위다. 형주를 되찾는 데 큰 공을 세웠고, 주유를 이어 대도독이 되어 유비군을 격파하는 전과를 올린다.

관우가 우금을 사로잡고 방덕을 죽이다

본문 참고 : 제75회 화타가 관우를 치료하다

번성 싸움(219년)

관우는 번성을 포위해 우금을 사로잡고 방덕을
죽이며 대승을 거두었다. 이로써 형주에서 관우
의 세력은 절정에 이르렀다. 그러나 조조가 손
권과 손잡아 반격하자 형주 쟁탈전이 벌어져 끝
내 고립되고 만다.

맥성 싸움 (219년)

조조와 손권의 연합 공격을 받은 관우는 퇴각 끝에 맥성에서 최후의 저항을 벌였으나 패배했다. 이로써 형주는 완전히 오나라의 차지가 되었다.

* 이 지도는 이해를 돕기 위해 정사 삼국지를 바탕으로 한 것으로, 소설 속 삼국지와 일부 차이가 있을 수 있습니다.

차례

일러두기

1. 옮길 때 바탕으로 삼은 책은 중국의 강소고적출판사江蘇古籍出版社에서
   1999년에 펴낸《수상삼국연의綉像三國演義》이다.

2. 각 권 및 각 회의 제목은 원문에 없어 옮긴이가 달았다.

3. 본문에 나오는 열두 달의 월은 원문 그대로 따랐다.

4. 황제·왕·임금 따위의 부르거나 가리키는 말은 될 수 있으면 객관적으로 썼다.
   특별히 유비를 선주, 유선을 후주 하는 식으로 따로 대우하지 않았다.

5. 짐朕/고孤·신臣·경卿 등은 나·저·그대 등 우리 시대에 맞는 말투로 바꾸었다.
   굳이 봉건시대에 쓰던 그대로 할 까닭이 없어서였다.

6. 사람 이름은 대화문에서는 자, 호, 벼슬 이름, 고향 이름 등 부르는 사람의
   처지에서 쓰는 대로 했으나, 지문에서는 본디 이름으로 통일하여 썼다.

7. 숫자는 대화문 속에서는 우리말로 소리 나는 그대로 적고, 지문에서는
   아라비아숫자로 적는 것을 기준으로 했다.

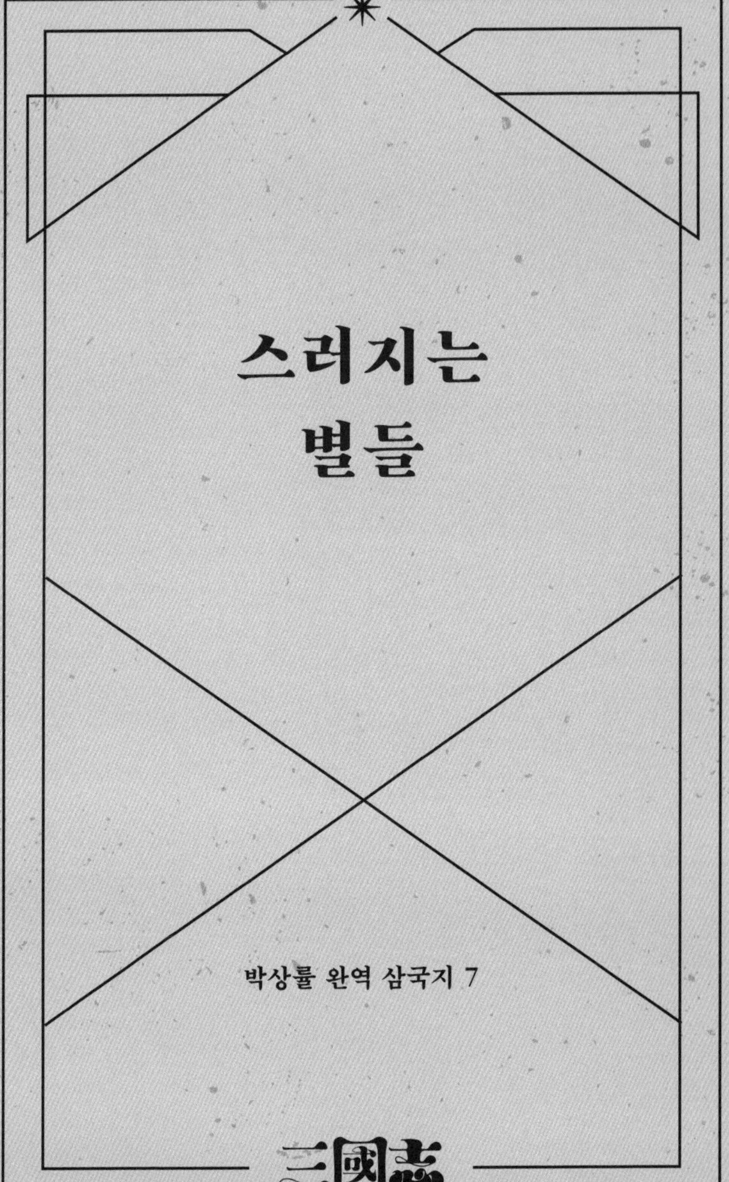

스러지는
별들

박상률 완역 삼국지 7

三國志

한중왕이 된 유비

유비는 한중왕 자리에 오르고
관우는 양양군을 쳐서 빼앗다

조조는 군사를 이끌고 야곡으로 물러갔다.

제갈량은 조조가 한중을 버리고 달아날 줄 미리 알았다. 그래서 마초를 비롯한 여러 장수들에게 군사를 여남은 길로 나누어 이끌고 가서 시도 때도 없이 들이치게 했다. 이 까닭에 조조는 한곳에 오래 머물러 있을 수가 없었다. 게다가 위연의 화살까지 맞고 나니 서둘러 군사를 물리지 않을 수 없었다. 조조군은 이미 날카로움이라곤 찾아볼 수 없게 되었다. 앞부대가 떠나자마자 양쪽에서 불길이 치솟으며 숨어 있던 마초의 군사들이 쫓아오니, 조조의 군사들은 누구 할 것 없이 모두 두려움에 가슴이 꽉 막혔다. 조조는 군사들을 재촉하여 밤낮없이 길을 갔다. 마침내 허도에 이르자 그제야 겨우 마음을 놓았다.

한편 유비는 유봉·맹달·왕평 들더러 상용을 비롯한 여러 고을을 치게 했다. 신탐을 비롯한 여러 사람들은 조조가 이미 한중을 버리고 달아났다는 소식을 듣자 모두 나와 항복했다. 유비는 백성들을 다독거리고 난 뒤 전군에 큰 상을 내렸다. 모두들 기뻐했다.

뭇 장수들은 유비를 황제로 받들어 모시고 싶은 마음을 갖고 있었다. 그러나 유비에게 쉬이 말을 꺼내지 못하고 제갈량을 찾아가 자기들 생각을 털어놓았다.

제갈량이 고개를 끄덕였다.

"나도 이미 생각하고 있었소."

제갈량은 법정을 비롯한 몇 사람과 함께 유비한테 가서 말했다.

"지금 조조가 모든 힘을 혼자 틀어쥐고 앉아 있어 백성들한테는 주인이 없는 거나 마찬가지입니다. 주공의 어짊과 의로움은 천하에 널리 드러났습니다. 게다가 서천과 동천 땅을 이미 어루만지고 계십니다. 이제 하늘의 뜻에 따르고 사람들의 바람을 받아들여 황제 자리에 오르십시오. 그리하여 바른 도리와 옳은 말로 나라의 역적을 치십시오. 일을 늦추어서는 안 됩니다. 부디 좋은 날을 받아 자리에 오르시기를 바랍니다."

유비가 깜짝 놀라며 손사래를 쳤다.

"공명의 말씀은 옳지 않소. 이 사람 유비가 비록 한나라 황실의 친척이기는 하나 신하의 몸이오. 만약에 그런 일을 벌이면 그건 한나라를 배반하는 게 되오."

제갈량이 말했다.

"그렇지 않습니다. 지금 천하는 나뉘고 찢어져 영웅들이 일어나 저마다 한 쪽씩을 차지한 채 다투고 있습니다. 세상의 재주 있고 덕을 갖춘 선비들이 자기 목숨을 돌보지 않고 윗분을 섬기고 있습니다. 이는 바로 밝고 참된 주인을 도와 공을 세움으로써 이름을 널리 떨치고자 그렇습니다. 지금 주공께서 마다하시며 작은 의로움만 내세우시면 모두의 바람을 저버리는 일이 됩니다. 주공께서는 부디 깊이 생각하십시오."

유비가 고집을 꺾지 않았다.

"나더러 분수에 맞지 않게 높은 자리에 오르라 하지만 나는 절대로 그럴 수 없소. 좋은 방법을 다시 찾아 의논해보도록 합시다."

뭇 장수들이 나섰다.

"주공께서 끝내 들어주지 않으시면 여러 사람들의 마음

이 풀어지고 맥이 빠지고 맙니다.”

제갈량이 말했다.

“주공께서는 평생 동안 의로움을 바탕 삼아 사신 까닭에 가장 높은 이름을 마다하십니다. 그렇다면 이제 형주·양양과 서천·동천 땅을 거느리게 되셨으니 일단 한중왕이라도 되도록 하시지요.”

유비가 고개를 저었다.

“그대들이 비록 나를 왕으로 높여준다 해도 천자의 조서가 없으니 이 또한 억지 이름을 내세우는 것밖에 되지 않소.”

제갈량이 말했다.

“지금은 마땅히 지금의 형편에 맞는 방법을 따라야 합니다. 보통 때의 이치만 따져서는 안 됩니다.”

장비가 나서서 소리를 버럭 질렀다.

“성이 다른 사람들도 모두들 임금이 되겠다고 설치고 있소. 그런데 형님은 더더욱 한나라 황실의 친척이기까지 하오. 한중왕이 아니라 바로 황제라 한들 안 될 게 뭐 있겠소!”

유비가 꾸짖었다.

“너는 아무 말 마라!”

제갈량이 다시 권했다.

“주공께서는 사정에 맞춰 먼저 한중왕이 되십시오. 그런 뒤 천자께 글을 올려도 늦지 않습니다.”

유비는 거듭 빼다가 마지못해 그러기로 했다. 때는 건안 24년 가을 7월이었다.

곧바로 왕의 자리에 오르는 행사를 위해 면양에 둘레가 9리인 단을 쌓은 뒤, 다섯 방향으로 나누어 깃발을 세우고 행사에 쓸 물건들을 벌려세웠다. 이어 모든 신하들이 차례대로 자리를 잡아 늘어섰다. 허정과 법정이 유비를 단 위로 모시고 면류관과 옥새를 바쳤다. 마침내 유비는 남쪽을 보고 앉아 문무 벼슬아치들의 절을 받고 축하를 받으며 한중왕이 되었다. 아들 유선은 왕세자가 되었다.

유비는 허정을 태부로 삼고, 법정은 상서령으로 삼았으며, 제갈량은 군사로 삼아 군의 일과 나라의 중요한 일을 모두 맡도록 했다. 이어 관우·장비·조운·마초·황충은 오호대장으로 삼고, 위연은 한중 태수로 삼았다. 그 밖의 다른 사람들도 그동안 세운 공에 따라 알맞은 벼슬자리를 내렸다.

한중왕이 된 유비는 글을 써서 허도로 사람을 보냈다.

저 유비는 마땅한 재주도 없이 겨우 자리나 채우고 있던 신하로서 상장의 자리를 맡아 전군을 감독하며 밖에서 명을 받들고 있었습니다. 그러나 도적들을 쓸어내지 못해 왕실을 바로 세우지 못하여 오랫동안 폐하의 성스러운 가르침을 이루지 못했습니다. 나라 안이 편안하지 않아 걱정스러움에 잠도 제대로 이

유비가 한중왕이 되다.

루지 못하여 머릿골이 깨질 듯 아픕니다.

지난날 동탁이 끔찍한 난을 일으킨 뒤부터 사납기 짝이 없는 무리들이 날뛰기 시작해 나라를 갉아먹고 있습니다. 그러나 폐하의 크나큰 덕을 바탕으로 백성들과 신하들 모두 함께하면서 더러는 충성스러움과 의로움으로 그들을 치고, 더러는 하늘이 벌을 내려 사나운 역적들이 얼음 녹듯 사라졌습니다.

그러나 오로지 조조만은 오랫동안 없애지 못하고 있습니다. 조조는 나라의 힘을 제멋대로 휘두르며 함부로 굴어 세상을 크나큰 어지러움에 빠뜨리고 말았습니다. 제가 지난날 거기장군 동승과 함께 조조를 치려고 준비했으나 일이 새나가 동승은 목숨을 잃고, 저는 어디 한 군데 발 디딜 데 없이 떠도느라 충성과 의로움을 다하지 못했습니다. 그러자 조조는 더욱 끔찍한 역적이 되어 황후를 죽이고, 황자를 약 먹여 죽이고 말았습니다. 제가 뜻을 같이하는 사람을 모아 함께 힘을 합쳐 떨치고 일어나려 애썼으나, 워낙 약해빠지고 힘이 없어 세월 다 가도록 아무런 일도 못 하고 말았습니다. 저는 늘 나라의 은혜도 갚지 못하고 죽으면 어떡하나 걱정되어 자나 깨나 한숨을 내쉬며 날이 저물도록 괴로워하고 있습니다.

지금 저와 함께하는 이들은 모두 옛날 〈우서〉에서 이른 말을 잊지 않고 있습니다. 구족에 걸친 일가붙이의 자리를 바로 하면 여러 밝은 이들이 모두 돕는다는 말 말입니다. 그 말에 따라 제왕들은 이러한 가르침을 서로 전하여 없어지지 않도록 했습니다. 주나라는 하나라와 은나라 두 시대를 돌아본 뒤 희씨를 두루 세웠습니다. 그렇게 했기에 주나라는 나중에 어려움에 빠졌을 때 진나라와 정나라의 도움을 크게 받을 수 있었습니다. 우리 고조께서도 나라가 크게 일어나자 아드님들을 여기저기의 왕으로 삼아 아홉 나라를 여셨습니다. 그 뒤 여씨가 나라를 어지럽게 하자 바로 그 아드님 가운데 한 분이 여씨를 죽여 황실을 편안하게 했습니다.

지금 조조는 곧은 걸 미워하고 바른 걸 싫어하면서, 자신을 떠받드는 무리만 잔뜩 모아 나쁜 마음을 품고 임금 자리를 빼앗을 뜻을 다 드러내고 있습니다. 그런데도 황실은 힘이 약하고, 황족들은 마땅한 벼슬자리 하나 차지하고 있지 않아 어쩌지 못합니다. 이에 모두들 옛날 일들을 살펴본 뒤 임시적인 방법으로나마 저를 대사마 한중왕으로 높이려 합니다.

엎드려 세 번 생각해보니, 나라의 두터운 은혜를 입고 한자리를 맡아 힘을 썼으나 뚜렷이 이룬 게 없이 죄만 넘칩니다. 그런데도 다시 자리를 높인다면 거듭 죄를 짓는 일이고 흉잡힐 짓을 하는 듯해 옳은 일이 아니라고 생각했습니다. 하지만 저와 함께하는 이들은 모두 의로움을 내세워 저를 다그치며 몰아쳤습니다. 그래서 저는 물러나 생각해보았습니다. 역적을 없애지 못하면 나라의 어려움이 그치지 않아 황실이 무너지고 마침내 나라가 기울지 모른다는 생각에 이르렀습니다. 그 생각을 하니 저는 걱정스런 마음에 머리가 깨질 것만 같았습니다. 급한 방법을 써서라도 나라를 편안하게 할 수만 있다면 물속이든 불속이든 가리지 않고 뛰어들어야 한다고 여겨, 여러 사람의 뜻을 받아들여 옥새를 받아 나라의 자리를 높이고자 합니다.

아! 그 이름을 떠올리면 자리는 아득히 높고, 특별히 받은 사랑은 두텁기 짝이 없습니다. 은혜 갚을 일을 생각하니 걱정스럽고 맡은 바 책임이 더욱 무겁게 느껴집니다. 놀랍고 두려운 마음 어쩌지 못하고 마치 골짜기 깊은 낭떠러지에 서 있는 성싶습니다. 힘을 다 쏟아 정성껏 천자의 군사를 기르고, 의로운 사람들을 모아 하늘의 뜻에 따르고, 때를 맞추어 나라를 편안케 하고자 합니다. 삼가 엎드려 이 글을 올립니다.

글이 허도에 도착했다. 조조는 업군에 있다가 유비가 스스로 한중왕이 되었다는 소식을 듣자 화가 머리끝까지 치솟아올랐다.

"돗자리나 짜던 하잘것없던 놈이 어찌 주제넘게 이럴 수 있단 말이냐! 내 기어코 그놈을 없애버리겠노라!"

조조는 곧바로 온 나라의 군사를 죄다 일으키라는 명령을 내렸다. 서천과 동천으로 쳐들어가서 유비와 겨뤄 끝장을 내겠다고 마음먹었다.

그때 한 사람이 나서서 말렸다.

"대왕께서 한때의 화를 누르지 못하시고 직접 군사를 이끌고 멀리 적을 치러 가시면 안 됩니다. 제가 좋은 방법을 하나 가지고 있습니다. 화살 한 대 쏘지 않고도 유비가 촉 땅에서 저절로 화를 입도록 하는 방법입니다. 촉의 군사가 약해져서 힘이 다하기를 기다리십시오. 그러면 장수 하나만 보내서 쳐도 무찌를 수 있습니다."

조조가 보니 사마의였다. 조조가 좋아라 하며 물었다.

"중달이 가지고 있는 좋은 생각이 무엇이오?"

사마의가 대답했다.

"강동의 손권은 누이를 유비한테 시집보냈다가 유비가 없는 틈을 타서 몰래 데려가버렸습니다. 유비는 또 형주를 차지하고서 돌려주지 않아 양쪽은 서로 미워하며 이를 갈고 있습니다. 지금 말 잘하는 사람 하나를 뽑아 편지를 써서 주며 손권한테 가서 형주를 빼앗으라고 부추기도록 하십시오. 그러면 유비는 틀림없이 서천과 동천의 군사를 모두 일으켜 형주를 구하려 할 겁니다. 그때 대왕께서는 군사를 일으키시어 한중과 서천을 치도록 하십시오. 그러면 유비는 머리와 꼬리가 서로 도울 수 없게 되어 반드시 위태로워지게 됩니다."

조조는 크게 기뻐하며 편지 한 통을 써서 만총에게 주고 밤을 도와 강동의 손권한테 가도록 했다.

손권은 조조가 만총을 보냈다는 보고를 받자 의논하기 위해 모사들을 불러모았다.

장소가 나서서 말했다.

"위와 우리 오는 본디 원수 사이가 아니었습니다. 괜히 전에 제갈량의 말에 넘어가는 바람에 두 집안이 여러 해에 걸쳐 쉬지 않고 싸움을 하게 되었습니다. 그래서 백성들이 어려움에 빠져 살기 힘들어졌습니다. 지금 만백령이 온 건 틀림없이 사이좋게 지내자는 뜻입니다. 그러니 예의를 갖추어 맞이하면 좋겠습니다."

손권은 그 말에 따라 여러 모사들에게 만총을 성 안으로 맞아들이게 했다. 서로 만나 인사가 끝나자 손권은 나라의 귀한 손님을 대하는 자세로 그를 대접했다.

만총이 조조의 편지를 올리며 말했다.

"오와 위는 본디 원수진 일이 없는데 유비가 끼어드는 바람에 틈이 생겼습니다. 위왕께서 저를 보내신 까닭은, 장군께서 형주를 치시면 위왕께서는 군사를 한중과 서천으로 이끌고 가셔서 앞뒤에서 몰아치고자 하는 계획 때문입니다. 유비를 무찌른 뒤엔 그 땅을 나누어 가진 뒤 서로 넘겨다보는 일이 없도록 하자고 하셨습니다."

손권은 편지를 읽어본 다음 잔치를 베풀어 만총을 대접

한 뒤 숙소로 가서 편히 쉬도록 했다.

손권이 여러 모사들에게 의견을 묻자 고옹이 나섰다.

"비록 우리를 달래려고 하는 말이기는 하지만 나름대로 이치에 맞습니다. 만총에게 돌아가서 조조한테 앞뒤에서 같이 치자는 약속을 하게 하는 한편, 강 건너로 사람을 보내 운장의 움직임을 살펴보게 한 뒤 일을 꾸미면 좋겠습니다."

제갈근이 말했다.

"제 듣기에 관운장은 형주로 온 뒤 유비가 얻어준 아내와 의 사이에 아들 하나를 낳고 이어서 딸을 낳았는데, 그 딸이 아직 어려서 시집갈 자리를 정하지 않았다 합니다. 제가 가서 주공의 세자와 결혼을 시키자고 해보겠습니다. 만약에 운장이 그러자고 하면 바로 운장과 의논해서 되레 조조를 함께 깨뜨리고, 운장이 마다하면 조조를 도와 형주를 빼앗 으면 좋겠습니다."

손권은 제갈근이 말한 방법을 쓰기로 했다. 먼저 만총을 허도로 돌려보낸 다음 제갈근을 형주로 보냈다.

제갈근은 형주에 이르자 곧장 성으로 들어가 관우를 만났다. 인사가 끝나자 관우가 물었다.

"자유는 이번에 무슨 일로 오셨소?"

제갈근이 대답했다.

"양쪽 집안의 좋은 일을 위해 특별히 왔습니다. 우리 주공

오후께 아드님 한 분이 계신데 아주 똑똑하십니다. 듣자니 장군께서도 따님 한 분을 두셨다길래 서로 결혼을 시키면 어떨까 싶어 왔습니다. 두 집안이 사돈을 맺으시고 힘을 합쳐 조조를 깨뜨린다면 이야말로 참으로 아름다운 일입니다. 군후께서는 한번 생각해보시기 바랍니다."

관우가 발끈 성을 내며 소리쳤다.

"호랑이의 딸을 어찌 개의 새끼한테 시집보낼 수 있단 말이오! 그대 아우의 낯을 생각하지 않았으면 바로 머리를 베어버렸소! 다시는 여러 말 마시오!"

관우는 곧장 곁사람들을 불러 제갈근을 쫓아내고 말았다. 제갈근은 머리를 싸안고 쥐구멍이라도 찾아 숨고 싶은 마음으로 물러났다. 돌아와 손권을 보자 쉬이 숨길 수 없어 사실 그대로 감추지 않고 다 털어놓았다. 그러자 손권이 부르르 떨었다.

"아주 건방지기 짝이 없구나!"

손권은 곧바로 장소를 비롯한 문무 벼슬아치들을 불러모은 뒤, 어떻게 해야 형주를 차지할 수 있겠느냐고 물었다.

보즐이 나서서 말했다.

"조조가 한나라를 집어삼키려고 오랫동안 맘먹고 있으면서도 그러지 못하는 까닭은 바로 유비를 두려워하기 때문입니다. 지금 사람을 보내 우리 오가 군사를 일으켜 촉을 삼

키도록 하는데, 이건 모든 골칫거리를 오에 떠넘기려는 속
셈입니다.”

손권이 말했다.

“나 역시 형주를 빼앗으려고 오랫동안 별렀소.”

보즐이 말했다.

“지금 조인은 군사를 양양과 번성에 모아두고 있습니다.
거기서는 장강을 건너야 하는 위험을 무릅쓸 필요도 없이
바로 뭍길로 해서 형주를 치러 갈 수 있습니다. 그런데 왜
자기네들이 직접 치러 가지 않고 주공더러 군사를 일으키
시라고 하겠습니까? 이걸 보면 그 속내를 알 수 있습니다.
주공께서는 먼저 허도의 조조한테 사람을 보내셔서 조인더
러 뭍길로 먼저 군사를 이끌고 가 형주를 치도록 하십시오.
그러면 틀림없이 운장이 형주의 군사를 이끌고 번성을 치
러 갑니다. 운장이 움직이거든 주공께서는 바로 장수 하나
를 몰래 보내셔서 형주를 치게 하십시오. 그러면 단번에 형
주를 얻으실 수 있습니다.”

손권은 그 말을 좇아 바로 강 건너로 사람을 보내 조조한
테 편지를 전하게 하고 이 일을 자세히 이르도록 했다. 조조
는 무척 좋아라 하며 손권이 보낸 사람을 돌려보냈다. 이어
만총을 참모관으로 삼아 번성으로 보내 조인을 도와 군사
움직이는 일들을 서로 의논하게 했다. 그러는 한편 동오로

격문을 보내 물길로 와서 형주 치는 일을 돕도록 했다.

한편 한중왕 유비는 위연더러 군사를 모두 다스려 동천을 지키게 했다. 이어 곧바로 벼슬아치들을 거느리고 성도로 돌아갔다. 그런 뒤 벼슬아치를 보내 궁궐을 짓게 하고, 아울러 성도에서 백수에 이르기까지 4백 군데 넘는 곳에 오고 가며 머무를 수 있는 숙소와 연락처 따위를 세우게 했다. 또 식량과 말먹이를 많이 쌓아두게 하고 무기도 많이 만들게 하여 중원을 치러 나갈 때 쓸 수 있도록 했다.

염탐꾼이 조조가 동오와 손을 잡고 형주를 치려 한다는 소식을 나는 듯이 촉에 보고했다. 유비가 부리나케 제갈량을 불러 의논했다.

제갈량이 말했다.

"저는 이미 조조가 반드시 이러한 꾀를 쓰리란 걸 알고 있었습니다. 그런데 동오에는 모사들이 아주 많습니다. 그 사람들은 틀림없이 조조더러 조인을 시켜 먼저 군사를 일으키도록 하자고 했을 터입니다."

유비가 물었다.

"그렇다면 이 일을 어찌해야 하오?"

제갈량이 대답했다.

"재빨리 운장에게 사람을 보내서서 먼저 군사를 일으켜

번성을 치도록 하십시오. 그리하면 적군들은 겁을 먹어 마음이 섬뜩해져서 저절로 무너지고 맙니다.”

유비가 크게 기뻐하며 곧바로 전부사마 비시에게 벼슬 임명장을 가지고 형주로 가도록 했다. 관우는 비시가 새 임명장을 가지고 온다는 소식을 듣고 성 밖으로 나가 맞은 뒤 함께 성으로 돌아왔다. 서로 예의를 갖춘 인사를 나눈 뒤 관우가 물었다.

“한중왕께서 나한테 무슨 벼슬을 내리셨소?”

비시가 대답했다.

“오호대장의 우두머리입니다.”

“오호대장이 누구누구요?”

“관장군을 비롯해 장비·조운·마초·황충, 이렇게 다섯 분입니다.”

관우가 발끈 성을 냈다.

“익덕은 내 아우고, 맹기는 대대로 이름만 집안 사람이고, 자룡은 우리 형님을 오래 따라다녔으니 내 아우나 마찬가지라서 나랑 같은 자리를 주어도 괜찮소. 그런데 황충이 무엇이기에 섣불리 나랑 같은 줄에 세운단 말이오? 대장부가 한낱 늙은 졸때기랑 어찌 자리를 같이할 수 있겠소!”

그러면서 관우는 관인을 받으려 하지 않았다.

비시가 웃는 낯으로 말했다.

"장군은 잘못 생각하고 계십니다. 옛날에 소하와 조참은 고조와 함께 큰일을 일으켰기에 가장 가까운 사이였습니다. 그런데 한신은 초나라에서 몸을 피해 온 장수입니다. 그런데도 그 사람을 왕으로 삼아 소하와 조참의 윗자리에 두었습니다. 하지만 소하와 조참이 그걸 원망했다는 말은 못 들었습니다. 지금 한중왕께서는 장군을 비록 오호대장으로 삼으셨으나, 장군과는 형제의 의리를 맺고 계셔서 한몸으로 여기십니다. 장군이 곧 한중왕이시고, 한중왕이 곧 장군이십니다. 어찌 다른 사람과 같을 리가 있겠습니까? 장군은 한중왕의 두터운 은혜를 입으셨으니 마땅히 기쁜 일이든 걱정거리든, 화든 복이든 함께 누리고 나누셔야 합니다. 벼슬자리의 높고 낮음을 따져서는 안 됩니다. 부디 장군은 깊이 생각하십시오."

그 말에 관우가 크게 깨닫고 절을 두 번 했다.

"이 사람이 일의 이치에 밝지 못했소. 그대가 깨우쳐주지 않았으면 자칫 큰일을 그르칠 뻔했소."

관우는 바로 절을 하고 관인을 받았다.

비시는 관우에게 군사를 거느리고 가 번성을 치라고 했다는 왕명을 전했다. 관우는 왕명을 받자 곧바로 부사인과 미방 두 사람을 앞장세워 먼저 군사 한 무리를 이끌고 형주성 밖에 나가 머물러 있게 했다. 이어 성 안에서는 비시를 대접하는 잔치를 베풀었다.

밤이 이슥해질 무렵이었다. 아직 잔치 자리가 끝나지 않았는데 갑작스런 보고가 들어왔다. 성 밖 영채 안에서 불이 났다는 보고였다. 관우는 급히 갑옷을 걸치고 말에 올라 성 밖으로 나가 살펴보았다. 부사인과 미방이 술을 마시다 잘못하여 막사 뒤에서 불이 났다고 했다. 불은 금세 불 대포 재료에까지 옮겨붙어 그러한 것들이 시끌벅적한 소리를 내며 터지는 바람에 영채가 뒤흔들렸다. 마침내 무기며 식량이며 말먹이까지 다 타버렸다. 관우는 군사들을 이끌고 불을 끄기 시작해 한밤중이 지나서야 겨우 불길을 잡았다.

성 안으로 돌아오자 관우는 부사인과 미방을 불러들여 꾸짖었다.

"내가 지금 너희 두 사람을 앞장세운 마당에 미처 싸우러 가기도 전에 무기에다 사람과 말이 먹을 것까지 다 태워버렸다. 게다가 불 대포 재료가 터지는 바람에 본부 군사들까지 많이 죽고 말았다. 이따위로 일을 그르쳐버린 너희 두 놈을 어디다 쓰겠느냐!"

관우는 두 사람의 목을 베라고 호통쳤다.

비시가 나서서 말렸다.

"아직 싸우러 떠나기도 전에 대장의 목부터 베면 군사들한테 좋지 않습니다. 일단 그들의 죄를 용서해주십시오."

관우가 화가 풀리지 않은 얼굴로 두 사람을 꾸짖었다.

"내가 비사마의 낯을 생각하지 않았다면 너희 두 놈의 목을 반드시 베어버렸다!"

관우는 곧장 무사를 불러 매 40대씩을 치도록 했다. 그런 뒤 앞장선 장수에게 주는 관인을 빼앗았다. 그런 다음 벌을 주느라 두 장수는 데려가지 않고, 미방은 남군을 지키게 하고 부사인은 공안을 지키게 했다.

"내가 이기고 돌아올 때까지 만약에 너희들의 잘못이 또 있으면 두 가지 죄를 한꺼번에 묻겠다!"

두 사람은 부끄러움에 얼굴이 벌겋게 달아올라 그저 "예, 예"만 되풀이하며 물러갔다.

관우는 요화를 앞장세우고 관평을 부장으로 삼은 뒤 자신은 중군을 거느리고 마량과 이적을 참모로 하여 앞으로 나아갔다.

이런 일이 있기 전에 호화의 아들인 호반이 형주로 관우를 찾아와 항복했다. 관우는 옛날에 자기를 구해주던 정을 떠올리며 무척 아꼈다. 그래서 비시를 따라 서천으로 가서 한중왕을 뵙고 벼슬을 받으라 일렀다. 비시는 관우와 헤어져 호반을 데리고 서축으로 돌아갔다.

그날 관우는 장수 수(帥) 자가 크게 쓰여 있는 깃발을 세워놓고 제사를 지냈다. 그런 뒤 막사 안에서 잠깐 졸았다.

갑자기 소만 한 몸집에 시커먼 멧돼지 한 마리가 막사 안으로 뛰어 들어오더니 발을 콱 물었다. 관우가 크게 화를 내며 급히 칼을 빼어 들어 베자 비단 찢어지는 소리를 냈다. 그 소리에 깜짝 놀라 깨니 꿈이었다. 그때까지도 왼쪽 발이 쑤시고 아팠다. 관우는 기분이 몹시 언짢아 관평을 불러 꿈 이야기를 했다.

관평이 말했다.

"멧돼지 역시 용의 모습을 닮았습니다. 용이 발에 붙었으니, 이는 높은 자리로 올라간다는 뜻입니다. 조금도 께름칙하게 여기지 마십시오."

관우는 막사에 뭇 벼슬아치들을 모아놓고 꿈 이야기를 또 한 뒤 무슨 꿈인지 말해보라 일렀다. 누구는 좋은 꿈이라 하고 어떤 이는 나쁜 꿈이라 하며 꿈 풀이가 제각각이었다.

관우가 말했다.

"내가 대장부로 태어나 육십 가까이 살았으니 당장 죽는다 해도 뭐가 아쉽겠는가!"

아직 이야기를 나누고 있는데 서촉에서 보낸 사람이 들어와 한중왕 유비의 명령을 전했다. 관우가 절을 하며 명령을 받으니, 관우를 전장군으로 삼아 믿음을 나타내는 기와 권한을 대신할 수 있는 표시의 도끼를 주며 형주와 양양 아홉 군을 도맡아 다스리라는 내용이었다.

못 벼슬아치들이 절을 하며 축하했다.

"멧돼지가 발을 문 꿈은 바로 용꿈이었습니다."

이에 관우는 께름칙했던 걸 모두 털어버리고, 드디어 군사를 일으켜 양양으로 가는 큰길로 나아갔다.

조인은 이때 성 안에 있다가 급한 보고를 받았다. 관우가 군사를 이끌고 쳐들어온다는 소식에 조인은 소스라치게 놀라 굳게 지키면서 나가려 하지 않았다.

부장 적원이 말했다.

"지금 위왕께서는 장군더러 동오와 약속하여 함께 형주를 치라고 하셨습니다. 그런데 저쪽에서는 제 발로 스스로 죽으러 왔습니다. 그런데 어째서 피하려 하시오?"

그러나 참모 만총은 말렸다.

"나는 운장이 씩씩한데다 꾀도 많다고 알고 있습니다. 그러니 가벼이 대하면 안 됩니다. 그저 굳게 지키고 있는 게 가장 좋은 방법입니다."

기운이 펄펄 넘치는 장수인 하후존이 말했다.

"그건 책이나 뒤적이는 사람 생각입니다. 물이 오면 흙으로 막고 장수가 오면 군사를 내보내 맞으라는 말도 있지 않습니까? 우리 군사는 편히 쉬고 있다가 지친 적을 맞는 것이니 반드시 이기게 되어 있습니다."

조인은 그 말을 좇았다. 그래서 만총은 번성을 지키게 하고, 자신은 군사를 거느리고 관우를 맞으러 나갔다.

관우는 조인의 군사가 싸우러 나오자 관평과 요화 두 장수를 불러 이러저러하라고 이른 뒤 내보냈다. 두 장수는 나가서 조인의 군사와 둥글게 진을 쳤다. 요화가 말을 타고 나가 싸움을 걸었다. 적원이 나와 그를 맞았다. 두 장수가 어울려 싸운 지 얼마 되지 않아 요화가 거짓으로 진 척하며 말머리를 돌려 달아났다. 적원이 그 뒤를 쫓자 형주군은 20리 뒤로 물러났다.

다음 날 다시 나가서 싸움을 걸자 하후존과 적원이 함께 나와 맞았다. 형주군이 또 지고 달아나자 20리 남짓을 뒤쫓아갔다. 그때 뜬금없이 뒤쪽에서 외침 소리가 크게 일며 북소리, 나팔 소리가 시끌벅적했다. 조인이 부리나케 앞쪽 군사에게 명령을 내려 재빨리 돌아오게 했지만, 뒤쪽에서 관평과 요화가 군사를 몰고 덮치는 바람에 조인의 군사는 어지러움에 빠져버렸다. 조인은 적의 속임수에 빠진 걸 알고 먼저 군사 한 무리를 이끌고 양양 쪽으로 나는 듯이 달렸다. 성 밖 몇 리 떨어진 곳에 이르자 수놓은 깃발이 바람에 펄럭이는 가운데 관우가 말을 멈춰 세우고 칼을 비껴든 채 앞길을 막고 있었다. 조인은 가슴이 덜컥했다. 그래서 두려움에 덤벼들지 못하고, 양양을 바라고 옆으로 비껴나 있는 길을 찾아 달아났다.

관우는 굳이 그 뒤를 쫓지 않았다. 조금 있자 하후존이 군사를 이끌고 이르렀다. 그는 관우를 보자 크게 화를 내며 덤벼들었다. 그러나 하후존은 단 1합 만에 관우의 칼을 맞고 죽어버렸다. 적원이 달아나자 관평이 그 뒤를 쫓아 한칼에 베어버리고 기운을 몰아 들이쳤다. 조인의 군사는 절반 넘게 양강에 빠져 죽어버렸다. 조인은 번성으로 물러가 지켰다.

관우는 양양을 얻고 나자 군사들에게 상을 주고 백성들을 다독거렸다.

수군사마 왕보가 말했다.

"장군께서 북소리 한 번에 양양을 빼앗아버려 조조군은 지금 겁을 잔뜩 먹고 있을 겁니다. 그렇지만 제 어리석은 생각으로는 지금 동오의 여몽이 육구에 군사를 모아놓고 늘 형주를 삼킬 기회를 엿보고 있어 걱정입니다. 만약에 그들이 군사를 몰고 형주를 치면 어찌하시렵니까?"

관우가 말했다.

"나도 그 생각을 했소. 그대가 이 일을 맡아 알아서 해주시오. 일단 강을 따라 이십 리나 삼십 리마다 있는 높은 언덕에 불을 피울 수 있는 봉화대를 만들어 봉화대마다 군사 오십 명씩을 두어 지키게 하시오. 만약에 동오군이 강을 건너오거든 밤이면 불을 피워 알리고 낮이면 연기를 피워 신호하시오. 그러면 내가 마땅히 직접 가서 치겠소."

왕보가 말했다.

"지금 미방과 부사인이 험한 두 길목을 지키고 있습니다. 그러나 힘을 다하지 않을 겁니다. 그러니 다른 사람 하나를 더 뽑아 형주를 돌보게 하면 좋겠습니다."

관우가 고개를 저었다.

"내 이미 치중 반준을 보내 지키게 했는데 그대는 뭐가 걱정이오?"

"반준은 본디 시새움이 많고 자기 잇속 챙기기만 좋아해 큰일을 맡길 수는 없습니다. 군전도독양료관 조루를 대신 보내 맡도록 하시지요. 조루는 사람됨이 충성스러우면서 깨끗하고 곧습니다. 그 사람을 쓰시기만 하면 만에 하나의 실수도 없을 겁니다."

"나도 반준의 사람됨을 잘 알고 있소. 허나 이미 정해서 보냈으니 굳이 다시 바꿀 필요는 없겠소. 더더구나 조루는 지금 식량과 물자를 맡고 있는데 그것 역시 중요한 일이오. 그대는 너무 걱정 말고 가서 봉화대나 쌓도록 하시오."

왕보는 인사를 하고 물러났지만 무언가가 마음을 무겁게 짓눌렀다.

관우는 양강을 건너가 번성을 치기 위해 관평에게 배를 마련하도록 했다.

한편 조인은 두 장수를 잃고 물러가 번성을 지키고 있으면서 만총에게 말했다.

"공의 말을 듣지 않고 나갔다 싸움에 지고 장수를 잃은데다 양양마저 빼앗겼으니 어찌하면 좋겠소?"

만총이 대답했다.

"운장은 호랑이 같은 장수입니다. 슬기도 많고 꾀도 많은 사람이라 결코 가벼이 대해서는 안 됩니다. 오로지 굳게 지키고 있어야 합니다."

말을 나누고 있는데 관우가 강을 건너 번성을 치러 온다는 보고가 들어왔다. 조인은 깜짝 놀랐다.

그러나 만총은 똑같은 소리를 했다.

"오로지 굳게 지키고 있어야 합니다."

그때 부하 장수 여상이 떨치며 나섰다.

"저한테 군사 몇천 명만 내주십시오. 오고 있는 군사를 양강 안에서 다 막아내겠습니다."

만총이 말렸다.

"안 됩니다."

여상이 화를 내며 소리를 버럭 질렀다.

"그대들 붓대나 쥐고 있는 사람들 말만 듣고 오로지 지키고 앉아만 있으면 어떻게 적을 물리친단 말이오? 군사가 반쯤 강을 건널 때 치라는 말도 듣지 못했소? 지금 운장의 군사가 양강을 반쯤 건넜는데 왜 나가서 치지 않는단 말이오? 만약에 적이 성 아래에 와서 도랑가에 이르면 급히 서둘러도 해보기 어렵게 되오.”

조인은 여상에게 군사 2천 명을 내주며 번성에서 나가 적을 맞으라 했다.

여상이 강어귀로 나가서 보니 저 앞에 수놓은 깃발이 열리면서 관우가 칼을 비껴들고 말을 타고 나왔다. 여상은 바로 나가 싸우려 했으나, 뒤에 있던 군사들이 관우한테서 풍기는 신비로운 기운과 거리낌 없고 씩씩한 모습에 그만 기가 죽어 싸우지도 않고 달아나기에 바빴다. 여상이 달아나지 말라고 호통을 쳤다. 그 사이 관우가 그대로 군사를 몰고 들이쳤다. 조조군은 크게 지고 말았다. 말 탄 군사고 일반 군사고 할 것 없이 절반이 넘게 죽었다. 싸움에 진 군사들은 번성으로 들어갔다. 조인은 급히 사람을 보내 도움을 요청했다.

조인이 보낸 사람이 밤을 도와 장안에 이른 뒤 조조한테 편지를 바치며 말했다.

“운장이 양양을 무너뜨리고 지금 번성을 에워싼 채 치고 있어 매우 급합니다. 바라옵건대 대장을 보내셔서 구해주십시오.”

조조가 장수들이 앉아 있는 쪽을 바라보더니 한 사람을 가리키며 말했다.

"그대가 가서 번성이 에워싸인 데를 풀어주도록 하라."

그 사람이 대답을 하며 앞으로 나오자 모두들 쳐다보았다. 우금이었다.

우금이 말했다.

"앞장세울 만한 장수 하나를 주시면 함께 군사를 이끌고 가겠습니다."

조조가 다시 여러 사람을 돌아보았다.

"누가 두려움을 무릅쓰고 앞장서보겠는가?"

한 사람이 떨치며 일어났다.

"제가 개나 말 정도의 하찮은 힘이나마 보태 관우를 사로잡아다가 바치겠습니다."

조조가 그를 보며 무척 좋아라 했다.

아직 동오는 와서 틈을 살피지도 않았는데
북쪽의 위군이 먼저 군사를 더 보내는구나

과연 그 사람은 누구인지…….

관을 가지고
싸움터로 가는 방덕

방덕은 관을 지고 가 죽기로 싸우고
관우는 강물을 터 칠군을 물에 빠뜨려 죽이다

조조는 우금에게 번성을 구하라고 했다. 그런 뒤 뭇 장수들에게 누가 두려움을 무릅쓰고 앞장서보겠느냐고 물었다. 그랬더니 한 사람이 바로 대답을 하며 나섰다. 조조가 그를 바라보았다. 방덕이었다.

조조가 무척 좋아라 하며 물었다.

"관우가 온 세상에 힘차고 씩씩하기 짝이 없는 이름을 떨치는데 아직 그를 해볼 만한 사람이 나타나지 않았소. 이제 방영명이 가면 참으로 해볼 만하겠소."

조조는 우금을 정남장군으로 삼고 방덕을 정서도선봉으

로 삼은 뒤 크게 칠군을 일으켜 번성으로 가도록 했다. 칠군은 모두 북쪽의 강하고 씩씩한 군사들이었다. 이들은 영군 장교 둘이 거느리고 있었는데, 한 사람은 동형이고 다른 한 사람은 동초였다. 그날 두 사람은 저마다 중간 우두머리들을 데리고 와 우금에게 인사를 했다.

동형이 말했다.

"지금 장군께서 씩씩하기 짝이 없는 칠군을 이끌고 번성의 포위를 풀러 가시니 반드시 이기셔야만 합니다. 그런데 어쩌자고 방덕을 앞장세워서 일을 그르치려 하십니까?"

우금이 놀라며 그 까닭을 묻자 동형이 대답했다.

"방덕은 원래 마초 밑에 있던 부장으로, 어쩔 수 없어 위에 항복했습니다. 지금 그의 옛 주인은 촉에서 오호상장이 되었을 뿐만 아니라, 친형인 방유 역시 서천에서 벼슬을 살고 있습니다. 지금 그 사람을 앞장세우는 일은 기름을 뿌리면서 불을 끄려고 하는 셈입니다. 장군께서는 어찌하여 위왕께 말씀드려 다른 사람으로 바꾸려 하지 않으십니까?"

우금은 그 말을 듣자 그날 밤 곧장 들어가 조조를 만났다. 조조도 그제야 깨닫고 방덕을 불렀다. 방덕이 뜰아래에 이르자 앞장서는 장수가 지니는 관인을 내놓으라 하였다.

방덕이 깜짝 놀라며 말했다.

"제가 이제야 대왕을 위해 힘을 쓸 일이 생겼는데 어찌하여 저를 쓰지 않으려 하십니까?"

조조가 말했다.

"나는 본디 아무런 의심을 하지 않았소. 그런데 지금 마초가 서천에 있고, 그대의 형 방유 역시 서천에 있으면서 모두 유비를 돕고 있소. 나는 아무런 의심을 하지 않는다지만 여러 사람의 입이 바쁘니 이를 어찌하겠소?"

방덕은 그 말을 듣자 관을 벗더니 머리를 땅에 찧어 얼굴 가득 피가 흐르는 채로 말했다.

"저는 한중에서 대왕께 항복한 뒤 늘 두텁게 베푸시는 은혜를 입었습니다. 그래서 간과 뇌를 바닥에 흩뿌린다 해도 그 은혜를 다 갚을 수 없다고 여기며 지내고 있는데 대왕께서는 어찌하여 저를 의심하십니까? 제가 옛날에 고향에서 형이랑 같이 살 때 형수가 몹시 어질지 못해 제가 술 취한 김에 죽여버리고 말았습니다. 그 바람에 형은 저에게 원한이 깊어 서로 다시는 보지 않겠다고 다짐한 터라 형제의 정은 이미 끝났습니다. 또 옛 주인 마초는 비록 씩씩하기는 하나 꾀가 없어 싸움에 지고 땅을 잃은 채 홀몸으로 서천에 들어갔습니다. 그래서 저와는 다른 주인을 섬기게 되었으니 이미 옛적 의리는 끊어졌습니다. 저는 대왕의 넘치는 은혜를 입고 있어 감격스러운데 어찌 번덕스레 딴 뜻을 품을 수 있겠습니까? 대왕께서는 부디 살펴주십시오."

조조는 곧장 방덕을 붙들어 일으킨 뒤 달래었다.

"내 본디 그대의 충성스러움과 의로움을 잘 알고 있으면서도 그렇게 말한 뜻은 여러 사람들의 마음을 눌러놓기 위해 일부러 그랬소. 그대는 부디 애를 써서 공을 세우기 바라오. 그대가 나를 저버리지 않는 한 나도 그대를 절대로 저버리지 않을 테요."

방덕은 조조에게 절을 하고 헤어져 집으로 오자마자 목수에게 시체 넣는 관을 하나 짜게 했다. 다음 날 방덕은 마루에 관을 갖다놓고 술자리를 마련한 뒤 벗들을 불렀다. 모두들 관을 보자 깜짝 놀랐다.

"싸움터에 나가는 장군이 어쩌자고 이런 재수 없는 물건을 만들어놓았는가?"

방덕이 술잔을 들어 권하며 말했다.

"나는 위왕의 두터운 은혜를 입었으니 죽음으로 갚자고 다짐했네. 이번에 번성으로 가면 관우와 싸우게 되네. 내가 그쪽을 죽이지 못하면 그쪽한테 내가 죽게 되네. 또 그쪽이 나를 죽이지 않더라도 만약 싸움에 지면 나는 스스로 죽겠네. 그래서 미리 관을 마련했지. 허탕치고 돌아오지 않으려는 마음에서 그랬네."

그 말에 모두들 놀라며 감탄했다.

방덕은 아내 이씨와 아들 방회를 불러낸 뒤 아내에게 말

방덕이 관을 가지고 관우를 치러 떠나다.

했다.

"내 이제 앞장서 나가니 마땅히 싸움터에서 죽어야 하오. 만약에 내가 죽거든 그대는 이 아이를 잘 길러주오. 우리 아이 생김새가 남다르니 자라면 반드시 이 아비의 원수를 갚아줄 거요."

아내와 아들은 목을 놓아 울며 헤어졌다.

방덕은 관을 가지고 떠나면서 아랫장수들을 모아놓고 일렀다.

"내 이제 가면 관우랑 죽기로 싸울 게다. 만약에 내가 관우한테 죽거든 너희들은 내 주검을 급히 이 관 속에 넣어라. 내가 관우를 죽이거든 그때는 내가 그의 머리를 베어 이 관 속에 넣어가지고 돌아와 위왕께 바치겠다."

5백 명 넘는 장수들이 모두 외쳤다.

"장군께서 이토록 충성스럽고 씩씩하신데 우리가 어찌 힘을 다하여 돕지 않을 수 있겠습니까!"

마침내 방덕은 군사를 거느리고 나아갔다. 어떤 사람이 방덕이 어떻게 하고 나갔는지를 조조한테 알렸다.

조조가 흐뭇해했다.

"방덕이 그토록 충성스럽고 씩씩한데 내 무엇을 걱정하겠는가!"

가후가 말했다.

“하지만 방덕이 끓어오르는 기운에 힘입은 씩씩함만 믿고 관우와 죽기로 싸우려 하는 게 저는 오히려 걱정입니다.”

조조도 그 말을 옳게 여겨 급히 방덕에게 사람을 보내 조심하라는 말을 일렀다.

“관우는 슬기로움과 씩씩함을 아울러 갖춘 사람이니 절대로 가벼이 대하지 말라. 해볼 만하면 해보고, 해볼 만하지 않으면 조심스레 지키도록 하라.”

방덕이 명을 듣고 나더니 장수들을 둘러보았다.

“대왕께서는 어째서 관우를 그토록 대단하게 생각하시는지 모르겠소. 내 이번에 가면 관우가 삼십 년 날린 이름을 꼭 뭉개버리고 말겠소.”

우금이 타일렀다.

“위왕의 말씀을 반드시 따라야 하오.”

방덕은 떨치고 나가 군사를 휘몰았다. 번성에 이르도록 무기를 번쩍이며 힘을 드러내 보이는 가운데 징을 울리고 북을 쳐댔다.

관우는 이때 막사 안에 앉아 있었다. 갑자기 염탐꾼이 들어와 급한 보고를 했다.

“조조가 우금을 대장으로 삼아 날래고 사나운 칠군을 보내왔습니다. 방덕이 앞장섰는데, 관 하나를 맨 앞에 내세우고 장군과 죽기로 싸우겠다고 버르장머리 없는 소리를 씨부렁거리며 지금 성에서 삼십 리 떨어진 곳에 군사를 끌고 와 있습니다.”

관우는 보고를 받자 낯빛이 바뀌었다. 멋들어진 수염이 파르르 떨릴 정도로 화를 벌컥 냈다.

“천하의 영웅들도 내 이름을 듣기만 하면 두려워 모두 고개를 숙이는데, 하찮기 짝이 없는 방덕이란 놈이 겁도 없이 나를 아주 우습게 보는구나! 관평, 너는 번성을 치거라. 내 직접 가서 저 하잘것없는 놈을 베어 한을 풀겠다.”

관평이 말했다.

“아버님은 태산만큼 귀한 몸이십니다. 막 굴러다니는 돌멩이 같은 놈과 높낮이를 다투어서는 안 됩니다. 못난 자식이지만 제가 아버님 대신 가서 방덕과 싸우겠습니다.”

관우가 고개를 끄덕였다.

“그럼 네가 시험 삼아 한번 가보아라. 나는 뒤따라가서 돕겠다.”

관평은 막사에서 나와 칼을 들고 말에 오른 뒤 군사를 이끌고 방덕과 싸우러 갔다. 양쪽은 서로 둥글게 마주 보며 진을 쳤다. 위군 영채에 나부끼는 검은 깃발엔 흰 글씨로 ‘남안방덕’이라는 네 글자가 크게 쓰여 있었다. 방덕은 푸른 웃옷에 은빛 갑옷을 걸치고 단단한 쇠로 만든 칼을 쥔 채 흰 말을 타고 진 앞으로 나와 섰다. 뒤로는 군사 5백 명이 따라

붙었는데 일반 군사 몇은 관을 떠메고 나왔다.

관평이 방덕을 보고 크게 꾸짖었다.

"주인을 배반한 역적놈아!"

방덕이 부하 군사에게 물었다.

"저게 누구냐?"

군사 하나가 관평을 알아보고 대답했다.

"관우의 양아들 관평입니다."

방덕이 외쳤다.

"나는 위왕의 명령을 받들어 네 아비의 목을 베러 왔다. 너는 피딱지도 벗겨지지 않은 애송이라 내 너는 죽이지 않겠다! 빨리 네 아비를 불러오너라!"

관평이 화를 발끈 내고 칼을 휘두르며 방덕을 보고 말을 내달렸다. 방덕이 칼을 비껴든 채 나와 맞았다. 두 사람은 서로 어우러져 30합을 싸웠으나 이기고 짐을 가리지 못했다. 양쪽은 싸움을 멈추고 쉬었다.

이러한 사실은 관우한테 곧바로 보고되었다. 관우는 보고를 받자마자 크게 성을 내며, 요화더러 번성을 치게 하고 자신은 직접 방덕과 싸우기 위해 나왔다. 관평이 나와 맞으며, 방덕과 싸웠으나 이기고 짐을 가리지 못했다고 말했다. 관우가 곧장 칼을 비껴든 채 말을 몰고 나가 쩌렁쩌렁 외쳤다.

"관운장이 여기 왔도다. 방덕은 어찌하여 빨리 나와 목숨을 바치지 않는고!”

북소리가 크게 울리더니 방덕이 말을 타고 나와 소리쳤다.

“내 위왕의 명령을 받들어 특별히 네 머리를 빼앗으러 왔노라! 네가 혹시 믿지 않을까봐 아예 관까지 가지고 왔노라. 죽는 게 두렵거든 빨리 말에서 내려 항복하라!”

관우가 큰소리로 욕설을 퍼부었다.

“하잘것없는 놈이 무얼 할 수 있다고 까불거리느냐! 내 청룡도로 쥐새끼 같은 도적놈을 베어야 하다니, 창피한 일이다!”

관우가 칼을 휘두르며 방덕에게 말을 달렸다. 방덕도 칼을 휘두르며 나와 맞았다. 두 장수는 무려 1백합을 넘게 싸웠으나 조금도 지치지 않고 더 정신이 나는 듯했다. 양쪽 군사들은 모두 넋이 나가 숨을 죽인 채 눈을 떼지 못했다. 이때 위군 쪽에서 자칫 방덕이 잘못될까봐 걱정스러워 급히 징을 울려 군사를 거두었다. 관평 역시 아버지의 나이가 많은 게 걱정되어 급히 징을 쳤다. 마침내 두 장수는 물러갔다.

영채로 돌아간 방덕이 여러 사람을 보고 말했다.

“사람들이 모두들 관공을 영웅이라고 하는 까닭을 오늘에야 알겠구먼.”

그때 우금이 왔다. 서로 인사를 마치고 나자 우금이 말했다.

"내 들으니 장군이 관공과 백합 이상을 겨루었으나 이기지 못했다던데, 그렇다면 군사를 뒤로 물려 일단 피하는 게 좋지 않겠소?"

방덕이 씩씩거리며 말했다.

"위왕께서는 장군을 대장으로 삼으셨소. 그런데 어째서 이토록 약한 말씀을 하시오? 나는 내일 관우와 죽기로 싸우겠소. 절대로 이대로 물러나지 않겠소!"

우금은 더 말리지 못하고 돌아갔다.

영채로 돌아간 관우가 관평에게 말했다.

"방덕의 칼 쓰는 법이 제법 무르익었더구나. 참으로 나랑 해볼 만하더라."

관평이 말했다.

"속담에 '하룻강아지 범 무서운 줄 모른다'고 했습니다. 아버님께서 그 사람을 벤다 해도 그는 서쪽 땅의 보잘것없는 오랑캐일 뿐입니다. 자칫 조금이라도 잘못이 생기면 이는 큰아버님께서 부탁하신 바를 중요하게 여기지 않는 게 됩니다."

관우가 말했다.

"내가 방덕을 죽이지 못하고서 어찌 한을 풀 수 있겠느냐? 나는 이미 마음먹고 있으니 여러 말 마라!"

다음 날 관우는 말을 타고 군사를 몰고 나갔다. 방덕 역시 군사를 끌고 나와 맞았다. 양쪽이 둥그렇게 진을 치자마자 두 장수가 말을 달려나와 말 한마디 나누지 않고 바로 싸우기 시작했다. 싸운 지 50합 남짓이 되었을 때 갑자기 방덕이 말 머리를 돌리더니 칼을 끌며 달아났다. 관우가 그 뒤를 쫓았다. 관평 역시 혹시라도 잘못이 있을까봐 그 뒤를 쫓았다. 관우가 뒤쫓아가며 큰소리로 꾸짖었다.

"방덕, 이 역적놈아! 달아나는 척하다가 칼을 쓸 모양인데, 그런다고 내가 두려워할 줄 아느냐?"

방덕은 원래 칼을 끌며 달아나는 척하다가 줄에 매단 칼을 던지는 타도계를 쓸 생각이었다. 그러나 생각을 바꿔 짐짓 타도계를 쓰는 척하다가 칼을 슬쩍 말안장에 걸고 몰래 활을 잡은 뒤 화살을 쏠 준비를 했다. 관평의 눈이 번쩍 뜨였다. 방덕이 무슨 짓을 하려는지 곧바로 알아챘다.

관평이 소리쳤다.

"이 역적놈아! 비겁하게 화살을 쏜단 말이냐!"

관우가 깜짝 놀라 눈을 부릅뜨고 돌아보는 순간 시위 소리가 울렸다. 미처 피할 새도 없이 화살이 날아와 왼쪽 팔을 맞혔다. 관평이 말을 달려와 아버지를 구해 영채로 돌아갔다. 방덕이 말 머리를 돌리더니 칼을 휘두르며 쫓아왔다. 바로 그때 본부 영채에서 징 소리가 시끄럽게 울렸다. 방덕은 군사들 뒤쪽에 무슨 일이 있나 싶어 급히 말을 돌려 돌아갔다.

우금은 방덕이 관우를 쏘아 맞히자 그가 큰 공을 세워 자신의 처지를 우습게 만들어버리면 어쩌나 하는 생각이 퍼뜩 들었다. 그래서 징을 쳐 군사를 거두었다.

방덕이 말을 타고 돌아와 물었다.

"왜 징을 쳤습니까?"

우금이 대답했다.

"위왕께서 관공은 슬기로움과 씩씩함을 아울러 갖추고 있으니 조심하라고 타이르셨지 않소. 비록 화살에 맞기는 했으나 속임수가 있을지 몰라 징을 쳐 군사를 거두었소."

방덕이 우금을 빤히 쳐다보았다.

"군사를 거두지 않았으면 나는 이미 관우를 베었을 거요."

우금이 애써 덤덤한 표정으로 둘러댔다.

"무어든 급히 서둘러서 좋을 게 없소. 천천히 싸우도록 하시오."

방덕은 우금의 속뜻을 알 수가 없었다. 그저 아쉬움에 씩씩거릴 뿐이었다.

관우는 영채로 돌아오자 화살촉부터 뽑았다. 다행히도 화살촉은 깊이 박히지 않아서 상처 덧나지 않는 약만 발랐다.

관우는 방덕에게 당한 게 분해서 어쩔 줄 몰라 하며 장수들을 둘러보았다.

"내 반드시 이 화살 한 대 값을 돌려주고야 말겠다!"

　　　　　　　　　　　　박상률 완역 삼국지 7

장수들이 달래었다.

"장군께서는 일단 며칠을 편히 쉬셔야 합니다. 그런 다음에 싸워도 늦지 않습니다."

이튿날 방덕이 군사를 이끌고 와서 싸움을 건다는 보고가 들어왔다. 관우는 곧장 뛰쳐나가려고 했으나 뭇 장수들이 말려 주저앉혔다. 방덕은 군사들을 시켜 욕설을 퍼붓게 했다. 관평은 중요한 길목을 틀어쥐고 앉아 있으면서 장수들더러 관우에게 이러한 사실을 알리지 못하도록 했다. 방덕은 열흘에 걸쳐 싸움을 걸어도 아무도 나와 맞지 않자 마침내 우금과 의논했다.

"아무래도 관공이 화살 맞은 데가 좋지 않아 움직일 수 없는 모양이오. 이런 기회를 놓치지 말고 칠군을 모두 일으켜 영채를 들이칩시다. 그러면 에워싸인 번성을 다시 돌려놓을 수 있습니다."

그러나 우금은 방덕이 공을 세울까 싶어 내키지 않았다. 그래서 위왕이 조심하라고 했다는 말만 내세우며 군사를 움직이려 하지 않았다. 방덕은 몇 번이나 군사를 움직이려 했지만 우금은 그때마다 들어주지 않았다. 그러다가 칠군을 옮겨 산어귀를 지나 번성 북쪽으로 10리 떨어진 곳에 산을 등지고 영채를 세웠다. 우금은 직접 군사를 거느리고 큰길을 막았다. 이어 방덕은 골짜기 뒤에 군사를 끌고 가 있게 했다. 방덕이 앞으로 나가 공을 세울 수 없도록 하기 위해서였다.

한편 관평은 관우의 화살 맞은 상처가 아물자 기뻤다. 그때 우금이 칠군을 번성 북쪽으로 끌고 가 영채를 세웠다는 보고가 들어왔다. 그는 적이 무슨 꾀를 쓰는 성싶어 곧바로 관우에게 보고했다. 관우는 말을 타고 장수 몇 사람만 데리고 높다란 언덕 위에 올라가 살펴보았다. 번성 위에 세워진 깃발들이 가지런하지 않고 군사들은 어지러이 몰려다녔다. 성 북쪽 10리 되는 골짜기 안을 보니 군사와 말들이 머물고 있고, 양강의 물살은 무척 빨랐다. 관우는 한참 바라보다가 길을 안내하는 이를 불러 물었다.

"번성 북쪽 십 리 떨어진 데에 있는 저 골짜기 이름이 무엇인고?"

"증구천(罾口川)입니다."

그 말에 관우가 기쁜 낯을 했다.

"우금은 이제 내 손에 꼭 잡히게 되어 있다."

곁에 있던 장수가 물었다.

"장군께서는 그걸 어떻게 아시는지요?"

"우금이 물고기가 되어 그물(罾) 아가리(口)에 들어온 셈인데 어찌 오래 버틸 수 있겠느냐?"

그러나 장수들은 그 말을 믿지 않았다. 관우는 본부 영채로 돌아왔다. 때는 바로 8월 가을이었다. 며칠 내내 비가 퍼부어댔다. 관우는 배와 뗏목을 비롯해 물에서 쓸 물건들을 마련하도록 했다.

관평이 물었다.

"뭍에서 싸우는데 물에서 쓰는 물건들을 왜 준비하라 하십니까?"

관우가 말했다.

"너는 아직 모르는구나. 우금의 칠군을 보니 넓고 반반한 곳에 있지 않고 증구천의 험하고 좁다란 곳에 있다. 지금 가을비가 쉬지 않고 내리니 곧 양강 물이 불어서 넘친다. 내 이미 사람들을 시켜 여기저기 물이 흘러나가는 구멍을 다 막아두었다. 물이 넘칠 때를 기다렸다가 높은 데로 올라가 배를 몰고 가서 한꺼번에 물구멍을 트면 번성과 증구천에 있는 군사들 모두 물에 휩쓸려 물고기나 자라 꼴이 나고 만다."

관평은 놀라며 절을 했다.

한편 위군은 증구천으로 옮기고 나자 큰비가 쉬지 않고 내려 걱정들을 하고 있었다. 그때 독장인 성하가 우금을 찾아왔다.

"대군이 강어귀에 머물고 있는데 바닥이 매우 낮습니다. 흙산이 있기는 하나 영채에서 멀리 떨어져 있습니다. 그런데 가을비는 쉬지 않고 내려 군사들 모두 고생이 이만저만이 아닙니다. 요새 들어온 보고에 따르면 형주군은 죄다 높은 언덕으로 옮겨가 있고, 또 한수 어귀에다가는 배와 뗏목을 준비해두고 있다 합니다. 만약에 강물이 넘치면 우리 군사가 어려움에 빠지고 맙니다. 빨리 방법을 찾아야겠습니다.”

우금이 이맛살을 찌푸리며 꾸짖었다.

“뭘 알지도 못하는 놈이 우리 군사들 마음을 어지럽히는구나! 다시 여러 소리 씨부렁거리는 이가 있으면 목을 베겠노라!”

성하는 창피만 당한 채 물러나와 바로 방덕한테 가서 그대로 얘기했다.

방덕이 고개를 끄덕였다.

“그대 말이 맞소. 우장군이 군사를 옮기려 하지 않으면 내일 나만이라도 군사를 다른 데로 옮겨야겠소.”

두 사람은 계획을 세우고 어찌해야 할지를 결정했다.

그날 밤 비바람이 크게 몰아쳤다. 방덕이 막사에 앉아 있자니 수만 마리 말이 앞을 다투어 내닫는 소리 같기도 하고 북소리가 땅을 울리는 듯한 소리가 들려왔다. 방덕이 깜짝 놀라 부리나케 막사 밖으로 뛰쳐나가 말에 올라 살펴보니 사방팔방에서 큰물이 밀려들고 있었다. 칠군은 저마다 달아나려고 어지러이 날뛰었다. 헤아릴 수도 없이 많은 군사들이 거센 물결에 휩쓸려 떠내려갔다. 반반한 곳의 물 깊이도 한 길이 넘었다. 우금과 방덕을 비롯한 여러 장수들은 작은 산으로 올라가 겨우 물을 피했다.

해 뜰 무렵이 되자 관우와 여러 장수들이 깃발을 흔들고 북을 치며 커다란 배를 타고 몰려왔다. 우금은 둘레를 아무리 둘러보아도 빠져나갈 길이 없고, 곁에 있는 이들도 5, 60명밖에 되지 않아 도무지 달아날 수 없다고 여겨 항복하겠다고 외쳤다. 관우는 갑옷을 벗겨 그를 배에 가두어놓게 한 뒤 바로 방덕을 잡으러 쫓아갔다. 이때 방덕은 동형·동초·성하와 일반 군사 5백 명과 함께 갑옷도 걸치지 못하고 둑 위에 서 있었다. 관우가 쫓아오는 걸 보고도 방덕은 조금도 두려워하지 않고 앞으로 떨치고 나가 싸우려 했다. 관우는 사방을 배로 에워싼 뒤 군사들더러 한꺼번에 화살을 쏘게 했다. 위군은 절반 넘게 화살에 맞아 죽었다.

동형과 동처는 사정이 다급해지자 방덕에게 말했다.

"군사들이 절반 넘게 죽거나 다쳤고, 어디로든 달아날 길이 없으니 항복하는 게 낫겠습니다."

방덕이 화를 벌컥 냈다.

"나는 위왕의 은혜를 두텁게 입은 사람이다. 어찌 다른 사람에게 허리를 굽힐 수 있단 말이냐!"

방덕은 그 자리에서 바로 동형과 동초의 머리를 베어버

린 뒤 목소리를 가다듬어 외쳤다.

"다시 또 항복하자고 씨부렁거리는 이는 이 두 놈과 같이 된다!"

이에 모두들 힘을 다해 적을 막아 싸웠다. 해 뜰 무렵부터 싸우기 시작하여 한낮이 다 되었는데도 그들의 힘은 배로 넘쳤다. 관우는 군사들을 몰아 사방에서 급히 치게 했다. 화살과 돌이 빗발치듯 했다. 방덕은 군사들에게 짧은 무기로 적과 맞붙어 싸우게 한 뒤 성하를 돌아보았다.

"씩씩한 장수는 죽음을 두려워하여 구차스럽게 살고자 아니하며, 뜻과 마음이 굳센 사람은 목숨을 빌기 위해 자신의 뜻을 꺾지 않는다고 들었소. 오늘은 내 죽는 날이오. 그대도 힘을 다해 죽기로 싸우시오."

성하는 명령을 받고 앞으로 나가다 관우가 쏜 화살을 맞고 물속으로 떨어져 죽었다. 마침내 남은 군사들 모두 항복해버리고 방덕 혼자서만 끝까지 싸웠다.

바로 그때였다. 형주군 수십 명이 작은 배를 타고 언덕 가까이 다가왔다. 방덕은 칼을 들고 작은 배로 몸을 날려 뛰어오른 뒤 눈 깜짝할 새에 여남은 명을 베어버렸다. 그러자 나머지 군사들은 배를 버리고 물속으로 뛰어들어 달아났다. 방덕은 한 손엔 칼을 들고 다른 손엔 짧은 노를 잡은 뒤 번성 쪽으로 달아나기 위해 급히 노를 저었다. 그러나 강 위쪽에서 장수 하나가 큰 뗏목을 타고 내려오더니 작은 배를 들이받아 뒤집어버렸다. 방덕이 물속으로 처박히자 장수는 곧바로 물속으로 뛰어들더니 방덕을 사로잡아 위로 올라왔다. 모두들 놀라 그를 바라보았다. 방덕을 사로잡은 이는 주창이었다. 주창은 본디 물 생활이 몸에 밴 사람이었다. 게다가 형주에서 여러 해를 살며 더욱 무르익은데다 힘도 세서 방덕을 사로잡을 수 있었다. 우금이 거느리고 온 칠군은 거의 물에 빠져 죽고, 헤엄을 잘 치는 이들도 달아날 데가 없어 거의 항복했다.

나중에 어떤 사람이 시를 남겼다.

한밤의 북소리 하늘을 울리더니
양양·번성의 반반한 땅 깊은 연못 되고 말았네
관우의 귀신같은 생각, 뉘라서 해볼 수 있으랴
세상 천하에 드날린 그 이름 길이 전하네

관우가 높은 언덕으로 돌아가 자리를 잡고 앉자 무사들이 우금을 끌고 왔다. 우금이 땅에 엎드려 절을 하며 목숨을 살려달라고 빌었다.

관우가 꾸짖었다.

"네 어찌 겁도 없이 나한테 대들었느냐?"

우금이 대답했다.

"위에서 명령을 내리며 가라고 하니까 어쩔 수 없이 왔을 뿐입니다. 부디 군후께서는 가엾이 여기셔서 살려주십시오. 목숨 바쳐 기어코 은혜를 갚겠습니다."

관우가 수염을 쓰다듬으며 껄껄 웃었다.

"내가 너를 죽이는 건 개나 돼지를 죽이는 일과 마찬가지다. 쓸데없이 칼만 더럽히는 꼴이지!"

관우는 우금을 묶어 형주의 감옥으로 데려가 가두어두게 했다.

"내가 돌아가면 알아서 따로 처리하겠다."

우금이 끌려가고 나자, 관우는 뒤이어 방덕을 잡아들이도록 했다. 방덕은 두 눈을 부라리며 버티고 서서 무릎을 꿇지 않았다.

관우가 말했다.

"네 형은 지금 한중에 있고, 네 옛 주인 마초도 촉에서 대장이 되어 있다. 너는 어찌하여 진즉 항복하지 않았느냐?"

방덕이 화를 벌컥 냈다.

"내 차라리 칼을 맞고 죽으면 죽었지 어찌 너한테 항복할 수 있단 말이냐!"

방덕이 그치지 않고 계속 욕설을 퍼붓자 관우가 화를 크게 내며 무사들에게 끌고 나가 목을 베라고 하였다. 방덕이 목을 길게 늘어 칼을 받고 죽으니, 관우는 그를 가엾이 여겨 장사를 잘 지내주라 일렀다.

물이 빠지기 전에 관우는 다시 배에 오른 뒤 여러 장수들을 이끌고 번성을 치러 갔다.

이때 번성 둘레는 흰 거품이 일렁거리는 물결이 하늘에 닿을 듯했다. 물살은 더욱 거세어져 성벽마저 무너지기 시작했다. 성 안의 남녀 모두 나서서 흙과 벽돌 따위를 날라 무너진 곳에 퍼부었지만 메워지지 않았다. 조조군의 장수들은 어찌해야 좋을지를 몰라 갈팡질팡하다가 조인에게 달려갔다.

"오늘 닥친 위기는 사람의 힘으로는 해볼 수 없습니다. 적이 이르기 전에 배를 타고 밤에 빠져나가야 합니다. 그리하면 성은 잃더라도 목숨은 건질 수 있습니다."

조인이 그 말을 좇아 배를 타고 달아나려 하는데 만총이 나서서 말렸다.

"안 됩니다. 산에서 갑작스레 쏟아진 물이 얼마나 오래 가겠습니까? 열흘 못 가 물은 저절로 빠집니다. 관우는 아직 성을 치러 오지 않고, 장수를 따로 겹하로 보내놓고 있습니다. 그러면서 가벼이 앞으로 나가지 못하는 건 우리 군사가 뒤를 칠까봐 걱정스러워 그럽니다. 지금 만약에 번성을 버리고 달아나면 황하 남쪽은 모두 적이 차지하게 됩니다. 부디 장군께서는 이 성을 지키시어 앞날의 탈을 미리 막도록 하십시오."

조인이 가지런히 손을 모으며 고마워했다.

"백녕이 가르쳐주지 않았으면 큰일을 그르칠 뻔했소."

조인은 곧바로 흰말을 타고 성에 올라가 장수들을 모아놓고 다짐했다.

"나는 위왕의 명령을 받들어 이 성을 지키겠소. 성을 버리고 달아나자는 이는 목을 베고 말겠소!"

이에 장수들도 입을 모았다.

"우리도 죽기로 성을 지키겠습니다."

조인은 크게 기뻐하며 성 위에 궁노수 수백 명을 올려보내고 군사들더러 밤낮없이 단단히 지키게 하니 그 누구도 섣불리 게으름을 피울 수 없었다. 늙은이·어린이 가리지 않고 모두들 나서 흙과 돌을 져 날라 허물어진 데를 메웠다. 그러다 보니 열흘이 못 가 물살이 약해지기 시작했다.

관우가 우금을 비롯하여 위나라 장수들을 사로잡고 나자 그 이름은 더욱 세상에 드날려 놀라지 않는 이가 없었다. 바로 그럴 무렵에 둘째 아들 관흥이 아버지를 만나러 왔다. 관우는 여러 장수들이 세운 공을 적은 문서를 그에게 주며 성도의 유비에게 갖다 바쳐 벼슬자리를 높여주도록 했다. 관흥은 아버지와 헤어져 성도로 떠났다.

관우는 군사를 나누어 절반은 겹하로 보내고, 나머지 절반은 자신이 직접 이끌고 가 번성을 사방으로 둘러싼 채 치기 시작했다. 그날 관우는 북문 쪽으로 가 말을 세우고 채찍을 들어 성 위를 가리키며 외쳤다.

"쥐새끼 같은 놈들아, 빨리 항복하지 않고 언제까지 버틸 테냐?"

조인이 나와 있다가 관우를 보았다. 관우가 가슴 보호대에 푸른 웃옷만 입은 걸 보고서 재빠르게 궁노수 5백 명더러 한꺼번에 활을 쏘게 했다. 관우는 급히 말 머리를 돌렸다. 그러나 화살 한 대가 날아와 오른팔에 꽂히고 말았다. 관우는 그대로 몸을 뒤집으며 말에서 떨어졌다.

칠군도 물로 쓸어내 가슴을 서늘하게 했는데
성에서 날아온 화살 한 대에 몸을 다치네

과연 관우의 목숨은 어찌 될는지…….

화타가
관우를 치료하다

관우는 뼈를 깎아내 독을 치료하고
여몽은 흰옷 차림으로 강을 건너다

조인은 관우가 말에서 떨어지자 곧바로 군사를 이끌고 성에서 뛰쳐나왔다. 그러나 관평이 한바탕 무찌르는 바람에 다시 쫓겨 들어가고 말았다.

관평은 관우를 구해 영채로 돌아가 팔에 꽂힌 화살을 뽑아냈다. 그런데 화살촉에 독약이 발라져 있어 독이 벌써 뼈에까지 스며 오른팔이 시퍼렇게 부어오르고 움직일 수도 없었다.

관평은 급히 여러 장수들과 함께 의논했다.

"아버님께서 만약 팔을 못 쓰게 되시면 어떻게 적과 싸우실 수 있겠습니까? 잠시 형주로 돌아가 몸을 돌보시게 해야겠습니다."

모두들 막사로 들어가자 관우가 물었다.

"무슨 일들인가?"

장수들이 대답했다.

"군후께서 오른팔을 다치신 상태로 적을 대하면 몸에 좋지 않은 화가 돋고, 싸울 때도 불편하십니다. 그래서 모두들 일단 군사를 거두어 형주로 돌아가는 게 좋겠다고 입을 모았습니다. 돌아가셔서 우선 몸을 돌보시도록 하십시오."

관우가 화를 냈다.

"이제 번성을 빼앗을 날이 눈앞에 다가왔다. 번성을 빼앗으면 곧장 군사를 몰고 허도로 쳐들어가 조조 역적놈을 쓸어버리고 한나라 황실을 편안하게 하겠다. 그런데 어찌 이까짓 조그마한 상처 하나로 큰일을 그르칠 수 있겠느냐? 너희들이 어쩌자고 군사들의 마음을 흐트려놓을 생각이냐!"

관평을 비롯해 모두들 아무 말도 못 하고 물러날 수밖에 없었다.

여러 장수들은 관우가 군사를 물리려고 하지 않는데다 상처도 쉬이 낫지 않자 사방으로 용하다고 이름난 의사를 찾았다. 그러던 어느 날, 어떤 사람 하나가 강동에서 작은 배를 타고 오더니 영채로 왔다. 낮은 자리 장수 하나가 그 사람을 관평에게 데려갔다. 관평이 그를 바라보았다. 머리에는 모난 두건을 쓰고 헐렁헐렁한 옷차림에 푸른 주머니를 들고 있었다. 그 사람이 먼저 입을 열었다.

"나는 패국 초군 사람으로, 이름은 화타이고 자는 원화입니다. 듣자니 천하 영웅이신 관장군께서 이번에 독화살을 맞으셨다더군요. 그래서 특별히 치료해드리려고 왔소."

관평이 말했다.

"그럼 혹시 예전에 동오의 주태를 치료해주신 분이 아니신지요?"

화타가 고개를 끄덕였다.

"그렇소."

관평은 무척 좋아라 하며 곧바로 여러 장수들과 함께 화타를 데리고 막사 안에 있는 관우한테 갔다. 관우는 그때 팔의 상처가 몹시 아팠지만 군사들 마음이 흐트러질까봐 드러내지 않고 심심풀이 삼아 마량하고 바둑을 두고 있었다. 관우는 의원이 왔다는 말을 듣자 곧장 불러들여 인사를 나눈 뒤 자리를 권했다. 차를 마시고 나자 화타가 관우더러 팔을 보여달라고 했다. 관우가 웃통을 벗어 오른쪽 어깨를 드러낸 뒤 팔을 내밀어 화타에게 상처를 보여주었다.

화타가 상처를 살펴본 뒤 말했다.

"쇠뇌 화살에 다치셨군요. 화살촉에 묻어 있던 바곳 뿌리의 독이 뼛속까지 들어갔습니다. 빨리 치료하지 않으면 자칫 이 팔을 쓰실 수 없게 됩니다.”

관우가 물었다.

“그럼 어떻게 치료해야 하오?”

화타가 말했다.

“제가 치료할 방법을 알고 있습니다. 다만 군후께서 겁내지 않으실지 그게 걱정입니다.”

관우가 빙그레 웃었다.

“나는 죽음도 제자리로 돌아가는 일 정도로 생각하는 사람이오. 그런데 뭘 무서워하겠소?”

화타가 말했다.

“조용한 곳에 기둥을 하나 세우고 큰 고리를 박은 다음, 그 고리 속에 팔을 넣으신 뒤 밧줄로 단단히 동여매야 합니다. 그런 다음 보자기로 얼굴을 가린 뒤 제가 날카로운 칼로 뼈가 드러날 때까지 살을 째고 뼛속에 스민 화살 독을 긁어내야 합니다. 이어 약을 바르고 실로 꿰매야 탈이 없습니다. 아무래도 군후께서 겁내지 않으실지 그게 걱정입니다.”

관우가 또 웃었다.

“쉬운 일이구만! 그깟 일에 기둥이고 고리고 쓸 필요 있겠소?”

이어 술상을 내오라 하여 대접했다.

화타가 관우의 팔을 치료하다.

관우는 술을 몇 잔 연거푸 마신 뒤 마량과 다시 바둑을 두면서 팔을 뻗어 화타더러 치료하게 하였다. 화타가 날카로운 칼을 손에 쥐고는 군사 한 사람에게 큰 대접을 밑에서 받쳐 들고 흐르는 피를 받도록 했다.

화타가 말했다.

"제가 손을 놀리더라도 군후께서는 놀라지 마십시오."

관우가 덤덤하게 말했다.

"그대 마음대로 치료하시오. 내 어찌 세상의 보통 사람들처럼 두려워하고 아파하겠소!"

마침내 화타는 칼을 놀려 관우의 살을 뼈가 드러나도록 쨌다. 뼈를 보니 독이 스며 이미 푸르뎅뎅했다. 화타가 칼로 뼈를 긁어대자 사각거리는 소리가 들릴 정도였다. 곁에서 지켜보는 이들은 모두 낯빛이 바뀐 채 계속 쳐다볼 수가 없어 낯을 가렸다. 관우는 계속 술과 고기를 먹으면서 웃는 가운데 이야기를 나누고 바둑을 두었다. 조금도 아픈 티를 내지 않았다. 조금 뒤 팔에서 흐른 피가 대접을 가득 채웠다. 화타는 독을 다 긁어낸 뒤 약을 바르고 실로 꿰매었다.

관우는 웃으면서 일어나 모여 있는 이들을 둘러보았다.

"이 팔을 전처럼 아무렇지도 않게 움직일 수 있을 뿐만 아니라 별로 아프지도 않소. 선생은 참으로 귀신처럼 병을 잘 고치는 분이오!"

화타가 말했다.

"제가 평생 의원 노릇을 했지만 아직까지 이런 분은 보지 못했습니다. 군후께서는 참으로 하늘의 신 같은 분입니다."

나중에 어떤 이가 시를 읊었다.

병을 다스릴 땐 안과 밖으로 나누지만

세상에 기막힌 치료술을 가진 이 많지 않네

신 같은 기운 내뿜는 관우를 따를 이 없고

성스러울 정도로 솜씨 좋은 의원은 화타라네

관우는 화살 맞은 상처가 다 낫자 잔치를 베풀어 화타에게 고마움을 나타냈다.

화타가 말했다.

"군후께서 화살 맞은 자리가 다 나으시긴 했지만 그래도 조심하셔야 합니다. 화를 내시면 그 기운에 상처가 덧날 수 있습니다. 이대로 백 일이 지나야 전과 같아집니다."

관우는 금 1백 냥을 치료한 대가로 내놓았다. 그러나 화타는 받지 않았다.

"저는 군후께서 의로움이 높으신 분이라는 말을 듣고 일부러 치료해드리러 왔을 뿐입니다. 어찌 대가를 바라겠습니까!"

화타는 끝내 받지 않고 상처에 바를 약 한 봉지를 내놓은 뒤 인사를 하고 떠나갔다.

관우가 우금을 사로잡고 방덕을 베고 나자 그 이름은 더욱 크게 떨쳐 세상 사람들 모두 놀라 마지않았다. 염탐꾼은 이 소식을 재빠르게 허도에 보고했다. 조조는 까무러치게 놀라며 문무 벼슬아치들을 모아놓고 의논했다.

"내 평소에 운장의 슬기로움과 씩씩함이 세상을 뒤덮을 정도인 줄 알긴 했지만, 이제 형주와 양양을 다 차지했으니 이건 호랑이가 날개를 단 셈이오. 우금이 사로잡히고 방덕이 죽어 위군의 날카로움은 이미 꺾이고 말았소. 만약에 군사를 몰고 허도로 곧장 쳐들어오면 어찌해야 하는가? 내 도읍을 옮겨 피해야겠소."

사마의가 말렸다.

"안 됩니다. 우금을 비롯한 군사들은 물에 휩쓸렸지 싸움에 진 게 아닙니다. 그러니 나라의 계획에 아무런 잘못도 끼치지 않습니다. 지금 손권과 유비는 서로 사이가 좋지 않습니다. 그러니 운장이 이겼다고 손권이 좋아할 리 없습니다. 대왕께서는 동오로 사람을 보내시어 좋은 것과 나쁜 걸 따져 말하게 하십시오. 그런 뒤 손권더러 몰래 군사를 일으켜 운장의 뒤를 치도록 하시지요. 일이 이루어지는 날에는 강남 땅을 떼어서 손권에게 준다고 하시면 번성의 위기는 저절로 풀어집니다."

주부 장제가 말했다.

"중달의 말이 옳습니다. 지금 곧장 동오로 사람을 보내십시오. 도읍을 옮기기 위해 많은 사람을 움직일 필요가 없습니다."

조조는 그들의 말을 좇아 도읍을 옮기지 않기로 하였다. 이어 한숨을 내쉬며 여러 장수들을 돌아보았다.

"우금은 나를 따른 지가 삼십 년이나 되었는데, 위기에 빠지자 어찌 방덕만도 못하단 말이오! 이제 편지를 들려 동오로 사람을 보내고, 또 대장 하나를 뽑아 운장의 날카로운 기운을 꺾어야 하오."

말이 채 끝나기도 전에 뜰아래에서 장수 하나가 나섰다.

"제가 가보겠습니다."

조조가 그를 쳐다보았다. 서황이었다. 조조는 크게 기뻐하며 날래고 씩씩한 군사 5만 명을 일으켜 서황을 대장으로 삼고 여건을 부장으로 삼아 날을 잡아 떠나도록 했다. 일단 양릉파로 가서 머물러 있다가 동남쪽의 사정을 살펴 나아가도록 했다.

한편 손권은 조조의 편지를 받은 뒤 기꺼이 그렇게 하기로 했다. 그래서 바로 답장을 써 보낸 뒤 문무 벼슬아치들을 모아놓고 의논했다.

장소가 나섰다.

"요새 들으니 운장이 우금을 사로잡고 방덕을 베어 그 이름이 천하에 떨쳤다 합니다. 그래서 조조는 도읍을 옮겨서라도 그 날카로운 공격을 피하려 했는데, 지금 번성이 위험에 빠져 다급해지자 우리한테 사람을 보내 도와달라고 합니다. 그런데 일이 끝난 뒤 조조가 약속을 뒤집지 않을까 그게 걱정입니다."

손권이 미처 입을 열기 전에 갑작스런 보고가 들어왔다.

"여몽이 작은 배를 타고 육구에서 왔는데, 뵙고 드릴 말씀이 있다 합니다."

손권이 불러들여 물으니 여몽이 대답했다.

"지금 운장이 군사를 이끌고 번성을 에워싸고 있습니다. 그가 멀리 나간 틈을 타서 형주를 덮쳐 빼앗아야 합니다."

손권이 말했다.

"나는 북으로 가서 서주를 먼저 빼앗았으면 하는데 그건 어떻소?"

여몽이 대답했다.

"지금 조조는 멀리 하북에 있습니다. 그러니 미처 동쪽을 돌아볼 겨를이 없고, 서주는 지키는 군사가 많지 않아 일단 가면 이길 수는 있습니다. 그러나 그곳 땅 생김새는 뭍에서 싸우기는 좋으나 물에서 싸우기는 좋지 않습니다. 그러니 얻고 나도 지키기가 어렵습니다. 먼저 형주를 빼앗아 장강을 모두 움켜쥔 뒤 따로 꾀하는 게 좋겠습니다.”

손권이 고개를 끄덕였다.

“나도 본디 형주를 빼앗고 싶었소. 지금까지 그렇게 말한 건 그대의 뜻을 알아보고자 그랬소. 그대는 빨리 준비하시오. 내 마땅히 뒤따라 군사를 일으키겠소.”

여몽이 손권에게 인사를 하고 나와 육구에 돌아오니 곧장 염탐꾼이 들어와 보고했다.

“장강을 따라 이십 리에서 삼십 리마다 높은 언덕 위에 봉화대가 하나씩 생겼습니다.”

또 형주군은 이미 모든 준비를 미리 끝내고 있다는 소식도 들렸다.

여몽은 깜짝 놀랐다.

“그렇다면 급히 꾀하기는 어렵겠구나. 나는 그것도 모르고 오후 앞에서 형주를 빼앗자고 권했는데 이를 어찌해야 좋은가?”

여몽은 아무리 생각해도 좋은 방법이 떠오르지 않았다. 그래서 병을 핑계 삼아 나가지 않고 손권에게 사람을 보내 보고하도록 했다. 손권은 여몽이 병을 얻었다는 소식을 듣자 마음이 편치 않았다. 그때 육손이 나서며 말했다.

"여자명의 병은 꾀병이지 진짜 아파서 그런 게 아닙니다."

손권이 말했다.

"꾀병이라면 백언이 가서 한번 살펴보시오."

육손은 명령을 받자 밤을 도와 육구로 갔다. 영채 안으로 들어가 여몽을 보자 과연 앓는 사람 얼굴이 아니었다.

육손이 말했다.

"오후의 명령을 받들어 내 직접 자명의 병이 어떤지 알아보러 왔소."

여몽이 대답했다.

"하잘것없는 몸이 어쩌다 병을 얻은 걸 가지고 애써 찾아오기까지 하시다니요?"

육손이 말했다.

"오후께서 공에게 중요한 일을 맡기셨는데, 때를 잘 맞추어 움직이지 않고 괜히 속만 태우고 있어서야 되겠소?"

여몽은 육손을 한참 동안 바라보며 아무 말도 하지 않았다.

육손이 다시 입을 열었다.

"장군의 병을 고칠 방법을 알고 있소. 한번 써보시겠소?"

여몽이 곁에 있는 이들을 물리치고 물었다.

"백언께서 좋은 방법을 일러주시기 바라오."

육손이 빙그레 웃었다.

"자명의 병은 형주군이 질서를 제대로 갖추고 있고 강을 따라 봉화대를 마련한 탓에 생겼소. 그런데 이 사람이 방법 하나를 가지고 있소. 강을 따라 지키는 군사들이 봉화를 못 올리게 해 형주군이 손을 쓰지 못하게 해서 항복을 받으면 되지 않소?"

여몽이 놀라며 고마워했다.

"백언의 말씀은 내 가슴을 꼭 꿰뚫어보는 듯하오. 부디 그 좋은 방법을 들려주시오."

"운장은 스스로 영웅이라고 여겨 자신을 해볼 이가 없다고 뻐기고 있소. 그가 꺼림칙하게 여기는 이는 오로지 장군뿐이오. 장군은 이번 기회에 병을 핑계 삼아 자리에서 물러난 뒤 육구를 다른 사람더러 지키라고 넘겨주시오. 그리고 그 사람에게 배알이 없을 정도로 칭찬하는 말로 운장을 띄우게 하시오. 그러면 운장은 뻐기는 마음이 넘쳐 틀림없이 형주군을 죄다 번성으로 가게 할 거요. 그렇게 해서 형주를 제대로 지키지 않으면 군사 한 부대만 끌고 가도 따로 기가 막힌 꾀를 내어 형주를 덮쳐 우리 손안에 넣을 수 있소."

여몽이 무척 좋아라 했다.

"참으로 좋은 방법이오!"

여몽은 병을 핑계 대며 자리에서 물러나겠다는 글을 올렸다. 육손이 돌아가 손권에게 지금까지 꾸민 계획을 자세히 밝혔다. 손권은 곧바로 여몽을 불러 건업에서 몸을 돌보라 이른 뒤 물었다.

"육구를 맡을 사람으로 옛날에 주공근은 노자경을 추천해 자기 뒤를 잇게 했고, 나중에 노자경은 또 그대를 추천해 자기 뒤를 잇게 했소. 그러니 이번엔 그대가 재주 있고 세상 사람이 우러러 믿고 따를 만한 사람을 추천해서 뒤를 잇도록 하는 게 좋겠소."

여몽이 대답했다.

"만약에 세상 사람들 모두 우러러 믿고 따를 정도로 알려진 사람을 쓰면 운장은 마음을 다잡으며 반드시 미리 준비를 할 겁니다. 육손은 뜻과 생각이 깊은 사람이나 아직 이름이 세상에 널리 알려지지 않아 운장도 대수롭지 않게 여길 테지요. 저를 대신해 육손을 보내면 틀림없이 일이 잘 풀릴 것입니다."

손권은 크게 기뻐하며 바로 그날로 육손을 편장군 우도독으로 삼아 여몽을 대신해 육구를 지키도록 했다.

육손이 마다했다.

"저는 아직 어리고 배운 것도 없어서 그토록 중요한 자리를 맡기엔 부족합니다."

손권이 말했다.

"자명이 그대를 추천했으니 절대로 어긋남이 없을 게요.

그대는 너무 빼지 마시오."

마침내 육손은 절을 하고 관인을 받은 뒤 밤새 육구로 갔다. 육손은 말 탄 군사와 일반 군사, 수군 전군을 넘겨받자 바로 편지 한 통을 썼다. 이어 그 편지를 이름난 말과 귀한 비단과 좋은 술 따위 예물과 함께 번성으로 보내 관우에게 바치도록 했다.

관우는 이때 화살에 맞은 상처를 다스리느라 군사를 움직이지 않고 있었는데 갑작스런 보고가 들어왔다.

"강동의 육구를 지키던 장수 여몽의 병이 깊어 손권이 그를 불러들여 몸을 돌보게 하고, 그 대신 육손을 육구 지키는 장수로 삼았답니다. 지금 육손이 보낸 사람이 편지와 예물을 가지고 와서 특별히 뵙고자 합니다."

관우가 들라 한 뒤 그를 가리키며 말했다.

"손중모가 앎과 생각이 짧아 그런 어린애를 장수로 삼았구먼!"

육손이 보낸 사람이 바닥에 엎드려 절을 하며 말했다.

"육장군이 편지와 예물을 보낸 까닭은 첫째, 군후께 축하 인사를 드리기 위함이고, 둘째, 두 집안이 사이좋게 지내자는 뜻이오니 부디 좋은 낯으로 기꺼이 거두어주시기 바랍니다."

관우가 편지를 펼쳐보니 내용이 무척 겸손했다. 편지를

다 읽고 난 관우가 얼굴을 쳐들더니 껄껄 웃었다. 관우는 곁에 있는 이들에게 예물을 받아들이게 한 뒤 육손이 보낸 사람을 돌려보냈다. 그는 돌아가자마자 육손에게 갔다.

"관공이 무척 좋아라 하며 강동에 대해서는 별로 걱정을 하지 않는 눈치였습니다."

육손은 크게 기뻐하며 몰래 사람을 시켜 알아보게 했다. 과연 관우는 형주를 지키는 군사의 반을 번성으로 옮겨놓고, 화살 맞은 자리가 낫기를 기다려 총공격을 하려 하고 있었다.

육손은 밤을 도와 손권에게 사람을 보내 이러한 사실을 보고했다. 손권이 여몽을 불러 의논했다.

"지금 운장이 형주군을 옮겨다가 번성을 치려 한다니, 과연 우리 계획대로 형주를 칠 때가 되었나보오. 그대는 내 아우 손교와 함께 대군을 거느리고 가면 어떻겠소?"

손교는 자가 숙명으로, 손권의 작은아버지인 손정의 둘째 아들이었다.

여몽이 말했다.

"주공께서는 이 사람 여몽을 쓰시려면 저 하나만 쓰시고, 숙명을 쓰시려거든 숙명 하나만 쓰십시오. 예전에 주유와 정보가 좌우도독을 하고 있을 때의 일을 듣지 못하셨습니까? 일은 비록 주유가 다 맡아보았지만, 정보는 동오의 오랜 신하인 자신이 주유 밑이라는 걸 못마땅해했다고 들었습니다. 그래서 서로 사이좋게 지내지 못하다가 나중에 주유의 뛰어난 재주를 보고 나서야 비로소 받아들였지 않습니까? 지금 저의 재주는 주유에 미치지 못합니다. 그런데 숙명은 정보보다도 더 주공과 가까운 사이입니다. 그러니 서로 손발을 잘 맞추어 일을 보리라고 자신할 수 없습니다.”

손권은 크게 깨닫고 마침내 여몽을 대도독으로 삼아 강동의 모든 군사를 다스리게 했다. 이어 손교는 뒤에서 식량과 말먹이를 대도록 했다.

여몽은 절을 하며 고마움을 나타낸 뒤 물러나와 군사 3만 명을 살펴보고 빠른 배를 80척 넘게 준비시켰다. 군사들 가운데에서 물에 익숙한 이들을 뽑아 모두 흰옷을 입혀 상인 차림으로 꾸민 뒤 배 위에서 노를 젓게 하였다. 날래고 씩씩한 군사들은 모두 배 안에 숨어 있도록 했다. 이어 한당·장흠·주연·반장·주태·서성·정봉 등 대장 7명은 서로 뒤를 이어 잇따라 나아가게 했다. 나머지 장수들은 모두 오후를 따라 뒤쪽에서 돕도록 했다.

그러는 한편 조조한테 편지를 보내 곧바로 군사를 몰고 와서 운장의 뒤쪽을 쳐달라고 했다. 육손에게는 이러한 사실을 미리 알렸다. 이어 흰옷 입은 군사들에게 빠른 배를 밤낮없이 몰아 심양강으로 나아가게 했다. 마침내 북쪽 강기슭에 닿았다. 강변에서 봉화대를 지키는 군사들이 다가와 이것저것 따져 묻자 동오 군사들이 둘러댔다.

"우리는 모두 장사꾼인데, 강에서 모진 바람을 만나 여기서 잠깐 피하고 있소."

그런 뒤 곧장 봉화대 지키는 군사들한테 재물을 꺼내다 나누어주었다. 군사들은 그 말을 곧이듣고 강변에 배를 대도록 했다.

그날 밤이 제법 이슥해질 무렵이었다. 배 안에 숨어 있던 날래고 씩씩한 군사들이 뛰쳐나와 봉화대 지키는 군사들을 잡아 묶은 뒤 암호를 외쳤다. 그러자 80척 넘는 배에 있던 날래고 씩씩한 군사들이 모두 쏟아져나와 중요한 자리에 있는 봉화대로 몰려갔다. 그들은 봉화대를 지키던 군사들을 죄다 잡아 배 안에 가두고 하나도 달아나지 못하도록 했다. 그런 뒤 모든 배를 거침없이 몰고 형주를 치러 가는데, 이상하게 여기는 이가 아무도 없었다.

형주 가까이 이르자 여몽은 강변 봉화대에서 잡은 군사들을 좋은 말로 다독이며 저마다 상을 준 뒤 성 안의 군사를 속여 문을 열게 하고 불을 질러 신호로 삼도록 했다. 모두들 명령대로 따르겠다고 해서 여몽은 그들을 길잡이로 내세웠다. 거의 한밤중에 이르렀을 때 성 아래에 이르러 문을 열라고 외쳤다. 문을 지키던 이들은 그들을 보니 형주 군사들이라 바로 성 문을 열어주었다. 여러 군사들이 큰소리를 내지르며 몰려들어가 곧바로 성 문 안에 불을 질러 신호를 보내자, 동오 군사들이 한꺼번에 쳐들어가 형주를 빼앗아버렸다.

여몽이 군사들에게 명령을 내렸다.

"만약에 한 사람이라도 죽이거나, 백성들의 물건을 하나라도 빼앗는 이가 있으면 군법에 따라 다스리겠다."

여몽은 벼슬아치들을 자기가 맡고 있던 자리에 그대로 눌러앉아 있게 했다. 또 관우의 가족들에겐 따로 집을 마련해주고 아무도 함부로 드나들지 못하게 했다. 그런 뒤 손권에게 사람을 보내 보고했다.

비가 많이 오는 어느 날이었다. 여몽은 말을 타고 몇 사람만 거느린 채 성 문 네 곳을 둘러보았다. 흘긋 보니 일반 백성들이 쓰는 삿갓으로 갑옷을 덮어놓은 이가 있었다. 여몽이 곁에 있는 이들에게 그를 잡아오게 하여 물었다. 알고 보니 여몽 자신과 같은 고향 사람이었다.

"너는 비록 나와 한 고향 사람이지만, 내 이미 명령을 내렸는데도 어기고 죄를 지었으니 마땅히 군법에 따라 다스려야겠다."

그 사람이 울며 사정했다.

"저는 관에서 준 갑옷이 비에 젖을까봐 잠깐 갖다 덮었습니다. 결코 저 개인을 위해 함부로 빼앗은 게 아닙니다. 장군께서는 고향 사람의 정을 생각해주십시오!"

여몽은 고개를 저었다.

"나도 네가 관에서 준 갑옷을 덮어놓으려고 한 줄은 안다. 그러나 백성들 물건을 손대지 말라고 한 명령을 어긴 건 사실이다."

여몽은 끝내 그의 목을 베게 하였다. 그런 뒤 목을 높이 매달아 모두들 보게 한 뒤 주검을 거두어 울면서 장사 지내주었다. 이리하여 전군의 질서가 단단히 잡혔다.

하루가 못 되어 손권이 자기 무리를 거느리고 이르렀다. 여몽은 성에서 나가 그를 관아로 맞아들였다. 손권이 모두를 위로한 다음 반준을 치중으로 삼아 형주를 계속 맡도록 했다. 옥에 갇혀 있던 우금은 풀어서 조조한테 돌려보냈다. 또 백성들을 다독거리고, 군사들한테는 상을 내리고 잔치를 열어 축하했다.

손권이 여몽에게 말했다.

"이제 형주는 얻었으나, 공안엔 부사인이 있고 남군엔 미방이 있소. 그 두 곳은 어떻게 해야 되찾을 수 있겠소?"

그 말이 미처 끝나기 전에 한 사람이 앞으로 썩 나섰다.

"화살 한 대 쏠 필요 없이 제가 세 치 혀를 놀려 공안의 부사인을 달래 항복하도록 하면 어떻겠습니까?”

모두들 그를 바라보았다. 우번이었다.

손권이 물었다.

“중상이 어떤 좋은 방법을 가지고 있기에 부사인을 항복 시키겠다는 거요?”

우번이 대답했다.

“저는 부사인과 어릴 때부터 가깝게 지냈습니다. 뭐가 좋고 나쁜지를 들먹이며 달래면 틀림없이 항복할 겁니다.”

손권은 무척 좋아라 하며 우번더러 군사 5백 명을 이끌고 공안으로 가게 했다.

이때 부사인은 형주가 무너졌다는 소식이 들리자 급히 성 문을 닫아걸고 굳게 지키고 있었다. 우번이 와서 보니 성 문이 단단히 닫혀 있어, 편지를 써서 화살에다 매달아 성 안으로 쏘아 날렸다. 군사 하나가 이걸 주워다가 부사인에게 바쳤다. 부사인이 편지를 펼쳐보니 항복하라는 뜻이 적혀 있었다. 다 읽고 나자, 관우가 떠나면서 자신을 다그치던 일이 떠올라 얼른 항복하는 게 낫겠다는 생각이 들었다. 그리하여 곧바로 문을 활짝 열어젖히고 우번을 성 안으로 맞아들였다. 두 사람은 인사를 마치자 저마다 옛정을 떠올렸다. 우번은 오후가 마음이 너그럽고 생각이 깊어 어진 이를 예의를 갖춰 대한다는 말을 했다. 부사인은 무척 좋아라 하며 바로 우번과 함께 관인을 가지고 형주로 가서 항복했다.

손권은 무척 기뻐하며 그를 다시 공안으로 보내 지키도록 하였다.

그러자 여몽이 가만히 말했다.

"아직 운장을 잡지 못했는데 부사인을 공안에 눌러 앉히면 앞으로 틀림없이 탈이 생깁니다. 차라리 남군으로 보내 미방을 데려와 항복시키도록 하는 게 좋겠습니다."

손권이 고개를 끄덕인 뒤 부사인을 불렀다.

"그대가 미방과 사이가 두텁다고 하니, 그대가 미방을 불러와 항복을 시키면 상을 두터이 내리겠소."

부사인은 기꺼이 받아들인 뒤 말 탄 군사 여남은 명을 데리고 미방을 항복시키기 위해 남군으로 갔다.

오늘 공안을 지킬 뜻이 없는 걸 보니
예전에 왕보가 한 말이 옳았구나

과연 이번에 가면 어찌 될는지…….

맥성으로 달아난 관우

서황은 면수에서 큰 싸움을 치르고
관우는 싸움에 져 맥성으로 달아나다

미방은 형주가 무너졌다는 소식을 듣고 어찌해야 할지를
몰라 허둥댔다. 그때 갑자기 공안을 지키던 장수 부사인이
왔다는 보고가 들어왔다. 미방은 그를 급히 성 안으로 맞아
들이고 어찌 된 일인지를 물었다.

부사인이 대답했다.

"내가 충성스런 마음이 없어서가 아니라, 돌아가는 판은
위태로운데 힘은 없어 더는 버틸 수가 없었소. 그래서 나는
지금 동오에 항복했소. 장군도 빨리 항복하는 게 낫겠소."

미방이 말했다.

"우리는 한중왕의 은혜를 두터이 입었는데 어찌 차마 배반한단 말이오!"

부사인이 말했다.

"관우가 갈 때 우리 두 사람을 다그치며 윽박질렀소. 만약에 이기고 돌아오는 날엔 반드시 우리를 가벼이 봐주지 않을 거요. 공은 잘 살피시오."

미방이 말했다.

"우리 형제는 한중왕을 오랫동안 섬겼는데 어찌 하루아침에 배반할 수 있단 말이오?"

미방은 한참을 망설였다. 그때 갑자기 관우가 사람을 보내왔다는 보고가 들어와 그를 맞아들였다.

관우가 보낸 사람이 말했다.

"군사들 먹일 식량이 달리자 관공께서 남군과 공안 두 곳에서 쌀 십만 석을 마련하라고 이르셨습니다. 두 장군께서 밤을 도와 쌀을 직접 가져가셔야 합니다. 만약에 늦으시면 그 자리에서 당장 목을 벤다고 하셨습니다."

미방이 소스라치게 놀라며 부사인을 돌아보았다.

"형주를 이미 동오에 빼앗겼는데 그 많은 식량을 어떻게 마련해서 가져간단 말이오?"

부사인이 소리를 버럭 내질렀다.

"더 따져 볼 것도 없소!"

그러더니 재빠르게 칼을 빼어 들어 관우가 보낸 이를 그 자리에서 베어버렸다.

미방이 놀라 어쩔 줄을 몰라 했다.

"공은 어쩌자고 이 사람을 죽였소?"

부사인이 말했다.

"관우가 이런 명령을 내린 속셈은 바로 우리 두 사람을 죽이자는 거요. 그런 마당에 우리가 손을 묶고 앉아 꼼짝없이 당할 까닭이 있소? 공이 서둘러 동오에 항복하지 않으면 반드시 관우한테 죽고 맙니다."

얘기를 나누고 있는 그때, 난데없이 여몽이 군사를 몰고 성 아래까지 쳐들어왔다는 보고가 들어왔다. 미방은 크게 놀라 부사인과 함께 성을 나가 항복했다. 여몽은 무척 좋아라 하며 그들을 손권에게 데려갔다. 손권은 두 사람에게 상을 두터이 내렸다. 이어 백성들을 다독거린 다음 전군을 배불리 먹였다.

이때 조조는 허도에 있었다. 모사들을 모아놓고 형주의 일을 의논하고 있는데 뜻밖에 동오에서 편지가 왔다는 보고가 들어왔다. 조조가 편지 가져온 이를 들라 하여 편지를 받아 읽어보았다. 동오에서 형주를 덮칠 테니 조조군은 뒤에서 관우를 쳐달라는 내용이었다. 이어 이러한 계획이 새어나가면 관우가 미리 알고 준비를 할 테니 조심해달라고 했다. 조조가 여러 모사들을 둘러보자 주부 동소가 나서서 말했다.

"지금 번성은 관우에게 꽁꽁 에워싸여 목이 빠져라 하고 구해주기를 기다리고 있습니다. 먼저 번성 안으로 편지를 화살로 쏘아 날려 군사들 마음을 가라앉혀야 합니다. 그리고 관우한테는 동오가 형주를 덮치려 한다는 걸 알리면 좋겠습니다. 그러면 형주를 잃을까봐 반드시 군사를 서둘러 물릴 겁니다. 이때 서황더러 기운을 몰아 그 뒤를 치게 하면 완전한 성공을 거둘 수 있습니다."

조조는 그 계획을 좇아 서황에게 사람을 보내 서둘러 싸우라고 재촉했다. 그리고 자신은 직접 대군을 이끌고 조인을 구하러 낙양의 남쪽 양릉파로 가기로 했다.

서황이 막사 안에 있는데 위왕이 보낸 사람이 도착했다는 보고가 들어왔다. 서황이 그를 맞아들여 물으니 그가 대답했다.

"지금 위왕께서는 군사를 거느리시고 이미 낙양을 지나셨습니다. 장군더러 서둘러 관우와 싸워 번성의 어려움을 풀라는 명령을 내리셨습니다."

이야기를 나누고 있는데 염탐꾼이 들어와 보고했다.

"관평의 군사는 언성에 있고 요화의 군사는 사총에 있는데, 앞뒤로 영채를 열두 곳에 세워놓고 서로 끊임없이 연락하고 있습니다.”

서황은 곧바로 부장 서상과 여건에게 거짓으로 ‘서황’이라고 쓴 깃발을 앞세우고 언성으로 가서 관평과 싸우도록 했다. 그런 뒤 서황은 언성 뒤쪽을 치기 위해 날래고 씩씩한 군사 5백 명을 이끌고 면수로 돌아 나갔다.

관평은 서황이 직접 군사를 이끌고 왔다는 보고를 받자 본부 군사를 이끌고 적을 맞으러 나갔다. 양쪽이 둥글게 진을 치고 나자 관평이 말을 타고 나가 서상과 싸웠다. 3합 만에 서상이 크게 지고 달아나자 여건이 나와 싸웠다. 여건 역시 5, 6합 만에 지고 달아났다. 관평은 이긴 기운을 몰아 20리 넘게 쫓아가며 무찔렀다. 그때 갑자기 성 안에서 불길이 치솟는다고 했다. 관평은 속임수에 빠진 걸 알고 급히 군사를 돌려 언성을 구하러 달려갔다. 그러나 군사 한 무리가 나타나 앞을 가로막았다. 서황이 문기 아래 말을 세우고 큰소리로 외쳤다.

“조카 관평아, 너는 곧 죽게 되는 줄도 모르느냐! 형주는 이미 동오가 빼앗아버렸는데 어쩌자고 여기서 날뛰느냐!”

관평은 버럭 화를 내고는 칼을 휘두르며 말을 달려 서황에게 덤벼들었다. 3, 4합도 채 못 되었을 때 전군이 내지르는 소리가 울리며 언성 안에서 불길이 크게 치솟았다. 관평은 싸울 마음을 내지 못하고 큰길을 뚫고 나가 사총의 영채로 내달렸다.

요화가 어두운 표정으로 맞았다.

"형주를 이미 여몽이 빼앗았다는 소문이 돌면서 군사들 마음이 뒤숭숭합니다. 어찌해야 좋겠소?"

관평이 말했다.

"그건 틀림없이 누군가가 거짓으로 퍼뜨린 말일 거요. 그런 말을 또 하는 군사가 있으면 베어버리시오."

그때 또 급한 보고가 들어왔다. 서황이 북쪽 첫 번째 영채를 들이치러 왔다고 했다.

관평이 말했다.

"첫 번째 영채를 잃고 나서 어찌 다른 영채를 지킬 수 있겠소? 여기 영채는 모두 면수를 끼고 있어 적군이 쉬이 쳐들어올 수 없소. 그러니 장군은 나랑 같이 첫 번째 영채를 구하러 갑시다."

요화는 부하 장수를 불러 말했다.

"너희들은 영채를 굳게 지키고 있다가 적이 오면 곧장 불을 피워 알려라."

부하 장수가 대답했다.

"사총의 영채는 사슴뿔 모양의 울타리가 열 겹으로 둘러쳐 있어 나는 새라도 들어올 수 없습니다. 적을 걱정할 게 뭐 있겠습니까!”

관평과 요화는 마침내 사총 영채의 날래고 씩씩한 군사 모두를 끌고 첫 번째 영채로 달려갔다. 관평은 위군이 나지막한 산 위에 있는 걸 보고 요화에게 말했다.

“서황의 군사들이 자리 잡고 있는 곳은 별로 좋은 위치가 아니오. 오늘 밤 군사를 끌고 가서 영채를 덮칩시다.”

요화가 말했다.

“장군은 군사를 절반만 데리고 가시오. 나는 이 영채를 지키겠소.”

밤이 되자 관평은 군사 한 무리를 이끌고 위군의 영채를 덮쳤으나, 영채는 텅 빈 채 사람 하나 볼 수 없었다. 관평은 속은 걸 알고 부리나케 군사를 물렸다. 그러자 왼쪽에서는 서상이, 오른쪽에서는 여건이 뛰쳐나와 양쪽에서 들이쳤다. 관평이 크게 지고 영채로 달아나는데 위군이 이긴 기운을 몰고 뒤쫓아와 사방을 둘러싸고 말았다. 관평과 요화는 견딜 수가 없어 첫 번째 영채를 버리고 곧장 사총 영채로 달렸다. 멀리 영채 안에서 불길이 일었다. 허둥지둥 달려 영채 앞에 이르러서 보니 위군의 깃발만 나부꼈다. 관평과 요화는 다시 군사를 물려 번성 가는 큰길로 달아나기 시작했다. 그때 군사 한 무리가 나타나 앞을 가로막았다. 앞장선 대장을 보니 서황이었다. 관평과 요화 두 사람은 죽을힘을 다해 싸워 길을 뚫고 본부 영채로 달아나 관우에게 보고했다.

"서황이 언성을 비롯해 여러 곳을 빼앗았습니다. 게다가 조조는 직접 대군을 이끌고 세 길로 나누어 번성을 구하러 오고 있습니다. 또 형주는 이미 여몽에게 빼앗겼다는 소문입니다."

관우가 소리를 내질렀다.

"그건 적들이 우리 군사들 마음을 어지럽히려고 퍼뜨린 거짓말이다! 동오의 여몽은 병이 깊이 들어 육손이라는 어린애가 그 자리를 대신 맡고 있는데 무얼 걱정하느냐!"

그 말이 채 끝나기도 전에 서황이 군사를 끌고 왔다는 보고가 들어왔다. 관우가 급히 말을 준비하라 이르자 관평이 말렸다.

"아버님께서는 아직 몸이 다 낫지 않으셔서 나가 싸우시면 안 됩니다."

관우가 손을 내저었다.

"서황과 나는 오랫동안 알고 지내서 그 재주를 잘 안다. 만약에 그쪽이 물러가지 않으면 내 먼저 그 사람을 베어 위군 장수들을 놀라게 해주겠다."

관우는 갑옷과 투구 차림에 칼을 들고 말에 올라 떨치고 나아갔다. 위군들은 그 모습을 보자 모두 놀라 벌벌 떨었다.

관우가 말을 세우고 앞에 보이는 군사들에게 물었다.

“서공명은 어디 있느냐?”

바로 그때 위군 영채 문의 깃발이 열리며 서황이 말을 타고 나와 몸을 굽혀 인사를 했다.

“군후와 헤어진 지 여러 해가 지났소. 그새 머리와 수염이 그토록 허옇게 셌을 줄은 몰랐소. 젊어서 서로 어울려 지낼 때 받은 많은 가르침을 생각하면 무척 고마워 잊을 수 없습니다. 지금 군후의 뛰어난 모습이 천하를 뒤흔들고 있다는 소리를 듣고 나는 놀라움과 부러움을 감출 수 없었습니다. 다행히 이렇게라도 만났으니 적잖이 마음이 풀립니다.”

관우가 말했다.

“나와 서공명은 누구보다도 두터운 사이였네. 그런데 어찌하여 내 아들을 여러 차례 못살게 몰아쳤는가?”

서황은 아무런 대꾸를 하지 않고 여러 장수들을 돌아보더니 목소리를 가다듬어 크게 외쳤다.

“지금부터 운장의 머리를 베어 오는 이에겐 상으로 천 금을 내리겠다!”

관우는 깜짝 놀랐다.

“서공명은 어떻게 그런 말을 하는가?”

서황이 딱 부러지게 매듭지었다.

“오늘 일은 나라의 일이니 사사로운 정에 매여서 공적인 일을 그르칠 수 없소.”

서황은 말을 마치자마자 커다란 도끼를 휘두르며 곧바로 관우한테 덤벼들었다. 성이 몹시 난 관우 역시 칼을 휘두르며 서황을 맞아 80합 넘게 싸웠다. 그러나 관우의 무예가 아무리 뛰어나다 해도 오른팔이 시원치 않으니 아무래도 힘이 달렸다. 관평은 관우가 혹시라도 잘못될까봐 급히 징을 쳤다. 관우는 말 머리를 돌려 영채로 돌아갔다. 바로 그 때 사방에서 외침 소리가 크게 일었다. 번성의 조인이 조조가 군사를 이끌고 도우러 왔다는 소식을 듣고 성에서 군사를 몰고 나와 서황과 함께 양쪽에서 치기 시작했다. 형주군은 걷잡을 수 없는 어지러움에 빠져버렸다. 관우는 말에 올라 장수들을 이끌고 급히 양강 위쪽으로 달아났다. 등 뒤에서는 위군이 줄기차게 쫓아왔다.

허겁지겁 강을 건너 양양을 바라고 달아나는데 갑작스런 보고가 날아왔다.

"형주는 이미 여몽에게 빼앗겼습니다. 장군의 가족들도 다 붙잡혀 있습니다."

관우는 소스라치게 놀라 섣불리 양양으로 가지 못하고, 군사를 이끌고 공안 쪽으로 갔다.

염탐꾼이 달려와 보고했다.

"공안의 부사인이 동오에 항복했습니다."

관우가 분이 나서 어쩔 줄 몰라 하는데, 식량을 재촉하러

서황과 관우가 싸우다.

갔던 이가 돌아와 보고했다.

"공안의 부사인이 남군으로 가서 식량을 보내라는 명령을 전하러 갔던 사람을 죽이고 미방을 부추겨 동오에 함께 항복해버렸습니다."

관우는 그 말을 듣자 화가 치밀 대로 치밀어올라 상처가 터지면서 쓰러져버렸다. 곧바로 여러 장수들이 달려들어 보살펴서 겨우 깨어나게 했다. 겨우 정신을 차린 관우가 사마 왕보를 바라보았다.

"그대의 말을 듣지 않았다가 오늘 이렇게 가슴 칠 일이 생기고 말았구려!"

관우는 다시 고개를 돌려 소식을 가져온 이를 바라보았다.

"강 위아래로 이어진 봉화대에서는 어째서 불을 올리지 않았다더냐?"

"여몽이 군사들에게 흰옷을 입혀 장사꾼 차림으로 꾸며 강을 건넌 뒤, 배 안에다 숨겨두었던 날래고 씩씩한 군사들을 시켜 봉화대를 지키는 군사들을 사로잡아버리도록 해서 불을 피워 올릴 수가 없었답니다."

관우가 발을 구르며 땅이 꺼지게 한숨을 내쉬었다.

"내가 간사스런 역적놈들의 꾀에 속고 말았구나! 이제 무슨 낯으로 우리 형님을 뵙는단 말이냐!"

식량을 맡아보는 관량도독 조루가 말했다.

“지금 일이 급하게 되었습니다. 일단 성도로 도움을 부탁하는 사람을 보내는 한편, 군사를 이끌고 뭍으로 해서 형주를 빼앗으러 가는 게 좋겠습니다.”

관우는 그 말을 좇아 마량과 이적에게 편지 세 통을 써주면서 밤을 도와 성도로 가서 도움을 부탁하게 하였다. 그런 뒤 관우는 형주를 빼앗기 위해 직접 앞장서 군사를 이끌고 나가면서 요화와 관평은 뒤를 끊게 하였다.

한편 번성이 에워싸였던 게 풀리자 조인은 장수들을 이끌고 나와 조조 앞에 엎드려 울며 죄를 물어달라고 했다.

조조가 말했다.

“이번엔 하늘 탓이다. 너희들 잘못이 아니다.”

조조는 오히려 모든 군사들에게 상을 두터이 내린 뒤 직접 사총 영채를 둘러보았다.

조조가 장수들을 돌아보며 말했다.

“형주군이 사슴뿔 모양 울타리를 여러 겹 둘러치고 있었는데도 서공명은 그걸 뚫고 깊숙이 들어가 공을 세웠구먼. 내가 삼십 년 동안 싸움터를 누볐지만 군사를 몰아 이처럼 깊숙이 쳐들어가보지 못했소. 서공명은 참으로 배짱도 좋고 돌아가는 판을 살피는 능력도 뛰어나구먼.”

곁에 있는 장수들 모두 놀라움을 감추지 못했다.

조조는 군사를 마피로 이끌고 가서 머물렀다. 서황의 군사가 이르자 조조는 직접 영채 밖으로 나가 맞았다. 서황의 군사를 보니 질서가 딱 잡힌 채 조금도 흐트러짐 없이 들어오고 있었다. 조조는 무척 기분이 좋았다.

"서장군은 참으로 그 옛날 주아부 같은 장수요!"

조조는 서황을 평남장군으로 삼은 뒤 하후상과 함께 양양을 지키면서 관우를 막아내도록 했다. 그런 뒤 자신은 형주가 아직 끝장나지 않은 까닭에 그대로 마피에 머물면서 소식을 기다리기로 했다.

형주로 가던 관우는 앞으로 나아가지도 못하고 뒤로 물러설 수도 없는 처지에 빠지고 말았다.

관우가 조루를 답답한 얼굴로 쳐다보았다.

"지금 앞에는 동오군이 있고 뒤에는 위군이 있소. 우리는 지금 가운데에 갇혀 있으니, 구해주러 오는 군사가 없으면 어찌해야 하오?"

조루가 대답했다.

"예전에 여몽이 육구에 있을 때 군후께 편지를 올려 두 집안이 함께 힘을 모아 조조 역적을 치자고 했습니다. 그런데 지금 도리어 조조를 도와 우리를 치고 있습니다. 이건 약속을 저버린 짓입니다. 군후께서는 여기다 군사를 잠시 앉혀놓으시고 여몽한테 편지를 보내시어 약속 어긴 일을 따지도록 하십시오. 그래서 여몽이 어떻게 대답하며 나오는지 그것부터 지켜보지요."

관우는 그 말을 좇아 편지를 쓴 뒤 형주로 사람을 보냈다.

한편 형주에 있는 여몽은 관우를 따라 싸움에 나선 각 고을 군사들의 집에 동오 군사들이 함부로 드나들지 못하게 하는 명령을 내렸다. 이어 달마다 식량을 나누어주고, 환자가 있는 집은 치료를 받게 해주었다. 그러자 싸움에 나간 군사가 있는 집 가족들은 그 은혜에 고마워하며 조금도 들썩거리지 않았다.

관우가 사람을 보내왔다는 보고가 갑자기 들어왔다. 여몽은 성 밖으로 나가 맞은 뒤 성 안으로 함께 들어와 귀한 손님으로 대접했다. 관우가 보낸 사람이 편지를 내놓았다. 여몽이 편지를 다 읽고 나서 말했다.

"내가 전에 관장군과 사이좋게 지내자고 한 건 내 개인적인 생각으로 그랬소. 오늘 일은 위의 명령을 받들어 그러는 것이니 내 마음대로 할 수가 없소. 돌아가시거든 관장군께 잘 말씀드려주시오."

여몽은 잔치를 베풀어 관우가 보낸 사람을 잘 대접한 뒤 숙소에 가서 편히 쉬도록 했다. 싸움에 나간 군사들이 있는 집 가족들이 찾아와 안부를 묻거나 편지를 맡겼다. 또 말을 전해달라는 이들도 있었다. 그들이 하는 말은 모두 집안에 두루 아무 일이 없고 입고 먹는 일도 어렵지 않다고 했다.

관우가 보낸 사람이 돌아가기 위해 여몽을 찾아가자 여몽은 직접 성 밖까지 나와 배웅했다. 그는 돌아가서 관우에게 여몽의 말을 그대로 옮겼다. 이어 형주성 안에 있는 관우의 가족과 여러 장수들의 가족 모두 별 탈 없고 필요한 것도 떨어지지 않게 대주고 있더라고 보고 들은 대로 얘기했다. 관우는 그 말을 듣자 화를 벌컥 내며 소리쳤다.

"그건 간사스런 역적놈의 속임수다! 내가 살아서 이 역적놈을 죽이지 못하면 죽어서라도 기어코 죽여 내 한을 풀고 말겠다."

관우는 심부름 갔다 온 이를 꾸짖어 물리쳤다. 그가 밖으로 나오자 장수들이 몰려와 저마다 자기 집안 소식을 물었다. 그는 집집마다 두루 편안하며 여몽이 잘 돌봐주더라고 했다. 이어서 가지고 온 편지들을 장수들에게 나누어주었다. 이에 장수들은 기뻐하며 싸울 마음이 사라져버렸다.

관우는 군사를 이끌고 형주를 치러 갔다. 가는 길에 보니 형주로 도망치는 장수와 군사들이 많았다. 관우는 더욱 화가 치밀고 원한이 사무쳐 군사를 다그치며 앞으로 나아갔다. 갑자기 외침 소리가 크게 울리며 군사 한 무리가 뛰쳐나와 길을 막았다. 앞장선 대장은 장흠이었다.

장흠이 말을 멈춰 세우고 창을 뻗쳐들며 큰소리로 외쳤다.

"운장은 어찌하여 빨리 항복하지 않는가!"

관우가 꾸짖었다.

"나는 한나라 장수다. 어찌 역적놈들한테 항복하겠느냐!"

관우가 칼을 휘두르며 말을 달려나가 장흠과 싸웠다. 3합도 못 싸웠는데 장흠이 지고 달아났다. 관우는 칼을 들고 그대로 20리 넘게 쫓아갔다. 난데없이 외침 소리가 들리더니 왼쪽 산골짜기에서 한당이 군사를 몰고 나와 덮쳤다. 또 오른쪽 산골짜기에서는 주태가 군사를 몰고 나오고, 장흠도 말 머리를 돌려 다시 싸우기 시작했다. 세 갈래로 덮쳐드니 관우는 어찌할 수가 없어 급히 군사를 거두어 달아나기 시작했다. 몇 리 가지 않았을 때, 남쪽 산언덕 위에 사람들이 모여 웅성거리는데 '형주 토박이'라고 쓰여 있는 하얀 깃발이 펄럭이고 있었다.

모여 있던 사람들이 외쳤다.

"형주 사람들은 빨리 항복하라!"

관우는 크게 화를 내며 언덕 위로 치고 올라갔다. 그러나 양쪽 산에서 또 외침 소리가 들리며 군사들이 몰려나왔다. 왼쪽은 정봉이, 오른쪽은 서성이 이끄는 군사들이었다. 그들은 장흠과 더불어 세 갈래로 관우를 조여왔다. 외침 소리에 땅이 흔들리는 듯하고 북소리, 나팔 소리에 하늘이 울리는 듯했다. 관우는 사방으로 둘러싸이고 말았다. 군사들은 점점 줄어들었다.

날이 저물 때까지 싸움은 계속되었다. 관우가 바라보니 사방의 산 위에 있는 군사들은 모두 형주 토박이들이었다. 형을 부르고 아우를 부르고, 아들을 찾고 아비를 찾느라 외치는 소리가 그치지 않았다. 이미 마음이 바뀌어버린 군사들은 모두 다 소리를 따라가버렸다. 관우가 못 가게 소리쳐도 듣지 않았다. 마침내 겨우 3백 명 남짓만이 남았다. 한밤중이 되도록 그대로 싸우는데, 동쪽에서 외침 소리가 하늘에 울려퍼졌다. 관평과 요화가 두 갈래로 군사를 몰고 왔다. 그들은 여러 겹으로 둘러싸인 곳 안으로 치고 들어와 관우를 구해냈다.

관평이 관우에게 말했다.

"군사들 마음이 어지러워져버렸으니 어디 성 안으로 들어가 잠깐 머물면서 도와주러 오는 군사를 기다려야겠습니다. 맥성이 작기는 하지만 머물러 있을 만합니다."

관우는 관평의 말을 좇아 나머지 군사들을 서둘러 끌고 맥성으로 들어갔다. 군사를 나누어 네 군데 문을 단단히 지키게 하고 장수들을 모아놓고 의논했다.

조루가 나섰다.

"여기는 상용과 가깝습니다. 지금 상용은 유봉과 맹달이 지키고 있습니다. 빨리 사람을 그쪽으로 보내 도와달라고 하십시오. 그쪽에서 군사가 와서 돕고 서천에서 대군이 오기를 기다리면 군사들 마음도 저절로 가라앉을 겁니다.”

이렇게 의논하고 있는데 동오군이 몰려와 성을 에워싸고 있다는 보고가 급히 들어왔다.

관우가 장수들을 돌아보았다.

“누가 저기 에워싼 곳을 뚫고 가서 도움을 요청하겠는가?”

요화가 나섰다.

“제가 가겠습니다.”

관평이 말했다.

“그럼 나는 에워싼 곳을 뚫어 그대가 빠져나갈 수 있도록 하겠소.”

관우는 곧장 편지를 써서 요화에게 주었다. 요화는 편지를 몸 안 깊숙이 넣고 배불리 먹은 다음 말에 올라 문을 열고 성을 나갔다. 동오 장수 정봉이 앞을 가로막았으나 관평이 힘껏 싸워 정봉을 물리쳤다. 요화는 그 틈을 놓치지 않고 빠져나가 상용으로 말을 달렸다. 관평은 다시 성 안으로 들어와 굳게 지키며 나가지 않았다.

전에 유봉과 맹달이 상용을 치자 태수 신탐이 무리를 이끌고 항복했다. 그래서 유비는 유봉의 벼슬을 높여 부장군으로 삼고 맹달과 함께 상용을 지키도록 했다. 그날 두 사람은 관우가 싸움에 졌다는 소식을 듣고 의논하고 있었다. 그때 요화가 왔다는 보고가 들어왔다. 유봉이 그를 들라 하여 묻자 요화가 말했다.

"관공께서 싸움에 지고 지금 맥성에 계신데, 적이 성을 에워싸고 있어 일이 매우 급합니다. 촉에 도움을 부탁했으나 오래 기다리고 있을 수가 없습니다. 그래서 제가 특별히 명령을 받아 적이 둘러싼 곳을 뚫고 도움을 바라고 이리 달려왔습니다. 부디 두 분 장군께서는 서둘러 상용의 군사를 일으켜 위기를 풀어주십시오. 조금만 늦으면 관공은 끝내 잘못되고 맙니다."

유봉이 말했다.

"장군은 잠깐만 기다리시오. 의논을 좀 해봐야겠소."

요화는 숙소로 가서 쉬며 군사 일으키기만을 기다렸다.

유봉이 맹달에게 말했다.

"작은아버님이 갇히셨다니 어찌해야 좋겠소?"

맹달이 대답했다.

"동오군은 날래고 씩씩합니다. 게다가 형주의 아홉 고을을 이미 빼앗겨버렸고 지금은 콩알만 한 맥성만 남아 있소. 또 듣자니 조조가 직접 사오십 만 대군을 거느리고 마피에 머물고 있다 하오. 지금 산성에 있는 우리 군사만으로 어떻게 강한 군사를 해볼 수 있겠소? 가벼이 나서서는 안 되오."

유봉이 말했다.

"그건 나도 압니다. 그러나 관공은 내 작은아버님이시오. 어찌 차마 이대로 앉아만 있으면서 구하지 않는단 말이오?"

맹달이 웃었다.

"장군은 관공을 작은아버지로 생각하지만, 관공은 장군을 조카로 여기지 않을 것이오. 내 듣기론 한중왕이 장군을 아들로 삼을 때 관공은 좋아하지 않았다 하오. 나중에 한중왕이 자리에 오른 뒤 누구로 뒤를 잇게 할까 하고 공명한테 물었더니, 공명은 그건 집안일이니 관장군과 장장군한테 물어보라고 했답니다. 그래서 한중왕이 사람을 형주로 보내 관공한테 물었더니, 관공이 장군은 양아들이라 뒤를 잇게 할 수 없다고 했소. 그러면서 한중왕한테 장군을 멀리 상용산성으로 보내 뒤탈이 없게 하라 했다 하오. 이건 누구나 다 아는 일인데 어째서 장군만 모르시오? 그런데도 오늘 작은아버지니 조카니 하는 의리를 내세우며 가벼이 움직여 위험을 무릅쓰려 하시오?"

유봉이 말했다.

"공의 말씀이 옳기는 하나 무슨 말로 물리친단 말이오?"

맹달이 거침없이 대답했다.

"산성을 빼앗아 들어앉은 지 얼마 안 되어 백성들 마음을 아직 잡지 못해서 섣불리 군사를 일으켰다가는 이곳마저 지킬 수 없다고 하면 되오.”

유봉은 그 말을 따르기로 하고 다음 날 요화를 불러들여 말했다.

“이 산성을 빼앗은 지 얼마 안 되어 군사를 나누어 구하러 갈 수가 없소.”

요화는 깜짝 놀라며 머리를 바닥에 찧으며 말했다.

“그렇다면 관공은 다 끝났소!”

맹달이 거들었다.

“우리가 간다 해도 물 한 잔으로 어떻게 수레에 가득 실린 땔나무의 불을 끌 수 있겠소? 장군은 빨리 돌아가 촉군이 오길 기다리는 게 좋겠소.”

요화는 목을 놓아 울며 구해달라고 사정했다. 그러나 유봉과 맹달은 모두 소매를 떨치고 일어나 안으로 들어가버렸다. 요화는 이미 일이 글렀다고 여겨지자 유비한테 가서 도와달라고 하는 게 더 낫겠다 싶었다. 그래서 곧바로 말에 오른 뒤 욕설을 퍼부으며 성을 나와 성도로 달려갔다.

한편 맥성의 관우는 상용에서 군사가 오기만을 눈이 빠지게 기다렸으나 아무런 소식이 없었다. 남아 있는 군사는 모두 5, 6백 명뿐이었다. 그나마 절반이 다친 사람이고, 성 안에 식량마저 없어 어려움이 이루 말로 할 수 없었다. 그때 갑자기 보고가 들어왔다. 성 아래에 한 사람이 와서 화살을 쏘지 말라 하면서 관우한테 할 말이 있다고 한다 했다. 관우가 그를 들라 하고 보니 제갈근이었다.

인사를 마치고 차까지 마시고 나자 제갈근이 말했다.

"이번에 오후의 명령을 받들어 특별히 장군께 권하러 왔습니다. 예로부터 때를 아는 사람이 뛰어난 사람이라고 했소. 지금 장군이 거느리시던 한상의 아홉 고을은 모두 다른 사람이 차지해버렸고 오로지 성 하나만 달랑 남았습니다. 안에는 먹을거리며 말먹이가 없고, 밖에서는 구해주러 오는 군사가 없어 이제 어느 아침에 무너질지 모릅니다. 장군은 어찌하여 이 제갈근의 말을 듣지 않으시오? 오후 아래로 들어오면 다시 형주·양양의 주인으로 가족들을 지킬 수 있소. 부디 군후는 깊이 생각해보시기 바랍니다."

관우의 얼굴이 굳어졌다.

"나는 해량 땅의 한 싸울아비밖에 안 되는 사람이었는데도 우리 주공께서 한몸처럼 여겨주시는 은혜를 입었소. 그런 사람이 어찌 의로움을 저버리고 적으로 맞서는 나라에 항복할 수 있겠소? 성이 무너지는 날엔 오로지 죽음이 있을 뿐이오. 옥은 부수어 깨뜨릴 수 있어도 그 흰빛까지 바꿀 수는 없고, 대나무는 태워버릴 수는 있어도 그 곧음을 굽힐 수는 없소. 이 몸은 비록 죽더라도 내 이름은 역사에 길이 남게 되오. 그러니 그대는 여러 말 하지 말고 어서 성을 떠나시오. 나는 손권과 죽기로 한판 싸우겠소!"

제갈근이 말했다.

"우리 오후께서는 그 옛날 두 진나라가 사돈을 맺어 좋은 사이를 이어갔듯이, 군후 집안과 서로 결혼도 하고 해서 힘을 모아 조조를 깨고 한나라를 붙들어세우자는 거지 다른 뜻은 없습니다. 그런데 군후께서는 어쩌자고 이토록 고집을 꺾지 않으십니까?"

그 말이 미처 끝나기도 전에 관평이 칼을 빼어 들고 앞으로 나서며 제갈근을 죽이려 했다.

관우가 관평을 말렸다.

"저 사람 아우인 공명이 촉에서 네 큰아버님을 돕고 있다. 만약에 죽이면 형제의 정을 상하게 만드는 일이 된다."

관우는 곁에 있는 이들더러 제갈근을 쫓아 보내도록 했다. 제갈근은 화끈거리는 얼굴로 말을 타고 성을 나가 오후한테 가서 말했다.

"관공의 마음이 워낙 쇠 같고 바위 같아서 말로 어찌해볼 수가 없습니다."

손권이 고개를 끄덕였다.

"참으로 충신이오! 그렇다면 어찌해야 하오?"

여범이 나섰다.

"제가 점을 한번 쳐보겠습니다."

손권이 점을 쳐보게 하자 여범이 점을 칠 때 쓰는 가느다란 댓개비를 만지작거렸다. 나온 점괘를 살펴보니 땅과 물이 어우러지며 북쪽이 겹치는 것으로, '주된 적이 멀리 달아난다'로 풀 수 있었다.

손권이 여몽에게 물었다.

"'주된 적이 멀리 달아난다'라는 점괘가 나왔는데 그대는 어떤 방법으로 사로잡겠소?"

여몽이 웃었다.

"점괘가 바로 제가 생각한 바와 똑같이 나왔습니다. 관공이 비록 하늘로 날아오르는 날개를 가졌다 하더라도 제가 쳐놓은 그물을 빠져나갈 수는 없습니다."

용이 작은 웅덩이에서 놀면 새우가 놀리고
봉이 좁은 새장에 들어가면 새들이 깔본다네

과연 여몽이 말한 방법은 무엇인지…….

목 잘린
관우의 넋

옥천산에 관우의 넋이 나타나고
낙양성의 조조는 관우를 신으로 느끼다

손권이 여몽에게 어떤 계획이 있는지 묻자 여몽이 대답했다.

"제 생각에 관우는 군사가 얼마 되지 않으므로 큰길을 따라가지 않고 맥성 북쪽의 험한 샛길로 해서 달아나리라 여겨집니다. 그래서 주연에게 날래고 씩씩한 군사 오천 명을 내주며 맥성 북쪽 이십 리쯤에 가서 숨어 있도록 한 뒤, 적의 군사가 오면 앞에서 막지 말고 기다렸다가 뒤에서 몰아치게 할 생각입니다. 적군은 싸울 마음이 없기 때문에 틀림없이 임저로 달아날 겁니다. 임저 쪽에는 미리 반장을 보내 날래고 씩씩한 군사 오백 명을 산속 험한 샛길에 숨겨두게 하면 관우를 사로잡을 수 있습니다. 지금 장수들에게 맥성을 치게 하되 북문만 남겨놓고 그쪽 군사들이 그리 달아나기를 기다리면 됩니다.”

손권은 여몽의 계획을 듣고 나서 다시 여범에게 점을 쳐 보라 했다. 여범이 점을 쳐 점괘가 나오자 말했다.

“주된 적이 서북쪽으로 달아나다 오늘 밤이 이슥해질 무렵에 꼭 잡힌다고 나왔습니다.”

손권이 무척 좋아라 하며 주연과 반장에게 날래고 씩씩한 군사들을 한 무리씩 거느리고 제자리에 가 숨어 있으라고 명령했다.

한편 맥성의 관우는 말 탄 군사와 일반 군사를 살펴보았다. 남아 있는 이가 모두 3백 명 남짓밖에 되지 않는데, 식량이며 말먹이도 바닥이 나 있었다.

그날 밤 성 밖에서 동오 군사들이 성 안에 대고 군사들 이름을 마구 불러댔다. 그 소리에 많은 군사들이 성을 넘어갔다. 게다가 구해주러 오는 군사도 없었다. 관우는 답답한 마음을 어찌해야 할지를 몰라 왕보를 바라보았다.

“내가 전에 공의 말을 듣지 않은 게 안타까울 뿐이오! 오늘 닥친 어려움을 어찌해야 풀 수 있겠소?”

왕보가 눈물을 흘리며 대답했다.

"오늘 일은 강태공이 다시 살아서 온다 해도 어찌해볼 수가 없습니다."

조루가 말했다.

"상용에서 구해주러 오는 군사가 없는 건 유봉과 맹달이 군사를 눌러앉혀놓고 움직이려 하지 않기 때문이라 생각됩니다. 차라리 이 외딴 성을 버리고 서천으로 들어가 다시 군사를 정리한 다음 돌아와 찾는 게 낫지 않겠습니까?"

관우가 고개를 끄덕였다.

"나도 그럴까 하오."

관우는 성 위로 올라가 살펴보았다. 북문 밖에는 적군이 그리 많지 않았다. 성에 사는 백성에게 물었다.

"여기서 북쪽으로 가면 땅 생김새가 어떠하냐?"

그 백성이 대답했다.

"그리 가면 험한 산속 샛길뿐인데 서천으로 이어집니다."

관우가 말했다.

"오늘 밤에 그 길로 가야겠군."

왕보가 말렸다.

"좁다란 샛길에는 군사들이 숨어 있을지 모릅니다. 큰길로 가시지요."

관우가 이를 악물었다.

"적이 숨어 있다 한들 내가 무얼 두려워하겠소!"

관우는 말 탄 군사와 일반 군사들에게 무장을 단단히 하도록 하고, 성을 빠져나갈 준비를 하라고 명령했다.

왕보가 울며 말했다.

"군후께서는 가시는 길에 부디 몸조심하십시오. 저는 여기서 백 명 남짓 되는 부하들과 함께 죽기로 싸워 성을 지키겠습니다. 성이 무너지더라도 이 몸은 절대로 항복하지 않겠습니다! 부디 군후께서 빨리 돌아오셔서 구해주십시오!"

관우도 눈물을 뿌리며 헤어지는 인사를 했다. 주창은 왕보와 함께 남아 맥성을 지키기로 했다. 마침내 관우는 관평·조루와 함께 군사 2백 명을 이끌고 북문으로 치고 나갔다.

관우는 칼을 비껴잡고 앞장서 나아갔다. 초저녁이 지날 때쯤 20리 남짓을 가고 있는데 갑자기 산골짜기 안에서 징 소리, 북소리가 시끄럽게 울리며 외침 소리 또한 크게 나더니 사나운 범 같은 군사 한 무리가 쏟아져나왔다. 앞장선 대장은 주연이었다.

주연이 창을 뻗쳐들고 말을 달려나오며 외쳤다.

"운장은 달아나지 말고 빨리 항복해서 목숨을 건지기 바란다!"

관우는 화가 치밀어 칼을 휘두르며 말을 박차고 나가 달려들었다. 주연은 바로 달아나기 시작했다. 관우는 기운을 몰아 뒤쫓았다. 다시 북소리가 시끌벅적하게 울리더니 사방에서 숨어 있던 군사들이 뛰쳐나왔다. 관우는 도저히 싸울 수가 없어 임저를 바라고 샛길로 달아났다. 주연이 뒤에서 군사를 몰아쳤다. 관우를 따르는 군사들은 점점 줄어들었다.

4, 5리도 미처 못 갔을 때 앞에서 외침 소리가 또 크게 나고 불빛이 크게 일면서 반장이 말을 몰고 나오며 칼을 마구 휘둘렀다. 관우가 칼을 휘두르며 맞아 싸웠다. 3합 만에 반장은 지고 달아났다. 관우는 더는 싸울 생각을 내지 못하고 산속 샛길을 찾아 달아나기에 바빴다. 뒤에서 관평이 따라오며 조루가 어지러운 싸움 속에서 그만 죽고 말았다고 했다. 관우는 슬픔을 억누를 길이 없었지만 관평에게 뒤를 끊으라 이른 뒤 자신은 앞에서 길을 뚫었다. 따르는 군사는 겨우 여남은 명밖에 되지 않았다.

결석에 이르러 보니 양쪽이 모두 산인데, 산기슭에는 말라비틀어진 덩굴풀이며 억새 따위가 수북하고 나무숲이 우거져 있었다. 새벽이 다 되어가고 있었다. 그대로 계속 달려가고 있는데 외침 소리가 한 번 일더니 양쪽에서 숨어 있던 군사들이 뛰쳐나왔다. 그들은 기다란 갈고리와 올가미 그물을 던져 관우가 타고 있는 말을 쓰러뜨렸다. 그러자 관우도 몸을 뒤집으며 말에서 떨어졌다. 관우는 마침내 반장의 부하 장수인 마충한테 사로잡히고 말았다.

관평은 아버지가 사로잡힌 걸 알자마자 부리나케 구하러 달려왔다. 뒤쪽에서 반장과 주연이 군사를 몰고 와 관평을 빙 둘러쌌다. 관평은 혼자서 외로이 그들과 싸웠으나 힘이 다해 끝내 붙잡히고 말았다.

날이 밝았다. 손권은 관우 부자를 사로잡았다는 보고가 들어오자 좋아서 어쩔 줄을 몰랐다. 곧바로 장수들을 막사 안으로 불러들였다. 얼마 뒤 마충이 관우를 에워싼 채 데리고 들어왔다.

손권이 관우에게 말했다.

"나는 장군의 높은 덕을 오랫동안 우러러보았소. 그래서 두 진나라들처럼 좋은 사이를 맺고자 한 것인데 어찌하여 마다하였소? 평소에 공은 천하에 해볼 이가 없다고 하더니만 오늘은 어찌하여 내게 사로잡히고 말았소? 장군은 오늘 이러고도 이 손권한테 항복하지 않겠소?"

관우가 목소리를 가다듬은 뒤 마구 꾸짖었다.

"파란 눈깔에 애송이 티도 못 벗은데다 벌건 수염에 쥐새끼 같은 놈아! 나는 유황숙과 함께 복숭아밭에서 의로움으로 형제가 되어 한나라를 붙들어세우기로 다짐하였다. 어찌 한나라를 배반한 역적인 너와 함께할 수 있겠느냐! 내 이제 잘못해서 네놈들의 간사스런 꾀에 빠졌으니 이대로 죽을 일만 남았다. 무슨 말을 더 하랴!"

손권이 뭇 벼슬아치들을 돌아보았다.

"운장은 우리 시대의 뛰어난 사람이라 내가 몹시 아끼고 있소. 내가 예의로써 대접하여 항복을 받아내고 싶은데 어떻소?"

주부 좌함이 나섰다.

"안 됩니다. 옛적에 조조는 이 사람을 얻자 후로 받들어주고 벼슬을 내렸습니다. 그리고 사흘에 한 번씩 작은 잔치를 베풀고 닷새에 한 번은 큰 잔치를 베풀어주었습니다. 게다가 말을 타면 금을 주고 말에서 내리면 은을 주며 은혜를 베풀고 예의를 갖추었지만 끝끝내 붙들지 못했습니다. 그때 관을 지키는 장수들을 베고 가는데도 그대로 둔 까닭에 오늘날 도리어 관우한테 쫓기어 도읍을 옮겨서라도 날카로운 공격을 피하고자 했답니다. 지금 주공께서 사로잡으셨는데도 죽이지 않으시면 나중에 뒤탈이 생길지도 모릅니다."

손권은 반나절이 지나도록 깊이 생각한 뒤 입을 열었다.

"그 말이 옳소."

마침내 밖으로 끌어내라 하였다. 이리하여 관우 부자는 죽고 말았다. 때는 건안 24년 겨울 12월로, 관우의 나이는 58살이었다.

나중에 어떤 이가 읊은 시가 있다.

한나라 끝 무렵에 그의 재주 해볼 이 없어

운장만 여럿 가운데에 홀로 우뚝하였다네

신 같은 놀라운 힘으로 뛰어난 무예 떨치고

선비다운 바탕 있어 글까지 알았다네

하늘의 해 같은 맑은 마음, 거울 같았고

《춘추》 읽어 갖춘 의로움에 구름 하나 끼지 않았네

오랜 세월 두고 내리쬐는 빛이어라

셋으로 나뉜 시절만의 으뜸이 아니라네

또 이런 시도 있다.

뛰어난 사람은 옛 해량 땅에서 나왔지

백성들 다투어 운장을 우러러 받드네

어느 날 복숭아밭에서 형님·아우 맺어

길이길이 황제로 왕으로 제사 받는다네

그의 씩씩함은 바람 같고 천둥 같아 막을 이 없고

그의 뜻은 해와 달이 내리쬐는 밝은 빛 같다네

지금 그의 모습 모신 사당, 세상에 가득한데

늙은 나무의 고달픈 갈가마귀, 어찌하여 해 저물 때마다 우는고

관우가 죽은 뒤 그가 타던 적토마는 마충이 끌고 가서 손

권에게 바쳤다. 그러나 손권은 받지 않고 마충에게 도로 주었다. 적토마는 여러 날 동안 여물에 입도 대지 않더니 그대로 죽고 말았다.

이 무렵 맥성의 왕보는 갑자기 뼈가 시큰거리고 살이 떨렸다. 그래서 주창에게 꿈 얘기를 했다.

"어젯밤 꿈에 주공께서 온몸이 피투성이가 된 채 앞에 서 계셨소. 어찌 된 일인지를 급히 묻고 어쩌고 하다가 그만 깜짝 놀라며 꿈에서 깨어났소. 이게 좋은 꿈인지 나쁜 꿈인지 알 수가 없구려."

바로 그때 보고가 들어왔다. 동오군이 성 아래로 관우 부자의 머리를 가져와 내보이며 항복하라 한다고 했다. 왕보와 주창은 소스라치게 놀랐다. 부리나케 성으로 올라가 살펴보니 과연 관우 부자의 머리가 틀림없었다. 왕보는 큰소리를 한 번 내지르더니 성에서 떨어져 죽었다. 주창은 스스로 목을 찔러 목숨을 끊어버렸다. 이리하여 맥성마저 동오가 차지하고 말았다.

한편 관우의 넋은 흩어지지 않고 드높이 떠돌다가 곧장 어느 한 곳에 이르니, 바로 형문주 당양현의 옥천산이었다. 산 위에는 보정이라는 늙은 스님이 살고 있었다. 그는 원래 사수관 진국사에 있었다. 세상을 구름처럼 떠돌다 이곳에

옥천산에 죽은 관우의 넋이 나타나다.

이르러 보니 산과 물이 맑고 아름다워 풀을 엮어 암자를 지은 뒤 날마다 앉아서 참선을 하며 도를 닦고 있었다. 곁에는 오로지 어린 행자 하나가 있으면서 끼니를 살폈다.

달이 밝고 바람이 서늘한 밤이었다. 한밤중이 지나 암자 안에 보정이 말없이 앉아 참선을 하고 있는데 뜬금없이 공중에서 누군가가 외치는 소리가 들렸다.

"내 머리를 돌려다오!"

보정은 고개를 들어 자세히 살펴보았다. 공중에서 한 사람이 적토마를 타고 한 손엔 청룡도를 들고 있었다. 그의 왼쪽에는 얼굴이 흰 장군이, 오른쪽에는 얼굴이 검고 고불고불한 구레나룻이 난 사람이 따랐다. 그들은 모두 구름을 타고 옥천산 꼭대기로 내려왔다. 보정은 그가 관우임을 곧바로 알아보고 스님들이 쓰는 먼지떨이를 들어 암자 문을 치며 말했다.

"운장은 어디 계시오?"

관우의 넋은 문득 깨닫고 바로 말에서 내려 바람을 타고 암자 앞으로 와 손을 모으며 물었다.

"스님은 누구신지요? 법호가 어떻게 되시는지요?"

"이 늙은이는 보정이라 하오. 지난날 사수관 앞 진국사에 있을 때 군후를 만난 적이 있지요. 오늘 몰라보시다니, 어찌하여 벌써 잊으셨소?"

　　　　　　　　　　　　

관우가 말했다.

"지난날 스님께서 저를 구해주신 은혜 잊지 않고 있었습니다. 지금 저는 화를 입어 이미 목숨을 잃었습니다. 부디 제가 헤매지 않도록 가르침을 내려주십시오."

보정이 두 손을 모으며 말했다.

"어제가 그르니 오늘이 옳으니 하는 말은 일절 들먹이지 마시오. 나중 일은 앞일이 원인이 되어 그 결과로 나타나는 것이지 뜬금없이 이루어지지 않습니다. 지금 장군께서는 여몽한테 해를 당하시어 머리를 돌려달라고 소리치셨는데, 그렇다면 안량이며 문추, 그리고 다섯 관문의 여섯 장수들의 머리는 어디 가서 누구한테 돌려달라고 해야 합니까?"

그 말에 관우는 크게 깨달았다. 곧바로 머리를 조아려 절을 하며 보정의 가르침을 받아들인 뒤 사라졌다. 그 뒤로 옥천산에는 가끔씩 관우의 넋이 나타나 백성들을 보살펴주었다. 그래서 그곳 사람들은 관우의 덕을 기리기 위해 산 위에 사당을 지은 뒤 계절마다 제사를 지냈다.

나중에 어떤 사람이 그 사당 기둥에 시를 써놓았다.

불그스름한 얼굴에 바뀌지 않는 참된 마음으로

적토마 타고 바람을 가르며 달렸지

말을 몰아 내달릴 때도 한나라 황제 잊은 적 없다네

푸른 등불 아래 역사책 살펴 읽고

청룡언월도만 짚고 살았으니

어느 구석 하나 푸른 하늘 아래 부끄러워할 것 없다네

한편 손권은 관우를 죽이고 형주·양양 지방을 다 차지하자 전군에 상을 내리며 걸게 먹였다. 이어 뭇 장수들을 모아놓고 공을 축하하는 잔치를 크게 열었다. 손권은 여몽을 윗자리에 앉힌 뒤 장수들을 돌아보았다.

"내가 오랫동안 형주를 얻지 못하고 있다가 이번에 큰 힘 안 들이고 얻은 건 모두 여자명의 공이오."

여몽은 거듭 고마움을 나타냈다.

손권이 다시 말했다.

"지난날 주랑은 아무도 생각 못 할 뛰어난 방법을 써서 조조를 적벽에서 쳐부수었으나 안타깝게도 일찍 죽고 말았소. 그래서 노자경이 그 뒤를 이었지요. 자경은 나를 처음 보았을 때 제왕이 되는 큰 그림을 그려주었으니, 이게 첫 번째 기쁨이었소. 또 조조가 동쪽으로 내려오자 모두들 나더러 항복하라고 했지만 자경 혼자서 내게 주공근을 불러 도리어 무찌르라고 했으니, 이게 두 번째 기쁨이었소. 그런데 나더러 형주를 유비한테 빌려주라 한 건 아쉬운 일이었소. 이번에 자명이 계획을 세우고 꾀를 내서 바로 형주를 빼앗았으니, 노자경이나 주랑보다 훨씬 더 뛰어나오!”

손권은 여몽에게 직접 술을 따라주었다. 여몽이 술잔을 받아 마시려 하더니 갑자기 술잔을 바닥에 내던지며 한 손으로 손권을 부여잡은 뒤 새된 소리로 꾸짖었다.

“파란 눈깔에 애송이 같은 놈아! 벌건 수염에 쥐새끼 같은 놈아! 나를 알아보겠느냐?”

뭇 장수들이 깜짝 놀라 급히 달려들어 말렸으나 여몽은 손권을 밀쳐 쓰러뜨린 뒤 성큼성큼 걸어가 손권의 자리에 앉았다. 여몽이 두 눈썹을 치켜세우고 눈알을 부라리며 호통을 쳤다.

“내가 황건적을 무찌르고 천하를 누빈 지 삼십 년인데 하루아침에 그만 간사스런 네놈의 꾀에 빠지고 말았다. 내 살아서 네 살을 씹어먹지 못했으니 죽어서 마땅히 여몽 역적 놈의 넋을 쫓아다니겠노라! 나는 바로 한수정후 관운장이노라.”

손권은 소스라치게 놀라며 높고 낮은 장수들과 함께 모두 엎드려 절을 하였다. 여몽은 바닥으로 고꾸라지더니 일곱 구멍, 즉 두 눈과 두 귀와 두 콧구멍과 입으로 피를 쏟아내며 죽고 말았다. 이를 본 장수들 모두 두려움에 떨지 않은 이가 없었다.

손권은 여몽의 시체를 잘 거둔 뒤 예의를 갖추어 장사 지내게 하였다. 그러고는 남군 태수 잔릉후로 삼은 뒤 그의 아들 여쾌가 그 자리를 이어받게 하였다. 손권은 관우의 일에 느낌이 이상했다. 놀랍기도 하고 야릇하기도 했다.

그때 갑자기 장소가 건업에서 왔다는 보고가 들어왔다. 손권이 들라 하여 온 까닭을 묻자 장소가 대답했다.

"이번에 주공께서 관공 부자를 죽이셨으니 머지않아 강동에 화가 닥치리라 여겨집니다. 그 사람은 유비와 복숭아밭에서 의형제를 맺을 때 함께 살고 죽기를 다짐했습니다. 지금 유비는 동천과 서천의 군사를 이미 다 거느리고 있습니다. 게다가 꾀가 뛰어난 제갈량과 씩씩하기 짝이 없는 장비·황충·마초·조운 들이 있습니다. 만약에 운장 부자가 해를 입은 걸 유비가 알면 틀림없이 나라의 모든 군사를 일으켜 원수를 갚으려 할 겁니다. 그리되면 동오로서는 그쪽과 맞서기 어렵습니다."

손권이 그 말을 듣자 크게 놀라며 발을 굴렀다.

"내가 미처 일을 잘못 계획했소! 앞으로 이 일을 어찌해야 하오?"

장소가 말했다.

"주공께서는 너무 걱정 마십시오. 제가 계획을 하나 가지고 있습니다. 서촉군이 동오를 건드리지 못하게 하여 형주를 너럭바위처럼 든든하게 만들겠습니다."

손권이 어떤 계획이냐고 묻자 장소가 덧붙여 말했다.

"지금 조조는 백만 대군을 거느리고 천하를 삼키기 위해 호랑이처럼 눈을 부라리고 있습니다. 유비가 서둘러 원수를 갚을 마음이 급하다 보면 조조와 반드시 손을 잡을 겁니다. 만약에 두 군데의 군사가 모두 쳐들어오면 동오는 위험에 빠집니다. 그러니 먼저 사람을 시켜 조조한테 관공의 머리를 보내놓으십시오. 그러면 유비는 이번 일을 조조가 시켜서 한 줄 알고 틀림없이 조조를 원망합니다. 그렇게 되면 서촉군은 동오로 오지 않고 위로 갑니다. 그때 우리는 이기고 지는 게 어떻게 갈리는지 보고 있다가 가운데에서 우리한테 좋은 쪽을 골라 움직이면 됩니다."

손권이 그 말을 좇아 관우의 머리를 나무 상자에 담은 뒤 밤을 도와 조조에게 갖다 바치도록 했다.

그때 조조는 마피에서 군사를 거두어 낙양에 돌아와 있었다. 동오에서 관우의 머리를 보내왔다는 보고가 들어오자 조조는 무척 좋아라 했다.

"운장이 죽다니! 내 이제 밤에 다리 뻗고 편히 잘 수 있겠구나."

그때 뜰아래에서 한 사람이 나서며 말했다.

"이건 동오에서 우리한테 화를 덮어씌우려고 하는 짓입니다."

조조가 그를 보았다. 주부 사마의였다.

조조가 그 까닭을 묻자 사마의가 대답했다.

"옛날에 유비·관우·장비 세 사람은 복숭아밭에서 의형제를 맺을 때 살고 죽기를 같이하자고 다짐하였습니다. 지금 동오에서는 관공을 막상 죽여놓고 보니 겁이 났을 겁니다. 그래서 복수당할 일이 겁나 머리를 대왕께 바치고자 했습니다. 유비의 화를 대왕께 돌려 유비가 오를 치지 않게 하고 위를 치도록 하자는 속셈입니다. 그러면서 자기네들은 가운데에서 잇속을 챙기겠다는 계산이지요."

조조가 고개를 끄덕였다.

"중달의 말이 옳소. 그러면 나는 어떤 방법을 써서 이 일을 풀어야 하오?"

사마의가 말했다.

"이건 그다지 어려운 일이 아닙니다. 대왕께서는 관공의 머리에다 향나무로 몸을 깎아 붙이게 하시고 대신의 예의를 갖추어 장사를 잘 치르게 하십시오. 유비가 알면 반드시 손권을 원망하며 힘껏 남쪽을 치러 나섭니다. 우리는 이기고 지는 게 어떻게 갈리는지 가만히 보고 있다가 촉이 이기면 오를 치고 오가 이기면 촉을 치면 됩니다. 두 곳 가운데 한 곳만 얻으면 다른 한 곳도 오래가지는 못합니다."

조조는 크게 기뻐하며 그 계획대로 하기로 하고 동오에

　　　　　　　　　　　　박상률 완역 삼국지 7

서 보낸 사람을 들어오라 했다. 그 사람이 들어와 관우의 머리가 든 나무 상자를 바쳤다. 조조가 뚜껑을 열라 하여 살펴보니 관우의 얼굴이 보통 때와 다름없었다.

조조가 웃으며 말했다.

"운장공! 그동안 별일 없으셨소!"

미처 말이 끝나기도 전에 관우의 입이 벌어지고 눈이 움직였다. 수염이며 머리털도 길게 뻗쳤다. 조조는 까무러치게 놀라며 쓰러졌다. 뭇 벼슬아치들이 달려들어 급히 보살폈다. 한참 만에 깨어난 조조가 벼슬아치들을 둘러보며 놀라워했다.

"관장군은 참으로 하늘이 낸 신이오!"

동오에서 보낸 사람이 관우의 넋이 여몽의 몸에 붙어 손권을 꾸짖은 뒤 여몽을 죽인 일을 조조한테 말했다. 조조는 더욱 두려운 마음이 들어 산 짐승을 바치며 제사를 지냈다. 이어 침향나무를 깎아 몸을 만든 뒤 왕의 예의를 갖추어 낙양 남문 밖에 장사 지내도록 했다. 높고 낮은 벼슬아치들 모두 장례에 빠지지 않았다. 조조는 직접 절을 하며 제사를 지내고 관우를 형왕으로 올려 모신 뒤 묘를 지키는 벼슬아치를 두게 했다. 이어 동오에서 보낸 사람은 강동으로 돌려보냈다.

한편 한중왕 유비는 동천에서 성도로 돌아왔다.

법정이 들어와 유비에게 머리를 조아렸다.

"제가 한말씀 드릴 게 있습니다. 대왕의 첫부인께서는 세상을 떠나셨고, 손부인께서는 도로 남쪽으로 가셨으니 돌아오지 않으실 게 틀림없습니다. 그렇다고 사람으로서 마땅히 갖추어야 할 도리를 저버릴 수는 없습니다. 이제 왕비를 새로 들이셔서 안살림을 맡기셔야 합니다."

유비가 그 말을 따르기로 하자 법정이 다시 말했다.

"오의에게 누이가 하나 있는데 아름답고 어질다 합니다. 일찍이 관상 보는 사람이 나중에 틀림없이 크게 귀하게 될 것이라고까지 했다 합니다. 유언의 아들인 유모에게 시집을 갔는데, 유모가 일찍 죽는 바람에 지금까지 홀로 지내고 있답니다. 대왕께서 왕비로 맞아들이시는 게 좋겠습니다."

유비가 말했다.

"유모는 나랑 같은 유씨라서 그럴 수가 없소."

법정이 말했다.

"그렇게 가깝고 먼 것은 따질 필요가 없습니다. 옛날에 진문공은 조카며느리였던 회영을 아내로 맞이한 적도 있지 않습니까?"

유비는 법정의 말을 좇아 마침내 오씨를 왕비로 맞아들였다. 오씨는 나중에 아들 둘을 낳았다. 첫째 아들은 유영으로 자가 공수이고, 둘째 아들은 유리로 자가 봉효였다.

이 무렵 동천과 서천은 백성들이 편안해지고 나라 살림도 넉넉해졌으며 농사 또한 풍년이 들었다.

그때 갑자기 형주에서 사람이 와 동오에서 관우에게 사돈을 맺자고 했는데 관우가 거절했다는 말을 했다. 이 말을 듣고 제갈량이 무릎을 쳤다.

"아, 형주가 위험에 빠지겠구나! 관공 대신 다른 사람을 보내고 관공을 불러와야겠다."

그런 의논을 하고 있는데 형주에서 계속 보고가 들어왔다. 그런 보고를 받은 지 하루도 안 되어 이번엔 관흥이 와서 칠군을 물로 쓸어버린 일을 보고했다. 이어 관우가 강을 따라 봉화대를 많이 세워 단단히 지키고 있어 만에 하나라도 잘못되는 일이 없을 거라는 보고가 들어왔다. 이에 유비는 마음을 놓고 있었다.

그러던 어느 날 유비는 갑자기 온몸이 떨리고 마음이 뒤숭숭하며 앉으나 서나 불안하기 짝이 없었다. 밤에는 잠도 제대로 잘 수가 없었다. 안방에 불을 밝히고 앉아 책을 읽는데 갑자기 정신이 헛갈리고 멍해지기에 책상에 엎드렸다가 깜빡 잠이 들었다. 갑자기 방 안에 싸늘한 바람 한 줄기가 일더니 불이 꺼지려 하다가 다시 살아났다. 머리를 들어 바라보니 한 사람이 불빛 아래에 서 있어서 급히 물었다.

"너는 누구이길래 이 밤중에 내 안방까지 들어왔느냐?"

그 사람은 아무런 대꾸를 하지 않았다. 그래서 이상하게 여기며 일어나 자세히 살펴보았다. 꼭 관우 같은데 불빛이 어두운 쪽으로 왔다 갔다 하며 자꾸 몸을 피했다. 그래서 유비는 큰소리로 물었다.

"아우는 그동안 별일 없었느냐? 이렇게 깊은 밤에 찾아온 걸 보니 틀림없이 큰일이 있는 모양이구나. 나는 너와 뼈와 살을 함께한 형제와 같은데 어찌하여 자꾸만 피하느냐?"

그러자 관우가 울면서 말했다.

"형님께서는 부디 군사를 일으키시어 이 아우의 원한을 풀어주십시오!"

그 말이 끝나자 찬바람이 휙 불더니 관우도 사라져버렸다. 놀라 깨보니 한바탕 꿈이었다. 한밤중을 알리는 북소리가 났다. 유비는 느낌이 몹시 좋지 않아 급히 바깥 궁으로 나와 사람을 보내 제갈량을 들라 했다.

제갈량이 들어오자 유비는 꿈속에서 놀란 일을 자세히 이야기했다.

제갈량이 듣고 나서 말했다.

"대왕께서 관공을 너무 생각하시기에 그런 꿈을 꾸셨습니다. 마음에 담아두지 마십시오."

그러나 유비는 꺼림칙한 마음이 쉽게 가시지 않았다. 제갈량은 거듭 좋은 말로 마음을 풀어주었다.

제갈량은 물러나와 중문 밖으로 나가다가 허정을 만났다.

허정이 말했다.

"비밀스런 일을 보고드릴 게 있어 부중에 들렀더니 궁에 들어가셨다기에 이리 왔습니다."

제갈량이 물었다.

"그게 무엇이오?"

허정이 대답했다.

"제가 바깥 사람들 얘기를 들으니 동오의 여몽이 이미 형주를 덮쳐 빼앗았고, 관공도 이미 해를 입으셨다 합니다! 그래서 가만히 알려드리려고 왔습니다."

제갈량이 말했다.

"내가 밤에 하늘을 살피는데 장군 별 하나가 형초 땅에 떨어졌소. 그래서 틀림없이 운장이 화를 입었구나 하고 생각했소. 다만 대왕께서 걱정하실 게 두려워 차마 말씀을 못 드렸소."

두 사람이 얘기를 나누고 있는데 갑자기 안에서 한 사람이 나오더니 제갈량의 소매를 잡았다.

"이렇게 나쁜 소식을 공은 어찌하여 내게 말하지 않았던 거요?"

제갈량이 보니 유비였다.

제갈량과 허정은 유비를 함께 달래었다.

"지금 한 말은 모두 소문이라서 믿을 만하지 않습니다. 대왕께서는 마음을 편안하게 하시고 너무 걱정 마십시오."

유비가 말했다.

"나는 운장과 같이 살고 같이 죽기로 다짐했소. 만약에 운장이 잘못되면 어찌 나 혼자 살 수 있겠소!"

제갈량과 허정이 계속 유비를 달래는데 가까이 모시는 이가 와서 보고했다.

"마량과 이적이 왔습니다."

유비가 급히 불러들여 물었다. 두 사람은 형주를 잃은 일과 관우가 싸움에 져 도움을 바란다는 얘기를 한 뒤 관우의 편지를 바쳤다. 유비가 편지를 받아 미처 뜯어보기도 전에 또 보고가 들어왔다. 형주에서 요화가 왔다고 했다. 유비가 급히 불러들이자 요화는 바닥에 엎드려 울며 유봉과 맹달이 구해줄 군사를 보내지 않은 일을 자세히 말했다.

유비가 소스라치게 놀랐다.

"그렇다면 내 아우는 다 끝났다!"

제갈량이 말했다.

"유봉과 맹달이 그토록 예의 없는 짓을 했다면 그 죄는 죽어 마땅합니다! 대왕께서는 마음을 편안하게 가지십시오. 제가 직접 군사를 거느리고 가서 형주·양양의 다급한 위기를 풀겠습니다.”

유비가 울먹이며 말했다.

“운장을 잃고 나 혼자서는 결코 살 수 없소! 내가 내일 군사를 거느리고 가서 운장을 구하겠소!”

유비는 낭중으로 사람을 보내 장비에게 알리는 한편, 군사와 말을 모으도록 했다. 날이 채 밝기 전에 보고가 몇 차례 더 들어왔다. 마침내 관우가 밤에 임저로 달아나다가 동오 장수에게 사로잡혔으나 끝까지 굽히지 않고 부자가 함께 세상을 떴다는 보고까지 들어오고 말았다.

유비는 외마디 소리를 크게 지르며 정신을 잃고 바닥에 쓰러져버렸다.

그때 죽음을 함께하기로 한 다짐을 생각하면
오늘 어찌 혼자서 살 수 있겠는가

과연 유비의 목숨은 어찌 되는지……

조조의 죽음

신의 화타는 조조의 풍질을 고치려다 죽고
간사스런 영웅은 유언을 남기고 목숨을 다하다

한중왕 유비는 관우 부자가 죽었다는 말을 듣자 울부짖으며 바닥에 쓰러져 정신을 잃고 말았다. 문무 벼슬아치들이 달려들어 급히 보살피자 한참 만에야 겨우 깨어났다. 바로 부축해서 안으로 들였다.

제갈량이 말했다.

"대왕께서는 너무 슬퍼하지 마십시오. 예로부터 죽고 사는 건 하늘의 뜻에 따라 정해져 있다고 했습니다. 관공의 성격이 굳세고 꼿꼿한데다 스스로를 너무 믿은 까닭에 오늘 이런 화를 입었습니다. 왕상께서는 몸을 잘 돌보시어 천천히 원수를 갚을 수 있도록 하십시오.”

유비가 멍한 표정으로 제갈량을 쳐다보았다.

“내가 관우·장비 두 아우와 함께 복숭아밭에서 의형제를 맺을 때 살고 죽는 걸 함께하자고 다짐했소. 이제 운장이 먼저 가버렸는데 나 홀로 어찌 편안함과 귀함을 누릴 수 있단 말이오!”

말이 채 끝나기도 전에 관흥이 목을 놓아 울며 들어왔다. 유비는 관흥을 보자 또 외마디 소리를 내지른 뒤 울부짖다 정신을 잃고 바닥에 쓰러졌다. 뭇 벼슬아치들이 달려들어 다시 깨어나게 했다. 유비는 하루에도 네댓 차례씩이나 울부짖다 정신을 잃곤 했다. 게다가 사흘 동안 물 한 모금 마시지 않고 목놓아 슬피 울기만 했다. 눈물이 옷깃을 적시고, 핏물마저 흘러 여기저기 얼룩이 졌다.

제갈량이 여러 벼슬아치들과 함께 거듭 마음을 풀라고 달래었다.

유비가 이를 부드득 갈았다.

“내 다짐하건대 동오와는 같은 하늘을 이고 살 수 없소!”

제갈량이 말했다.

“듣자니 동오가 관공의 머리를 조조에게 갖다 바쳤다 합니다. 그랬더니 조조는 왕의 예의를 갖추어 장사를 지내주었답니다.”

"그렇게 한 뜻이 무엇이오?"

"동오가 자신들한테 닥칠 화를 조조한테 떠넘기려는 속셈에서 그랬겠지요. 그러나 조조는 그 꾀를 알아차리고 관공의 장례를 잘 치러주었지요. 대왕의 원한을 동오로 돌려놓고자 그랬습니다."

"내 곧 군사를 이끌고 가서 동오의 죄를 묻고 한을 풀어야겠소!"

제갈량이 말렸다.

"그건 안 됩니다. 지금 오는 우리더러 위를 치게 하려 하고, 위는 우리가 오를 쳐주기를 바라고 있습니다. 서로 온갖 나쁜 꾀를 내며 틈을 노리고 있습니다. 대왕께서는 군사를 움직이지 마시고 우선 관공의 장사를 치르십시오. 오와 위의 사이가 나빠지기를 기다렸다가 그 틈을 타 무찌르셔야 합니다."

다른 벼슬아치들도 거듭 말리자 유비는 그제야 음식을 먹었다. 이어 동천·서천의 모든 장수와 군사들더러 상복을 입게 하였다. 유비는 직접 남문 밖으로 나가 넋을 부르는 제사를 지내고 하루 내내 목놓아 울었다.

한편 조조는 낙양에서 관우의 장례를 치른 뒤부터 밤이 되어 눈만 감으면 관우가 나타났다. 조조는 너무도 놀랍고 두려워서 벼슬아치들을 불러 물었더니 그들이 대답했다.

"낙양 궁궐이 오래되어 옛 건물에 요사스런 일이 많으니 새로 궁을 지어 옮기시는 게 좋겠습니다."

조조가 고개를 끄덕였다.

"나도 궁을 새로 짓고 이름을 건시전이라 하고 싶은데 솜씨 좋은 목수가 없어 아쉽네."

가후가 말했다.

"낙양에 소월이라는 솜씨 좋은 목수가 있습니다. 재주가 기가 막힙니다."

조조가 그를 들라 하여 궁의 밑그림을 그려보라 하였다. 소월은 곧바로 아홉 칸짜리 궁전을 그려서 바쳤다. 앞뒤로는 작은 집채가 이어지고 높다란 다락집이 있는 그림이었다.

조조가 그걸 보고 나서 말했다.

"그림은 내 맘에 꼭 드는데 대들보로 쓸 나무가 마땅히 있을지 모르겠네."

소월이 말했다.

"성에서 삼십 리 떨어진 곳에 가면 약룡담이라는 못이 있고, 바로 그 앞에 약룡사라는 사당이 있습니다. 그 사당 가까이에 큰 배나무 한 그루가 있는데, 높이가 열 길 정도 되니까 건시전의 대들보로 쓸 만합니다."

조조는 크게 기뻐하며 곧장 일꾼들을 보내 나무를 베어

오도록 했다. 이튿날 일꾼들은 나무를 베지 못한 채 그냥 돌아왔다. 톱질을 하려 해도 톱니가 들어가지 않고, 도끼로 찍으려 해도 도끼날이 박히지 않는다고 했다. 조조는 믿어지지 않았다. 직접 말 탄 군사 수백 명을 거느리고 약룡사에 갔다.

약룡사 앞에 이르자 말에서 내려 그 나무를 쳐다보았다. 마치 크고 널따란 해 가리개 같았다. 하늘을 찌를 듯한 모습으로 서 있는데 굽어진 데나 튀어나온 마디 하나 없이 매끈하게 쭉 곧았다. 조조가 베라고 명령하자 마을 노인 몇이 나와 말렸다.

"이 나무는 수백 년 되어 나무 위에는 신이 늘 살고 있답니다. 그러니 베면 안 됩니다."

조조가 성을 벌컥 냈다.

"내가 세상을 누비고 다닌 사십 년 동안 위로는 천자에서부터 아래로는 백성에 이르기까지 나를 두려워하지 않는 이가 없었다. 어떤 요사스런 귀신이 건방지게 내 뜻을 거스른단 말이냐!"

조조는 말을 마치자 차고 있던 칼을 들어 나무를 쳤다. 그러자 쨍그렁거리는 소리와 함께 나무에서 피가 솟더니 온몸에 흩뿌려졌다. 조조는 소스라치게 놀라 칼을 내던지고 허겁지겁 말에 오른 뒤 궁으로 돌아가버렸다.

그날 밤이 이슥해질 무렵이었다. 조조는 누워 자려 했으나 마음이 뒤숭숭해서 다시 일어나 앉아 책상에 기대었다. 깜빡 잠이 들었나 싶었는데 난데없이 검은 옷 입은 사람이 머리를 풀어헤치고 칼까지 든 채 바로 앞으로 다가와 손가락질하며 호통을 쳤다.

"나는 배나무에 사는 신이다. 네가 건시전을 짓고자 하는 건 바로 황제 자리를 빼앗으려는 속셈이 있어서이다. 그래서 신이 사는 나무까지 베려 했지! 나는 네 명줄이 다한 줄 알기에 특별히 너를 죽이러 왔다!"

조조가 까무러치게 놀라 급히 소리 질렀다.

"무사들은 어디 있느냐?"

검은 옷 입은 사람이 칼을 들어 조조를 내리쳤다. 조조는 외마디 소리를 내지르며 놀라 깨어났다. 머리가 깨질 듯이 아파 참을 수가 없었다. 조조는 급히 용하다는 의사를 널리 구해 치료를 받았으나 나아지지 않았다. 뭇 벼슬아치들이 모두 걱정스러워했다.

이때 화흠이 들어와 말했다.

"대왕께서는 신의라고 하는 화타를 아십니까?"

조조가 말했다.

"강동의 주태를 치료한 사람 말이오?"

"그렇습니다."

"내 그 이름을 듣긴 했지만 의술이 어떤지는 모르오."

화흠이 화타에 대해 자세히 일렀다.

"화타의 자는 원화로 패국 초군 사람입니다. 그 사람 의술은 매우 뛰어나서 세상에 보기 드물다 합니다. 환자에 따라 약을 쓰기도 하고 침을 놓기도 하며 뜸을 뜨기도 하는데, 그가 손만 썼다 하면 바로 낫는다 합니다. 만약에 오장육부에 병이 있는 환자인데 약을 쓸 수 없을 정도면 마폐탕을 먹여 환자를 취해 잠든 것처럼 해놓고 날카로운 칼로 배를 가른 다음 물약으로 장부를 깨끗이 씻어내는데, 신기하게도 환자는 조금도 아픈 줄 모른다 합니다. 다 씻어내고 나면 약실로 가른 자리를 다시 꿰매고 그 위에 약을 바르면 한 달이나 스무 날이 지나면 바로 병이 낫는다 하니 신기하고 묘한 일 아닙니까!

하루는 화타가 길을 가는데 어떤 사람이 신음 소리를 내더랍니다. 그런데 그 소리만 듣고도 '이건 음식이 잘 내려가지 않아서 그렇군' 하면서 물어보니 과연 그렇더랍니다. 화타가 그 사람에게 마늘즙 세 되를 마시게 하자 길이가 두세 자나 되는 뱀 한 마리를 토해내고, 그때부터 바로 음식이 잘 내려갔답니다. 광릉 태수 진등은 뱃속이 답답하고 얼굴이 붉게 달아올라 뭘 제대로 먹을 수가 없어 화타에게 치료해 달라고 했답니다. 화타가 약을 지어주어 그걸 먹고 벌레를 세 되나 토해냈답니다. 모두 머리가 빨갰는데, 머리와 꼬리를 계속 움찔거리더랍니다. 진등이 왜 이러느냐고 묻자 화타가 말하기를 '물고기를 날것으로 많이 먹어 생긴 독벌레인데, 오늘은 나았으나 틀림없이 삼 년 뒤에 다시 생길 텐데 그때는 고칠 수 없습니다'라고 했답니다. 그 말대로 진등은 삼 년 뒤에 죽고 말았답니다.

또 어떤 사람이 두 눈썹 사이에 혹이 생겨나서 몹시 가려워 화타에게 보였더니 화타가 '날짐승이 들어 있어서 그렇소'라고 하더랍니다. 그 말에 곁에 있던 사람들 모두 웃었는데, 화타가 칼로 혹을 째자 참새 한 마리가 날아가고 씻은 듯이 나았답니다. 또 어떤 사람은 개한테 발가락을 물렸는데, 물린 자리에 기다란 살혹이 두 개가 솟아나면서 한쪽은 아프고 한쪽은 가려워서 견딜 수가 없었답니다. 화타가 보더니 '아픈 자리에는 바늘이 열 개 들어 있고, 가려운 자리에는 검고 흰 바둑알이 두 개 들어 있소'라고 했답니다. 역시 아무도 믿지 않았는데, 화타가 칼로 그 자리를 째자 말 그대로였답니다.

화타야말로 참으로 춘추전국시대의 유명한 의원인 편작이나 전한시대의 유명한 의원인 창공과 같은 사람이라 할 만합니다. 지금 마침 여기서 멀지 않은 금성에 살고 있으니 대왕께서도 그를 불러 치료를 받으시는 게 어떻겠습니까?"

조조가 곧바로 밤을 도와 사람을 보내 화타를 불러들였다. 화타가 와서 맥을 짚어보고 말했다.

"대왕께서 머리가 깨질 듯이 아프신 건 풍 때문입니다. 병의 뿌리가 뇌 속 깊은 데 있어 그걸 꺼내 버려야지 탕약만 먹어서는 고칠 수 없습니다. 제가 고칠 수 있는 한 방법을 알고 있습니다. 먼저 마폐탕을 드십시오. 그러면 제가 잘 드는 도끼로 뇌를 열고 그 안에 고여 있는 걸 꺼내 병의 뿌리를 뽑도록 하겠습니다."

조조가 화를 벌컥 내며 소리 질렀다.

"네놈이 지금 나를 죽일 생각이구나!"

화타가 말했다.

"대왕께서도 들어서 아시겠지만, 관공이 독화살을 맞아 오른팔을 쓰지 못할 때 제가 뼈를 긁어 독을 긁어냈습니다. 그때 관공은 조금도 두려워하는 빛을 띠지 않았습니다. 지금 대왕께서는 조그만 병을 가지고 왜 그리도 의심을 하십니까?"

"팔 정도 아프면 뼈를 긁아낼 수도 있겠지만 어찌 뇌를 쪼갠단 말이냐? 너는 분명 관공과 정이 두터운 사이라 이번 기회에 나를 죽여 원수를 갚을 생각이구나!"

조조는 더욱 성을 내며 곁에 있는 이들에게 화타를 잡아다 옥에 가두고 고문을 하도록 했다.

화흠이 급히 말렸다.

"이처럼 용한 의원은 세상에 좀체 없습니다. 죽이시면 안 됩니다."

조조가 꾸짖었다.

"이놈은 기회를 엿보아 나를 죽이려 한다. 바로 길평과 다를 바 없는 놈이다!"

조조는 화타를 다그쳐 자백을 받아내라 단단히 일렀다.

화타가 옥에 갇혀 있을 때였다. 옥을 지키는 사람 가운데 오씨 성을 가진 이가 있는데, 모두들 그를 '오압옥'이라 불렀다. 이 사람이 날마다 술과 음식을 가져다 화타에게 주며 정성껏 보살펴주었다.

화타가 그 은혜에 고마워하며 말했다.

"내가 이제 죽게 되었는데《청낭서》를 세상에 알리지 못한 게 한이오. 그대의 두터운 은혜를 갚을 길이 없구려. 내가 편지 한 통을 써줄 테니 우리 집에 사람을 보내《청낭서》를 가져오도록 하시오. 내 그걸 그대에게 줄 테니 내 의술을 이어받으시오."

오압옥은 무척 좋아라 했다.

"제가 그 책을 얻게 되면 이 일을 그만두고 의술로 세상의 병든 사람을 다스려 선생의 덕을 전하도록 하겠습니다."

화타는 바로 오압옥에게 편지를 써주었다. 오압옥은 금

성에 있는 화타의 집으로 곧장 달려가 화타의 아내에게서
《청낭서》를 받아와 화타에게 주었다. 화타는 책을 한 번 죽
훑어보고 나더니 오압옥에게 다시 주었다. 오압옥은 그 책
을 받아 집에 가져다 잘 두었다.

열흘 뒤 화타는 끝내 옥 안에서 죽고 말았다. 오압옥은 관
을 마련하여 화타를 장사 지내주었다. 그런 뒤《청낭서》를
익히기 위해 옥을 지키는 일을 그만두고 집으로 돌아갔다.
그런데 집에 와서 보니 아내가 그 책을 태우고 있었다. 오압
옥은 소스라치게 놀라며 급히 달려들어 불 속에서 책을 꺼
냈으나 거의 다 타버리고 겨우 한두 장만 남아 있었다. 오압
옥은 아내를 보고 화를 버럭 내며 꾸짖었다. 그러자 아내가
쏘아붙였다.

"화타를 따라 배워 신기하고 묘한 의술을 익힌들 결국 옥
안에서 죽고 말 텐데 그까짓 게 뭐가 중요해요!"

오압옥은 한숨만 길게 내쉬다 말았다. 이리하여《청낭
서》는 끝내 세상에 알려지지 않았다. 알려진 거라고는 불에
타다 남은 한두 장에 있던 것으로, 닭이나 돼지 같은 짐승이
새끼를 치지 못하도록 하는 하찮은 방법뿐이었다.

나중에 어떤 사람이 이를 아쉬워하는 시를 읊었다.

화타의 신비스런 의술, 그 옛날 명의 장상에 멜 만하지

마치 담 저쪽도 다 꿰뚫어보는 귀신처럼 병을 알아냈다네
애달픈 일이로다, 사람 가자 책마저 없어져버렸으니
뒷날에 아무도 《청낭》을 볼 수 없다네

화타를 죽인 뒤 조조는 더욱 병이 깊어졌다. 게다가 오와 촉에 대한 걱정까지 겹쳤다. 그때 가까이 모시는 이가 들어와 동오에서 편지를 보내왔다고 알렸다. 조조가 편지를 가져오라 하여 펼쳐보았다.

신하 손권은 하늘의 명령이 대왕께 내린 줄 오래전부터 알고 있습니다. 엎드려 바라오니, 빨리 황제 자리를 바로 하시고 장수를 보내 유비를 무찌르시어 동천·서천을 억눌러 가라앉히십시오. 그러면 저는 곧장 무리를 이끌고 가서 땅을 바치고 항복하겠습니다.

조조는 읽고 나더니 껄껄 웃은 뒤 편지를 신하들에게 보여주었다.

"이 어린놈이 나더러 화롯불 위에 앉으라 하는구나!"

시중 진군을 비롯해 여럿이 말했다.

"한나라 황실은 이미 기운 지 오래이고, 전하의 공덕은 한없이 드높으셔서 모든 백성이 다 우러러 받들고 있습니다.

이제 손권도 스스로 신하라 하며 명령을 받들겠다 하니, 이는 하늘과 사람이 함께 바라는 바이며 온갖 기운이 한소리를 내는 겁니다. 전하께서는 마땅히 하늘의 뜻에 따르시고 백성들의 마음을 받아들이셔서 빨리 황제 자리를 바로 하십시오."

조조가 빙그레 웃었다.

"내가 한나라를 섬긴 지 여러 해라 그동안 쌓은 공덕이 백성들에게 미친 게 있다고는 하나, 내 자리가 왕에 이르러 이름과 벼슬이 더할 수 없이 높아졌소. 그런데 어찌 주제넘게 더 바라겠소? 만약에 하늘의 명령이 내게 내렸다면 나는 직접 그 자리에 나아가지 않고 주나라 문왕처럼 하겠소. 문왕은 천하를 거의 다 차지했지만 자신은 끝까지 몸을 굽히지 않았소? 그게 다 나중을 생각해서 그랬지요."

사마의가 말했다.

"지금 손권이 스스로 신하라 일컬으며 따르겠다고 하니, 대왕께서는 벼슬을 내리셔서 그 사람이 유비를 막도록 하십시오."

조조는 그 말을 좇아 황제에게 표를 올려 손권을 표기장군 남창후로 삼고 형주까지 다스리게 한 뒤, 그날로 사람을 동오로 보내 이러한 사실을 알리도록 했다.

조조의 병은 더욱 깊어갔다.

어느 날 밤 조조는 자다가 말 세 마리가 한 구유에서 여물을 먹고 있는 꿈을 꾸었다. 그래서 날이 새자마자 가후에게 물었다.

"내가 전에 말 세 마리가 한 구유에서 여물을 먹는 꿈을 꾸었는데, 그때 생각으론 말 마(馬) 자가 들어가는 마등과 그 아들들이 화를 끼치는 게 아닌가 여겼소. 지금 마등은 죽고 없는데 엊저녁에 또 말 세 마리가 한 구유에서 여물을 먹는 꿈을 꾸었소. 무슨 일인지 알겠소?"

가후가 대답했다.

"복스런 말들을 보셨습니다. 좋은 일입니다. 구유 조(槽)는 대왕의 성씨인 조(曹)와 소리가 같습니다. 그러니 복스런 말들이 구유에서 여물을 먹는다는 건 그 말들이 조씨에게 왔다는 뜻입니다. 그러하거늘 대왕께서는 뭘 께름칙하게 생각하십니까?"

조조는 그 말을 듣자 마음이 적이 놓였다.

나중에 어떤 사람이 읊은 시가 있다.

세 마리 말이 한 구유에서 먹는 건 예삿일이 아니지

진나라 뿌리가 벌써 자라는지 몰랐구나

조조는 간사스런 영웅다운 꾀로 헛심만 열심히 쓰면서

조정 안에 말 마(馬) 자 들어 있는 사마씨 있는 줄은 왜 몰랐나

그날 밤 조조는 잠을 자려고 누웠는데, 밤이 이슥해지도록 머리가 아프고 눈앞이 어지러워 다시 일어나 책상에 얼굴을 묻고 엎드렸다. 뜬금없이 궁 안에서 비단 찢어지는 듯한 소리가 났다. 조조가 소스라치게 놀라며 눈을 뜨고 보니 복황후와 동귀인·두 황자·복완·동승 등 20명 남짓이 피투성이 몸으로 스산한 기운이 서린 구름 속에 서 있었다. 저마다 자기 목숨을 돌려달라고 하는 소리가 아득하게 들려왔다. 조조는 급히 칼을 들어 휘저었다. 그러자 갑자기 벼락치는 듯한 소리가 나면서 궁 서남쪽 한 귀퉁이가 무너져내렸다. 조조는 까무러치게 놀라며 바닥에 쓰러졌다. 가까이서 모시는 이들이 달려와 조조를 다른 궁으로 옮긴 뒤 몸을 돌보게 했다.

다음 날 밤 궁 밖에서 또 남자와 여자들의 울음소리가 그치지 않고 들려왔다. 날이 밝자마자 조조는 신하들을 모두 불러모았다.

“나는 삼십 년을 싸움터에서 지내왔으나 이때껏 이상야릇한 일을 믿지 않았소. 그런데 요즘 어째서 이런 일이 일어나는지 모르겠소.”

신하들이 머리를 조아렸다.

"대왕께서 도사들에게 일러 제사를 지내도록 하십시오."

조조가 한숨을 내쉬었다.

"성인께서 말씀하시기를, 하늘에 죄를 지으면 빌 곳이 없다고 하셨소. 하늘이 정한 내 목숨이 다했거늘 어떻게 구해지기를 바라겠소?"

조조는 끝내 제사를 지내라고 하지 않았다.

이튿날 조조는 답답한 기운이 가슴에 차오르며 아무것도 볼 수 없었다. 급히 의논을 하기 위해 하후돈을 불러오라 하였다. 하후돈이 궁 문 앞에 이르러 보니 느닷없이 복황후와 동귀인·두 황자·복완·동승 등이 검은 구름 속에 서 있었다. 하후돈은 소스라치게 놀라며 정신을 잃고 쓰러졌다. 곁 사람들이 부축해 옮겼지만 그대로 병이 나고 말았다.

조조는 조홍·진군·가후·사마의 등을 불렀다. 모두들 조조가 누워 있는 곳 가까이 가자 조조가 뒷일을 부탁했다.

조홍을 비롯해 모두들 머리를 조아렸다.

"대왕께서는 아무쪼록 귀하신 몸을 잘 돌보십시오. 머지않아 좋아지십니다."

조조가 말했다.

"내가 삼십 년 동안 천하를 누비며 영웅이라고 하는 이들을 다 무찔러버렸지만, 강동의 손권과 서촉의 유비만은 아직 쓸어버리지 못했소. 이제 나는 병이 깊어 그대들과 다시 이야기를 나눌 수 없을 성싶어 특별히 집안일을 부탁하려 하오. 유씨가 낳은 맏아들 조앙은 불행하게도 완성에서 일찍 죽었소. 변씨가 아들 넷을 낳았는데, 비와 창과 식과 웅이오. 내가 평생 아끼던 아들은 셋째인 식이었소. 그런데 그 녀석은 겉으로 번들거리는 걸 좋아하고 성실하지 못한데다 술을 좋아하고 너무 함부로 굴어 내 뒤로 세울 수 없었소. 둘째인 창은 씩씩하기는 하지만 꾀가 없어 안 되고, 넷째인 웅은 병치레가 잦아 제 몸 하나도 제대로 거두지 못해 안 되오. 맏이인 비는 열심히 하고 성실하며 겸손하면서 삼갈 줄 아니 내가 닦은 터를 이어받을 만하오. 그대들이 잘 도와주기 바라오.”

조홍을 비롯해 모두들 울며 명령을 받고 물러나왔다. 조조는 자신이 늘 지니고 있던 좋은 향을 가져오라 하여 곁에서 시중들던 여자들에게 나누어주면서 일렀다.

“내가 죽은 뒤 너희들은 부지런히 바느질 같은 것을 익혀 실로 짜는 신발을 만들어 팔면 너희들 스스로 먹고살 수 있을 터이다.”

이어 여러 첩들에게 동작대 안에 살면서 날마다 제사를 지내라고 했다. 반드시 여자 악사들더러 음악을 연주하게 하고 음식을 올리도록 했다. 마지막으로 조조는 자기 무덤에 대해서 일렀다.

조조가 마지막 말을 남기고 죽다.

"창덕부 강무성 밖에 가짜 무덤 일흔두 개를 만들도록 하라. 나중에 뒷사람이 내 묻힌 곳을 모르게 해야 한다. 혹시라도 내 무덤을 파헤칠까봐 두렵구나."

이런저런 부탁을 하고 나자 조조는 긴 한숨 소리를 내뱉은 뒤 눈물을 비 오듯 흘렸다. 조금 뒤 조조는 마침내 숨이 끊어지며 죽었다. 이때 나이 66살로, 건안 25년 봄 정월이었다.

나중에 어떤 사람이 조조를 두고 '업중가' 한 편을 지었다.

업 땅에 업성 있고 물은 장수라

남다른 사람 하나 딱 맞춰 여기서 일어났네

뛰어난 꾀와 시구 맞추는 일 모두 글 다루는 마음에서 나왔고

임금과 신하는 형과 아우 같고 아비와 아들 같았네

영웅의 가슴속은 보통 사람의 가슴속이 아니거늘

나타났다 사라지는 걸 어찌

보통 사람 눈높이로 알 수 있겠는가

공을 앞서 세우는 이와 죄를 짓는 우두머리

따로 두 사람 아니라네

고약한 냄새든 꽃향기이든 모두 본디 한 몸에서 나온다네

문장엔 신비스러움이 담겨 있고 밀어붙이는 힘이 넘쳐나니

어찌 보잘것없는 무리들과 섞이려 했겠는가

흐르는 물 가까이 대를 쌓아 태행과 마주하게 하니

기운과 움직임 따라 서로 낮고 높음이 갖추어졌네

이러한 사람이라 뒤집어엎지 않을 수 없었으리라

그리했으니 적게는 제후들의 우두머리고 크게는 왕 아닌가

모든 것 거머쥔 왕이 여자아이처럼 훌쩍이며

답답함을 가득 품고 어찌해야 할 줄 모르네

제사를 지내도 어쩔 수 없는 줄 뚜렷이 알고

향을 나눠준 걸 보니 정이 없는 사람 아니었네

아, 슬프도다. 옛사람은 크고 작은 일 따로 가르지 않았으니

고요하고 쓸쓸한 일이든 화려한 일이든 모두 뜻이 담겨 있다네

세상일 어두운 선비들아, 무덤 속 사람 함부로 들먹이지 마라

무덤 속 사람은 선비들을 실없다고 비웃는다네

조조가 죽자 문무 벼슬아치들은 모두 슬퍼하며 장사 지낼 준비를 했다. 또 세자인 조비와 언릉후 조창, 임치후 조식, 소회후 조웅에게 사람을 보내 조조의 죽음을 알렸다. 벼슬아치들은 조조의 몸을 씻겨 염을 한 뒤 금관에 넣고 은곽에 한 번 더 넣은 뒤 밤을 도와 업군으로 갔다. 조비가 아버지의 죽음을 알자 목을 놓아 슬피 울며 높고 낮은 벼슬아치들을 끌고 성에서 10리 밖까지 나왔다. 조비는 길바닥에 엎드려 죽은 아버지를 맞은 뒤 성 안으로 들여 한쪽 궁에 모셨

다. 벼슬아치들 모두 상복을 입고 궁 앞에 엎드려 울었다. 그때 한 사람이 앞으로 나섰다.

"부디 세자께서는 슬픔을 거두시고 큰일을 의논하도록 하십시오."

모두들 그를 바라보았다. 중서자 사마부였다. 사마부가 계속 말했다.

"위왕께서 세상을 뜨셨으니 천하가 떠들썩할 겁니다. 마땅히 빨리 자리를 이어받으셔서 백성들 마음을 편안하게 해야 합니다. 그러니 울음만 울고 계셔서야 되겠습니까?"

여러 신하들이 말했다.

"세자께서 마땅히 자리를 이어받으셔야 할 터이나 아직 천자의 명령을 받지 못했으니 어떻게 서두를 수 있겠소?"

병부상서 진교가 말했다.

"대왕께서 밖에서 돌아가셨으니 아끼시던 아드님이 제멋대로 왕의 자리에 오르기 위해 난리를 일으키면 나라가 위험에 빠지오."

진교는 칼을 빼어 들더니 옷소매를 쓱 베어 들고서 사납게 외쳤다.

"바로 오늘 세자께서 왕의 자리에 오르시도록 해야 하오. 여러분들 가운데에 딴소리를 하는 분이 있으면 이 옷소매처럼 될 거요!"

벼슬아치들 모두 두려워 어쩔 줄 몰라 했다. 그때 화흠이 허도에서 말을 달려왔다는 갑작스런 보고에 모두들 깜짝 놀랐다. 조금 있자 화흠이 들어왔다. 여러 사람이 그가 왜 왔는지 묻자 화흠이 말했다.

"위왕께서 돌아가셔서 천하가 떠들썩한데 어찌하여 세자께 왕의 자리를 빨리 잇도록 하지 않으시오?"

벼슬아치들이 대답했다.

"아직 황제의 명령을 받지 못해서 변왕후의 뜻을 받들어 세자를 왕으로 모시려 하고 있었소."

화흠이 말했다.

"내 이미 황제의 명령서를 가지고 왔소."

벼슬아치들 모두 펄쩍 뛰며 좋아라 했다. 화흠은 품속에서 명령서를 꺼내 들고 읽었다.

화흠은 본디 위왕에게 알랑거리며 비위를 맞추던 사람이었다. 미리 명령서를 꾸며놓고 황제를 몰아붙여 억지로 명령하게 했다. 황제는 어찌할 수 없어 조비를 위왕으로 삼고 승상과 기주목을 아울러 맡도록 했다.

조비는 그날로 왕의 자리에 올라 크고 작은 벼슬아치들의 절을 받고 축하 잔치를 열었다. 잔치 자리가 막 무르익어 가는데 갑자기 언릉후 조창이 장안에서 10만 대군을 이끌고 왔다는 보고가 들어왔다.

조비가 깜짝 놀라며 여러 신하들에게 물었다.

"노랑 수염 내 아우는 본디 성질이 깐깐한데다 무예에도 뛰어나오. 지금 군사를 거느리고 멀리서 왔다는데, 그건 나랑 왕의 자리를 다투려고 그런 게 틀림없소. 이를 어찌해야 좋겠소?"

바로 뜰아래에서 한 사람이 나섰다.

"제가 언릉후를 만나 한마디 말로 주저앉혀놓겠습니다."

모두들 입을 모았다.

"대부가 아니면 이렇게 닥친 일을 풀 사람이 없소."

조가네 비와 창 형제가 어떻게 하나 두고보자

원가네 담과 상이 서로 다툰 꼴이 되지 않을까

과연 이 일을 맡아 나선 이는 누구인지…….

콩깍지를 태워
콩을 삶다

형 조비는 아우 조식을 몰아붙이며 시를 지으라 하고
유봉은 조카로서 작은아버지를 구하지 않았다 하여 죽음을 당하다

조창이 군사를 이끌고 왔다는 소식에 조비는 깜짝 놀랐다. 그래서 벼슬아치들에게 어떻게 해야 할지를 묻자 한 사람이 선뜻 나서며 자기가 가서 주저앉히겠다고 했다. 모두들 그를 바라보았다. 간의대부 가규였다. 조비는 무척 좋아라 하며 가규에게 바로 다녀오도록 했다. 가규는 명령을 받들어 성을 나가 조창을 맞았다.

조창이 가규를 보자마자 물었다.

"돌아가신 왕의 옥새는 어디 있소?"

가규가 낯빛을 고치며 말했다.

"집안에는 맏이가 있고, 나라에는 세자가 있습니다. 돌아가신 왕의 옥새에 대해서는 군후께서 물어보실 필요가 없습니다."

조창은 아무 말 없이 입을 꽉 다물고 가규와 함께 성 안으로 들어갔다. 궁 문 앞에 이르자 가규가 물었다.

"군후께서는 이번에 왕께서 돌아가셔서 급히 오셨습니까? 아니면 왕의 자리를 다투러 오셨습니까?"

조창이 대답했다.

"나는 멀리서 아버님께서 돌아가셨다는 소식을 듣자마자 달려왔을 뿐이오. 딴마음은 없소."

가규가 말했다.

"딴마음이 없으시면 어째서 군사를 거느리고 성으로 들어가려 하십니까?"

조창은 곧바로 곁에 있는 장수와 군사들을 물러가게 한 뒤 홀몸으로 안으로 들어가 조비에게 절을 하였다. 두 형제는 서로 끌어안고 목을 놓아 울었다. 조창은 거느리고 온 군사를 모두 조비에게 바쳤다. 조비는 조창에게 언릉으로 돌아가 지키고 있으라 했다. 조창은 헤어지는 인사를 하고 돌아갔다.

이에 조비는 마음 놓고 왕의 자리에 올라 건안 25년을 연강 첫해로 바꿨다. 이어 가후를 태위로 삼고, 화흠은 상국으로, 왕랑은 어사대부로 삼았다. 그 밖의 높고 낮은 벼슬아치들의 자리도 모두 높여주며 상을 내렸다.

조조의 죽은 뒤 이름은 무왕이라 하고, 업군 고릉에 장사 지낸 다음 우금이 묘를 돌보는 일을 맡도록 했다. 우금은 명령을 받들어 그곳으로 갔다. 무덤 한쪽의 벽을 보니 흰 가루가 발라져 있고 그 위에 그림이 그려져 있었다. 관우가 칠군을 물로 쓸어 무찌른 뒤 우금을 사로잡는 그림이었다. 그림 속의 관우는 무게 있는 모습으로 윗자리에 앉아 있고, 방덕은 분을 참지 못한 채 굽히지 않는 모습인데, 우금은 바닥에 엎드려 살려달라고 목숨을 비는 꼴이었다.

조비는 우금이 싸움에 지고 사로잡혔을 때 죽음으로 꿋꿋함을 지키지 못하고 항복했다가 다시 돌아오기까지 하자 우금의 사람 됨됨이를 아주 우습게 여기게 되었다. 그래서 무덤 벽에 미리 그런 그림을 그려놓도록 하고, 일부러 우금을 그리 보내 자기 눈으로 부끄러운 자신의 모습을 보도록 하였다.

우금은 그 그림을 보자 부끄럽고 괴로웠다. 마침내 그러한 기운들이 차올라 병이 나서 얼마 가지 않아 죽고 말았다.

나중에 어떤 사람이 한숨 어린 시를 읊었다.

30년이나 되게 오래 맺어온 사이인데

어쩌다 어려움에 빠져 조조한테 충성하지 못했는지 딱하구나
사람을 안다 한들 그 마음속까지는 알 수 없지
이제 호랑이를 그리려면 뼛속부터 그려야겠네

화흠이 조비에게 말했다.

"언릉후는 군사를 바치고 제 땅으로 돌아갔지만, 임치후 식과 소회후 웅 두 사람은 왕이 돌아가셨는데도 아직껏 오지 않고 있습니다. 마땅히 죄를 물어야 합니다."

조비는 그 말을 좇아 곧바로 두 군데로 사람을 보내 죄를 묻도록 했다. 하루도 지나지 않았는데 소회후한테 갔던 사람이 돌아와 보고했다.

"소회후 조웅이 죄가 두려워 스스로 목을 매 죽고 말았습니다."

조비는 그의 장사를 잘 지내주도록 한 뒤 소회왕으로 올려주었다. 하루가 지나자 임치후한테 갔던 사람이 돌아와 보고했다.

"임치후는 날마다 정의·정이 형제와 함께 술에 취해 예의도 갖추지 않고 함부로 굴고 있습니다. 임금의 명령을 받들어 왔다는 소리를 듣고도 임치후는 자리에서 일어나 앉지도 않았습니다. 정의는 저를 보자 마구 꾸짖었습니다. '지난날 돌아가신 왕께서는 본디 우리 주인을 세자로 삼으려

하셨다. 그러나 알랑거리고 뜯어말리는 신하들이 막아 그리하지 못하셨다. 왕께서 돌아가신 지 얼마나 되었다고 형제끼리 죄를 묻는다고 설치느냐?' 하면서 말입니다. 게다가 정이는 '우리 주인께서는 세상 누구보다도 총명하시니 마땅히 왕의 자리를 이어받으셔야 했는데 그러지 못하셨다. 너희들 조정의 신하들은 어찌하여 이처럼 재주가 뛰어나신 분을 몰라보느냐!'고 소리쳤습니다. 임치후는 성을 내며 무사들을 시켜 저에게 몽둥이질을 하게 한 뒤 내쫓았습니다."

조비는 말을 다 듣고 나자 화를 벌컥 내며 허저더러 곧바로 호랑이 부대 3천 명을 이끌고 임치로 가서 조식을 비롯해 그 무리를 죄다 잡아오도록 했다. 허저는 명령을 받들어 군사를 이끌고 임치성에 이르렀다. 문을 지키는 장수가 앞을 막으며 들여보내주지 않았다. 허저는 그 자리에서 그 사람을 베어버린 뒤 성 안으로 들어갔다. 누구 하나 나서서 막지 못했다. 곧장 부중 안으로 들어가서 보니 조식을 비롯해 정의와 정이 모두 취해 쓰러져 있었다. 허저는 그들을 꽁꽁 묶은 뒤 수레에 싣고, 그곳의 높고 낮은 벼슬아치들도 모두 잡아 업군으로 끌고 가 조비의 명령을 기다렸다. 조비는 먼저 정의·정이 형제를 죽이라는 명령을 내렸다. 정의의 자는 정례이고, 정이의 자는 경례로 패군 사람이었다. 한 시대의 문사로 이름이 나 있어 그들의 죽음을 안타까워하는 이들이 많았다.

이때 조비의 어머니인 변씨는 조웅이 목매달아 죽었다는 소식을 듣자 마음이 몹시 아팠다. 게다가 또 조식이 잡혀 오고, 같이 어울리던 정의 형제가 이미 죽었다는 소식을 듣자 소스라치게 놀라 급히 조비를 만나러 나왔다. 조비는 어머니가 온 걸 보자 서둘러 절을 하며 맞았다.

변씨가 울며 말했다.

"네 아우 식이 늘 술을 좋아하고 함부로 날뛰며 멋대로 구는 건 사실이다. 가슴속에 들어 있는 자기 재주를 너무 믿어서 그런다. 하지만 너는 한 뱃속에서 태어난 정을 생각해서 목숨만은 살려주도록 해라. 그래야 내가 저승에 가더라도 눈을 감을 수 있겠구나."

조비가 말했다.

"저 역시 식의 재주를 무척 아끼는데 어찌 해치겠습니까? 지금 이러는 건 버르장머리를 좀 고쳐주려고 그럽니다. 어머님께서는 너무 걱정 마십시오."

변씨는 눈물을 흘리며 안으로 들어갔다. 조비는 옆 궁으로 나와 조식을 불렀다. 그러자 화흠이 곁에서 물었다.

"조금 전 태후께서 나오셨는데, 자건을 죽이지 말라고 하셨습니까?"

조비가 고개를 끄덕였다.

“그렇소.”

화흠은 자기 생각을 탁 털어놓았다.

“자건은 타고난 재주가 뛰어나고 슬기로움까지 갖추고 있어 끝내 연못 안에만 갇혀 있을 사람이 아닙니다. 빨리 없애지 않으면 반드시 뒤탈이 있을 겁니다.”

조비가 떨떠름한 표정을 지었다.

“어머님의 뜻을 거스르기는 어렵소.”

그러나 화흠은 내친김에 밀어붙였다.

“사람들은 모두 말하기를, 자건은 입만 열면 글이 이루어진다고 하는데 저는 믿기 어렵습니다. 대왕께서 불러들이신 김에 재주를 한번 시험해보십시오. 만약에 재주가 없으면 바로 죽이십시오. 그러나 듣던 대로 잘하면 벼슬을 깎아내리시고, 천하의 글깨나 쓴다는 이들의 입을 다물도록 하십시오.”

조비는 그렇게 하기로 했다. 조금 있자 조식이 두려움에 떨며 들어와 엎드려 절을 하고서 죄를 빌었다.

조비가 싸늘하게 말했다.

“나와 너는 정으로 말하면 형제이지만, 의리로 보면 임금과 신하이다. 그런데 너는 어찌하여 재주만 믿고 버릇없이 함부로 구느냐? 돌아가신 왕께서 살아 계실 때 너는 사람들 앞에서 늘 글재주를 자랑했다. 그러나 나는 네가 다른 사람이 써준 걸 가지고 떠들지 않나 하고 늘 미심쩍었다. 지금 내 앞에서 일곱 발자국 뗄 동안 시 한 수를 지어 읊도록 하라. 지으면 살려줄 테고, 그렇지 못하면 무거운 쪽의 죄로 다스리며 절대로 용서하지 않겠다!"

조식이 말했다.

"제목을 일러주십시오."

이때 마침 궁 안에는 빛이 엷은 먹물로 그린 그림 한 점이 걸려 있었다. 소 두 마리가 흙담 아래에서 싸우다가 한 마리가 우물에 빠져 죽는 모습을 그린 그림이었다.

조비가 그림을 가리키며 말했다.

"이 그림을 제목으로 삼아 지어라. 그러나 시에 소 두 마리가 담 아래에서 싸운다거나 한 마리가 우물에 빠져 죽었다든가 하는 말이 들어가면 안 된다."

조식은 곧바로 일곱 걸음을 걸으며 시를 지었다.

두 고깃덩어리가 함께 길을 가고 있네

머리 위엔 양쪽으로 뿔이 솟아 있고

흙더미로 뭉친 산 아래에서 서로 만나

갑자기 달려들어 부딪히며 싸움 벌이네

둘이 다 강할 수는 없는 까닭에

한 고깃덩어리는 흙구덩이 속에 드러눕네

조식이 일곱 걸음을 걸으며 시를 짓다.

힘이 달려 그런 게 아니라

넘치는 기운 다하도록 쓰지 못해서라네

조비와 신하들 모두 깜짝 놀랐다. 그러나 조비는 그대로 물러서지 않고 다시 다그쳤다.

"일곱 발자국 떼는 동안 짓긴 했으나 내 보기엔 너무 늦다. 너는 내 말이 떨어지자마자 시 한 수를 지을 수 있느냐?"

조식이 대답했다.

"제목만 주십시오."

조비가 말했다.

"나와 너는 형제이다. 그러니 형제라는 말을 제목으로 해서 지어보아라. 그러나 형이니 아우니 하는 말이 들어가선 안 된다."

조식은 조금도 머뭇거리지 않고 바로 시 한 수를 읊었다.

콩깍지를 태워 콩을 삶으니

가마솥 안에서 콩이 우는구나

본디 한 뿌리에서 나왔건만

어찌 이리도 급히 삶아대는가

조비는 조식의 시를 들으며 자신도 모르게 눈물을 주르

륵 흘렸다. 그때 어머니 변씨가 나오며 말했다.

"형이 되어가지고 어째서 아우를 이토록 괴롭히느냐?"

조비는 허겁지겁 자리에서 일어나며 말했다.

"나라의 법을 깔아뭉갤 수는 없습니다."

조비는 마침내 조식을 안향후로 낮추었다. 조식은 헤어지는 인사를 하고 말에 올라 떠나갔다.

조비는 왕의 자리를 잇자 법률을 뜯어고쳤다. 그리고 아비보다 더 한나라 황제를 몰아붙이며 못살게 굴었다. 이러한 소식은 염탐꾼을 통해 성도로 재빨리 보고되었다. 한중왕 유비는 이런 소식을 듣자 크게 놀라며 문무 벼슬아치들을 모아놓고 의논했다.

"조조는 이미 죽고 아들 조비가 뒤를 이었는데, 천자를 못살게 구는 게 조조보다 더 심하다 하오. 동오의 손권은 제 스스로 손을 모아 신하라 하고 있소. 그러니 내 먼저 동오를 무찔러 운장의 원수를 갚고, 그다음에 중원을 쳐 세상을 어지럽히는 도적들을 쓸어버릴까 하오."

말이 채 끝나기도 전에 요화가 앞으로 나가 바닥에 엎드린 채 울먹였다.

"관공 부자께서 해를 입으신 건 바로 유봉과 맹달의 죄입니다. 부디 그 두 역적부터 잡아 죽이십시오."

유비는 사람을 보내 두 사람을 잡아들이려 했다. 그러나 제갈량이 말렸다.

"그렇게 하시면 안 됩니다. 그건 천천히 꾀해야 합니다. 급히 서두르시면 탈이 생깁니다. 먼저 두 사람을 군수로 삼아 따로 떼어놓으신 뒤 사로잡도록 하십시오."

유비는 그 말을 좇아 사람을 보내 유봉의 벼슬을 높여 면죽으로 가서 지키도록 했다.

팽양은 본디 맹달과 두터운 사이였다. 그래서 이렇게 돌아가는 사정을 알게 되자 부리나케 집으로 돌아가 편지 한 통을 썼다. 그런 뒤 믿을 만한 사람을 불러 맹달에게 다녀오도록 했다. 그런데 그 사람이 남문 밖으로 나가다 순찰 돌던 군사에게 붙잡혀 마초한테 끌려갔다. 마초는 그 사람을 다그쳐 앞뒤 사정을 알게 되었다. 마초는 곧바로 팽양을 찾아갔다. 팽양은 마초를 안으로 맞아들인 뒤 술상을 내오게 했다. 술잔이 몇 번 돌고 나자 마초가 짐짓 떠보는 말을 했다.

"옛날에는 한중왕께서 공을 두터이 대하시더니 요새는 왜 그렇게 안 해주시죠?"

팽양은 술기운이 오른 김에 말을 마구 뱉었다.

"그 늙은 영감이 머리가 어떻게 되어서 그러오. 내 반드시 되갚아주겠소!"

마초가 맞장구를 쳤다.

"나도 원망스런 마음을 품은 지 오래요."

그 말에 팽양은 거침이 없었다.

"그럼 공은 본부 군사를 일으켜 밖에서 맹달과 함께 쳐들어오시오. 나는 서천 군사를 이끌고 안에서 돕겠소. 그러면 큰일을 이룰 수 있소."

마초가 고개를 끄덕였다.

"선생의 말씀대로 하는 게 좋겠소. 내일 다시 의논합시다."

마초는 팽양의 집을 나오자마자 편지를 가지고 가던 사람을 끌고 유비에게 가 어찌 된 일인지를 자세히 보고했다. 유비는 크게 화를 내며 곧장 팽양을 잡아다 옥에 가두고 캐어 묻도록 했다. 팽양은 옥 안에 갇히자 가슴을 쳤지만 이미 어찌할 수 없는 일이었다.

유비가 제갈량에게 물었다.

"팽양이 배반하려 했는데 어떻게 다스려야겠소?"

제갈량이 대답했다.

"팽양이 비록 미친 선비일 뿐이긴 하지만 이대로 살려두면 나중에 틀림없이 화를 불러일으킵니다."

이에 유비는 옥에 있는 팽양을 죽이도록 했다.

팽양이 죽고 난 뒤 누군가가 이 소식을 맹달에게 알려주었다. 소스라치게 놀란 맹달은 어찌해야 할지 몰라 허둥댔다. 그때 유비가 보낸 사람이 와서 유봉은 명령대로 면죽을 지키기 위해 떠났다. 맹달은 급히 상용·방릉의 도위인 신탐·신의 형제를 불러 의논했다.

"나는 효직 법정과 더불어 한중왕을 위해 공을 세운 사람이오. 그런데 지금 효직은 세상을 떠버렸고, 한중왕은 내가 앞서 세운 공을 다 잊어버리고 되레 나를 해치려 하오. 이를 어찌해야 좋소?"

신탐이 말했다.

"한중왕이 공을 해치지 못하게 할 수 있는 방법이 하나 있습니다."

맹달이 무척 좋아라 하며 그게 뭔지 급히 묻자 신탐이 대답했다.

"우리 형제는 위에 몸을 기댈 생각을 한 지 오래입니다. 공께서도 글을 한 통 꾸며서 한중왕에게 보내고 위왕 조비한테 가십시오. 조비는 틀림없이 중요한 자리를 내줄 겁니다. 우리 형제도 곧바로 뒤따라가겠습니다."

맹달은 무언가가 머리를 치는 듯했다. 곧바로 글 한 통을 꾸며 유비가 보낸 사람에게 들려 보냈다. 그런 뒤 그날 밤에 말 탄 군사 50명 남짓을 이끌고 위로 가버렸다. 맹달의 글을 가지고 성도로 돌아간 사람은 곧바로 유비에게 글을 바치며 맹달이 위로 달아난 일을 알렸다. 유비는 화를 벌컥 내며 글을 펼쳤다.

신하 맹달은 엎드려 전하께 올립니다. 전하께서는 상나라 이윤과 주나라 여상처럼 기틀을 마련하시고, 제나라 환공과 진나라 문공의 공을 본받아 큰일을 일으키시고자 오·초의 힘도 빌리셨습니다. 그리하여 뛰어난 선비들이 우러러보며 바람에 몰려오듯 했습니다. 제가 전하 아래로 들어온 뒤 잘못한 게 산처럼 많이 쌓였다는 걸 저 스스로도 알고 있는데, 전하께서야 오죽 잘 아시겠습니까? 지금 대왕의 조정에는 뛰어난 사람들이 많이 모여 있습니다. 그런데 저는 안에서 도울 만한 그릇이 못 되고 밖에서도 장수로서 다스릴 만한 재주가 없는데도 공을 세운 신하 대접을 받는다는 게 스스로 부끄럽기 짝이 없었습니다!

제가 듣기로 옛날에 범려는 자신이 도왔던 이가 계속 같이할 사람이 못 되는 걸 알자 오호에 배를 띄웠고, 구범은 자신의 공은 잊히고 잘못만 드러날까봐 스스로 죄를 빌고 황하에서 돌아섰답니다. 마침 서로 만나 뜻을 맞추어야 할 때 몸을 돌보며 물러나는 까닭은 무엇이겠습니까? 그건 나아갈 때와 물러설 때를 분명히 하기 위해서입니다. 하물며 저는 보잘것없는 사람으로 공은 세우지도 못한 채 머물러 세월만 보내고 있었습니다. 저는 옛 어진 이들의 일을 떠올리며 머지않아 닥칠 부끄러움을 생각해보았습니다. 옛날에 신생은 효도하는 마음이 깊었는데도 부모의 미움을 받았고, 자서는 충성스런 사람이었는데도 임금한테 죽임을 당하였으며, 몽념은 나라의 변두리를 지켰으나 큰 벌을 받았고, 악의는 제나라를 무찔렀으나 도리어 헐뜯기고 말았습니다. 저는 책 속에서 그런 얘기들을 읽을 때마다 슬프고 분하여 마음이 북받쳐 눈물을 흘렸는데, 지금 그런 일을 직접 겪고 보니 슬픔에 가슴이 미어집니다!

형주가 무너졌을 때 큰 신하들은 꿋꿋함을 잃고 백에 하나도 돌아오지 않았습니다. 그러나 오로지 저만은 일을 깊이 살펴 방릉과 상용을 잘 지켜냈습니다. 이제 그걸 전하께 그대로 바치고 스스로 밖으로 떠나가겠습니다. 엎드려 생각하니 전하의 높으신 은혜가 느껴집니다. 부디 저를 가엾이 여겨주시어 제가 이러는 걸 나무라지 말아주십시오. 저는 정말로 하잘것없는 사람이라 처음과 끝을 똑같이 하지 못했습니다. 알면서도 이러니 어찌 죄 아니라고 할 수 있겠습니까? 제가 늘 듣기로 '서로 맺음을 끊더라도 나쁜 말을 하지 않고, 신하가 떠나더라도 원망하지 않는다' 했습니다. 제가 잘못이 많아 군자들의 가르침을 제대로 받들지 못했으나, 부디 전하께서는 그리 해주십시오. 저는 지금 몸 둘 바를 모르겠습니다!

유비는 다 읽고 나자 화가 치밀 대로 치밀어올랐다.

"하잘것없는 놈이 나를 배반하면서 붓 장난질까지 쳐대며 겁도 없이 나를 놀리는구나!"

유비는 곧장 군사를 보내 잡아들이려 했으나 제갈량이

말렸다.

"유봉을 보내 두 호랑이가 서로 물어뜯도록 하십시오. 유봉은 이기든 지든 반드시 성도로 올 겁니다. 기다렸다 그때 죽여버리면 둘 다 없앨 수 있습니다."

유비는 그 말대로 하기로 하고 면죽으로 사람을 보내 유봉에게 명령을 전하도록 했다. 명령을 받은 유봉은 맹달을 잡기 위해 군사를 몰고 갔다.

한편 조비는 문무 벼슬아치들을 모아놓고 의논을 하고 있었다. 그때 보고가 들어왔다.

"촉의 장수 맹달이 항복하러 왔습니다."

조비가 들라 하여 물었다.

"거짓 항복하러 온 게 아닌가?"

맹달이 대답했다.

"관공이 위험에 빠져 있을 때 구하지 않았다 하여 한중왕이 저를 죽이려 합니다. 그게 두려워 항복하러 왔는데 어찌 딴마음이 있겠습니까?"

그럼에도 조비가 미더워하지 않고 있는데 갑작스런 보고가 들어왔다. 유봉이 군사 5만 명을 이끌고 양양으로 쳐들어와 오로지 맹달을 죽이겠다고 한다고 했다.

조비가 맹달에게 말했다.

“그대가 참으로 항복하러 온 거라면 양양으로 가서 유봉의 목을 베어오라. 그러면 나도 그대를 믿을 수 있겠다.”

맹달이 말했다.

“제가 가서 뭐가 좋고 나쁜지를 따져 말로 달래겠습니다. 그러면 굳이 군사를 움직이지 않고 유봉까지 항복시킬 수 있습니다.”

조비는 무척 좋아라 하며 맹달을 산기상시 건무장군 평양정후로 삼고 아울러 신성 태수 자리까지 맡도록 하면서 양양으로 가 번성을 지키도록 했다. 양양에는 하후상과 서황이 상용의 여러 고을을 치기 위해 이미 머물고 있었다. 맹달은 양양에 이르자 두 장수에게 가서 인사를 나누었다. 맹달은 유봉이 성에서 50리 떨어진 곳에 영채를 세우고 있다는 걸 알았다. 바로 편지 한 통을 써서 촉군 영채로 보내 유봉에게 항복을 권했다.

편지를 읽고 난 유봉이 화를 버럭 냈다.

“이 역적놈이 작은아버지와 조카의 의리를 끊게 하더니 이제는 또 부자 사이까지 갈라놓아 나더러 충성과 효도를 다 못 하게 하려는구나.”

유봉은 편지를 박박 찢어버린 뒤 편지를 가져온 사람의 목을 베어버렸다.

다음 날 유봉은 군사를 이끌고 싸우러 갔다. 맹달은 유봉이 편지를 가져간 이를 죽였다는 말을 듣자 화가 치밀어올라 바로 군사를 끌고 싸우러 나왔다. 양쪽이 둥글게 진을 치고 나자 유봉이 문기 아래에 말을 세워놓은 뒤 칼을 들어 가리키며 욕을 했다.

"나라를 배반한 역적놈아, 어디다 대고 헛소리를 담은 걸 보냈더냐!"

맹달이 맞받아쳤다.

"죽음이 대가리 위에 앉았는데도 모르고 헤매는구나!"

화가 몹시 난 유봉이 칼을 휘두르며 맹달에게 말을 내달렸다. 채 3합도 싸우기 전에 맹달이 지고 달아났다. 유봉이 빈틈을 파고들며 그 뒤를 쫓아 20리쯤 갔을 때 외침 소리가 한 번 일더니 숨어 있던 군사들이 모두 뛰쳐나왔다. 왼쪽에서는 하후상이, 오른쪽에서는 서황이 치고 나왔다. 게다가 맹달까지 뒤돌아서서 치기 시작했다. 세 군데서 몰아치자 유봉은 크게 지고 달아나기 시작했다. 밤새 달려 상용으로 돌아가는데 뒤에서는 위군이 계속 쫓아왔다. 겨우 성 아래에 이른 유봉이 문을 열라고 소리치자 성 위에서 화살이 어지러이 쏟아지더니 신탐이 성 위에 나타나 소리쳤다.

"나는 이미 위에 항복했다!"

유봉은 왈칵 화가 치밀어올라 성을 치려 했다. 그러나 뒤에서 군사들이 금세 들이닥칠 듯싶어 더 버틸 수가 없어 방릉을 바라고 달아났다. 하지만 거기 성 위에도 이미 위군의 깃발이 꽂혀 있었다. 신의가 성 위에서 깃발을 한 번 흔들자 성 뒤쪽에서 군사 한 무리가 '우장군 서황'이라는 글씨가 커다랗게 쓰인 깃발을 앞세운 채 쏟아져나왔다. 유봉은 싸워볼 수가 없어 급히 서천을 바라고 달아나기 시작했다. 서황이 이긴 기운을 몰아 뒤쫓아왔다. 유봉은 겨우 말 탄 군사 1백 명 남짓만 이끌고 성도에 이르렀다. 들어가 한중왕 유비를 만나 엎드려 울며 지난 일을 낱낱이 말했다.

유비가 화난 목소리로 말했다.

"창피스런 아들놈아, 무슨 낯짝으로 나를 찾아왔느냐!"

유봉이 말했다.

"작은아버님이 어려움에 빠지셨을 때 제가 구하지 않으려 한 건 아닙니다. 맹달이 말리며 못 가게 막아서 그렇게 되었습니다."

그 말에 유비는 화가 더 솟구쳤다.

"너도 사람이 먹는 음식을 먹고 사람이 입는 옷을 입고 살았다. 흙이나 나무로 만든 허수아비가 아니란 말이다! 그런데 어찌 역적놈의 말을 듣고 그런 짓을 했단 말이냐!"

유비는 유봉을 끌어내 목을 베라 하였다. 유비는 유봉이 죽은 뒤에야 맹달이 항복하라고 권하는 편지를 찢고 그 편지를 가져온 이를 죽였다는 얘기를 듣고 몹시 가슴 아파했다. 그 아픔 위에 관우의 죽음 때문에 생긴 아픔까지 더 얹어져 마침내 병이 들고 말았다. 그리하여 군사를 움직일 수 없었다.

한편 위왕 조비는 왕의 자리에 오르자 문무 벼슬아치들의 자리를 모두 높여주고 상도 내렸다. 이어 무장한 군사 30만 명을 거느리고 남쪽의 패국 초현을 둘러보고 조상의 무덤을 찾아 제사를 크게 지냈다. 옛날 한고조가 패에 돌아왔을 때처럼 고향의 늙은이들이 먼지를 날리며 길로 쏟아져 나와 술을 따라 바쳤다. 그때 대장군 하후돈의 병이 돌이킬 수 없을 정도라는 보고가 들어왔다. 조비는 서둘러 업군으로 돌아갔다. 그러나 하후돈은 이미 죽은 뒤였다. 조비는 상복을 입고 장례를 잘 치러주었다.

그해 8월에 석읍현에 봉황이 날아오고, 임치성에는 기린이 나타났으며, 업군에는 누른빛의 용이 나타났다는 보고가 들어왔다. 이에 중랑장 이복과 태사승 허지가 만나 의논했다. 여러 가지로 좋은 일이 일어나는 건 바로 위가 마땅히 한을 대신해야 한다는 뜻이라고 입을 모았다. 그래서 황제 자리를 물려받는 식을 열어 한나라 황제가 위왕에게 천하를 넘겨야 한다고 했다. 마침내 화흠·왕랑·신비·가후·유이·유엽·진교·진군·환계 등 문무 벼슬아치 40명 남짓은

한나라 황제더러 황제 자리를 위왕 조비에게 물려주라고
하기 위해 안으로 들어갔다.

    위나라 조정이 지금 세워지니

    한나라 강산이 벌써 넘어갔네

과연 한나라 황제는 뭐라고 대답할는지…….

황제 자리에 오른
조비와 유비

조비는 황제를 내쫓아 불 기운으로 된 유씨 나라를 빼앗고
한중왕은 자리를 바로 하여 황제 자리를 잇다

화흠을 비롯해 문무 벼슬아치들은 몰려가 황제를 만났다. 바로 화흠이 앞으로 나섰다.

"엎드려 생각해보니 위왕이 왕의 자리에 오른 뒤 덕스러움이 사방에 퍼지고 어짊이 온갖 것에 미치고 있습니다. 예나 지금이나 이런 일이 없었을뿐더러, 요순시대라고 묶어서 말하는 당요와 우순시대에도 이보다 더하지는 않았습니다. 여러 신하들이 모여 따져보았는데, 한나라는 이미 끝난 걸로 의견이 모아졌습니다. 바라건대 폐하께서는 요순의 가르침을 본받으셔서 땅과 조정을 위왕에게 물려주십시오.

그렇게 하시는 게 위로는 하늘의 뜻에 맞고, 아래로는 백성들의 뜻에 따르는 일입니다. 나아가 폐하께서도 깨끗하고 편안하게 복을 누리실 수 있으며, 그동안 황제를 지내신 분들과 백성들한테도 더할 수 없이 좋은 일입니다! 그래서 저희들이 의논하여 특별히 말씀드리러 왔습니다.”

황제는 그 말을 듣자 소스라치게 놀랐다. 한참이나 할 말을 잊은 채 있다가 벼슬아치들을 보고 울면서 겨우 입을 열었다.

“우리 고조께서 석 자 칼을 들어 뱀을 죽이고 뜻을 일으키신 뒤 진나라를 가라앉히고 초나라를 무찌르시어 나라의 터를 닦아 세워 이어져 내려온 지 사백 넌이오. 내 비록 재주가 뛰어나지는 못하나 그다지 잘못한 일도 없는데 어찌 조상들이 꾸려놓은 나라를 버릴 수 있겠소? 여러분들은 다시 한 번 드러내놓고 의논해보기 바라오.”

화흠은 이복과 허지를 앞으로 나오라 한 뒤 다시 말했다.

“폐하께서 믿을 수 없으시거든 이 두 사람에게 물어보십시오.”

이에 이복이 말했다.

“위왕이 자리에 오르고 나자 기린이 나타나고 봉황이 날아들고 누른빛의 용이 나타났습니다. 게다가 벼들이 쑥쑥 잘 자라고 좋은 이슬이 내리니, 이는 모두 하늘이 보여주는 좋은 일들입니다. 위가 마땅히 한을 대신하라는 뜻으로 여겨집니다.”

이어 허지가 말했다.

“저희는 하늘을 맡아보고 있습니다. 밤에 하늘의 별을 살펴보니 불 기운으로 이루어진 한나라 기운은 이미 다 사그라졌습니다. 폐하의 황제별도 어디로 숨어버렸는지 보이지 않습니다. 위나라 별들의 기운은 하늘과 땅에 가득하여 말로 다 할 수가 없습니다. 게다가 나중에 일어날 일을 미리 헤아리는 것들이 적힌 책의 내용하고도 맞아떨어집니다. 거기를 보면 ‘귀신 귀(鬼) 자 곁에 맡길 위(委) 자니, 마땅히 한(漢)을 대신하는 것으로 더는 말(言)이 필요 없다. 말(言)은 동쪽이고 오(午)는 서쪽인데, 해(日) 둘이 나란히 빛나며 위아래로 옮겨 다니네’라고 쓰여 있습니다. 이를 풀어보면 귀(鬼) 자와 위(委) 자가 만나니 바로 위나라(魏)가 됩니다. 말(言)과 오(午)가 만나니 허(許)가 되고, 해(日) 둘이 위아래로 만나니 바로 창(昌)이 됩니다. 이는 위나라가 허창, 즉 허도에서 한나라를 이어받는다는 뜻입니다. 폐하께서는 부디 잘 살피시어 서둘러 자리를 물려주시기 바랍니다.”

황제가 어이없어했다.

“그대들이 말하는 좋은 일들이나 미래에 일어날 일을 헤아리는 따위는 다 거짓되고 미덥지 않소. 어찌 그런 쓸데없는 것들을 가지고 나더러 조상들이 기틀을 마련하고 이어 온 나라를 버리라고 하는가?”

왕랑이 나섰다.

“예로부터 잘 되어 일어난 뒤엔 반드시 무너지고, 들끓어 오른 뒤엔 반드시 기운이 다한다고 했습니다. 그러니 어찌 망하지 않는 나라가 있을 것이며, 무너지지 않는 집안이 있 겠습니까? 한나라 황실은 사백 년 넘게 이어져왔으나 폐하 에 이르러 이미 운이 다했으니 서둘러 물러나 피하시는 게 좋을 겁니다. 괜히 피하지 않고 미심쩍어하시며 머뭇거리 다간 끔찍한 일을 만나게 됩니다.”

황제는 목을 놓아 울며 뒷궁으로 들어갔다. 벼슬아치들 은 그런 모습을 보고 비웃으며 흩어져갔다.

다음 날 여러 벼슬아치들은 다시 궁에 모인 뒤 환관에게 황제를 불러오도록 했다. 황제가 걱정되고 두려워 쉬이 나 가지 못하자 곁에 있던 조황후가 물었다.

“벼슬아치들이 죄다 모여 폐하를 모시고 조회를 열자고 하는 성싶은데 어찌하여 머뭇거리십니까?”

황제가 울며 말했다.

“그대의 오라버니가 황제 자리를 빼앗으려고 벼슬아치들 을 시켜 나를 다그치는 까닭에 내가 나가지 못하고 있소.”

조황후가 화를 벌컥 내며 소리 질렀다.

"오라버니가 어찌하여 세상을 어지럽히는 역적질을 한단 말이오!"

말이 미처 끝나기도 전에 조홍과 조휴가 칼을 차고 들어와 황제더러 나가자고 했다. 조황후가 큰소리로 꾸짖었다.

"너희들이 재물과 자리가 욕심나서 같이 속닥거려 배반하여 세상을 어지럽히는 역적질을 하려고 하는구나! 우리 아버님은 온 나라를 덮을 만한 공을 세우시고 그 힘이 세상을 울렸지만 황제 자리만은 섣불리 넘보지 않으셨다. 지금 오라버니는 왕의 자리에 오른 지 얼마 되지도 않으면서 한 나라를 빼앗을 생각부터 하다니, 하늘이 반드시 가만두지 않을 거다."

조황후는 말을 마치자 목놓아 울며 안으로 들어가버렸다. 곁에서 모시는 이들 모두 흐느껴 울었다.

조홍과 조휴는 황제더러 나가자고 다시 으름장을 놓았다. 황제는 하는 수 없어 옷을 갈아입고 앞궁으로 나갔다.

화흠이 나서서 말했다.

"폐하께서는 저희들이 어제 의논하여 말씀드린 대로 하셔서 끔찍한 일을 만나지 않으시기 바랍니다."

황제가 목을 놓아 울었다.

"그대들 모두 한나라 녹을 오랫동안 먹었소. 여러분 가운데에는 한나라에 공을 세운 신하의 자손도 많소. 그런데 어찌하여 신하로서는 차마 해서는 안 되는 짓을 하는가?”

화흠이 말했다.

“폐하께서 만약에 여러 사람이 의논한 대로 하지 않으시면 어느 나절에 궁 안에서 끔찍한 일이 일어날지 모릅니다. 그건 결코 저희들이 폐하께 충성을 하지 않아서 일어나는 게 아닙니다.”

황제가 참다못해 쏘아붙였다.

“누가 겁도 없이 나를 죽이겠다는 건가?”

화흠 역시 사납게 소리쳤다.

“폐하가 임금으로서 복이 없어 사방이 다 어지럽다는 걸 세상 사람 모두 알고 있습니다! 만약에 위왕이 조정에 없었다면 폐하를 죽이려는 이가 어찌 한 사람뿐이었겠습니까? 그런데도 폐하는 그 은혜를 덕으로 갚으려 하지 않으시고 세상 사람이 다 들고일어나 폐하를 내쫓도록 하고 싶으십니까?”

황제는 까무러치게 놀라며 소매를 떨치고 일어났다. 왕랑이 화흠에게 눈짓을 했다. 화흠이 앞으로 나서더니 황제의 옷자락을 움켜잡은 뒤 낯빛을 바꾸어 윽박질렀다.

“그렇게 할지 안 할지 빨리 한마디만 하시오!”

황제는 부들부들 떨며 대답을 하지 못했다.

조홍과 조휴가 칼을 빼어 들며 소리쳤다.

"옥새를 간수하는 부보랑은 어디 있느냐?"

조필이 그 소리를 듣고 나왔다.

"부보랑은 여기 있소!"

조홍이 옥새를 내놓으라고 했다. 그러자 조필이 큰소리로 꾸짖었다.

"옥새는 천자의 보배로운 물건이오. 그걸 어찌 함부로 내놓으라 하오!"

조홍은 무사들더러 조필을 끌고 나가 목을 베도록 했다. 조필은 숨을 거둘 때까지 입을 닫지 않고 마구 꾸짖었다.

나중에 어떤 사람이 시를 지어 읊었다.

간사스런 무리들이 힘을 틀어쥐고

한나라를 망하게 하더니

스스로 자리를 내놓는 척하라 윽박지르면서

요순을 본받으라 하네

조정의 모든 벼슬아치들, 위를 떠받들고 섬기는데

충신이라곤 오로지 한 사람 부보랑뿐이네

황제는 몸을 떠는 걸 그치지 못했다. 뜰아래를 내려다보니 갑옷 입고 창을 든 군사들 수백 명이 있는데 모두 위군이었다. 황제는 울면서 신하들을 둘러보았다.

“내가 위왕에게 천하를 물려줄 테니 남은 목숨이나마 끝까지 살다 죽게 해주오.”

가후가 말했다.

“위왕은 반드시 폐하를 저버리지 않으실 겁니다. 폐하께서는 서둘러 조서를 내리시어 백성들이 마음을 놓게 해주십시오.”

황제는 어쩔 수 없어 진군에게 자리를 물려주는 조서를 꾸미도록 했다. 그런 뒤 화흠더러 조서와 옥새를 받들고 모든 벼슬아치들과 함께 위 왕궁으로 가서 바치게 했다.

조비는 무척 좋아라 하며 조서를 읽도록 했다.

내 이 자리에 서른두 해 앉아 있는 동안 천하가 몹시 어지러웠지만, 다행히 조상들의 도움이 있어 위기 속에서도 견딜 수 있었노라. 그러나 지금 우러러 하늘의 움직임을 헤아려보고 백성들 마음을 살피건대, 한나라 운수는 벌써 끝났고 새 운이 조씨에게 있다. 조씨의 지난번 왕은 이미 뛰어난 무예로 공을 세웠고, 지금 왕 또한 밝은 덕을 빛내며 흐름에 값하고 있으니 돌아가는 운수가 뚜렷함을 훤히 알겠다. 큰 도를 행할 때는 천하 백성을 먼저 생각하고 모두를 위하는 길을 따라야 한다. 그래서 옛날에 요임금도 사사로이 아들에게 자리를 물려주지 않음으로써 그 이름을 오래도록 떨치었다. 나도 그 일을 마음에 두고

따르고자 하고 있었다. 이제 요임금을 본받아 승상 위왕에게 자리를 물려주노니, 왕은 굳이 받지 않으려 하지 말지어다.

조서를 읽는 걸 듣고 난 조비가 바로 조서를 받으려 했다. 그러자 사마의가 말렸다.

"안 됩니다. 비록 조서와 옥새가 오긴 했지만 글을 올려 한 번 빼는 모양새를 갖추어야 천하의 나쁜 말을 막을 수 있습니다."

조비는 그 말을 따랐다. 그래서 왕랑에게 자신은 덕이 없으니 따로 크게 어진 이를 구해 자리를 물려주라고 하는 글을 짓게 했다. 그걸 받아본 황제는 무척 놀라고 의심스러워 여러 신하들에게 물었다.

"위왕이 받지 않겠다 하니 어찌해야 하오?"

화흠이 말했다.

"옛날에 위무왕도 왕의 자리를 내리자 세 번이나 뺐으나 다시 조서를 내리며 들어주지 않자 마침내 받았습니다. 폐하께서 다시 한 번 조서를 내리시면 위왕도 마땅히 받아들일 겁니다."

황제는 어쩔 수 없어 이번에는 환계에게 조서를 꾸미라 했다. 그런 뒤 고묘사 장음더러 조서와 옥새를 받들고 위왕궁으로 가도록 했다.

조비가 다시 조서를 읽도록 했다.

아, 그대 위왕이여. 글을 올려 빼는구나. 내 가만히 돌아보니 한나라 앞길이 막힌 지 이미 오래였다. 다행히 무왕 조조의 덕이 운수에 맞아떨어지고 뛰어난 무예를 떨쳐 사나운 무리들을 무찔러주니 세상이 편안해졌다. 지금 왕 조비가 지난번 왕의 뒤를 이어 더없이 큰 덕이 빛나며, 그 가르침이 세상을 덮어 어진 바람이 온 세상에 가득하니 하늘의 운수가 그대에게 있도다. 옛날에 요임금은 순임금이 스무 가지나 되는 큰 공을 세우자 그에게 천하를 물려주었으며, 순임금은 우임금이 물을 잘 다스리는 공을 세우자 그에게 자리를 물려주었다. 한나라도 요임금을 본받아 성스러운 의로움을 이어가고자 한다. 이에 신령스러운 마음을 따르고 하늘의 뜻을 뚜렷이 밝혀 행어사대부 장음에게 내 믿음의 표시를 주며 황제의 옥새를 받들어 보내니 왕은 받도록 하라.

조비는 조서가 또 오자 기뻐하면서도 가후에게 짐짓 걱정스러운 척 말했다.

"조서가 비록 두 번이나 왔지만, 그래도 끝내 세상의 나중 사람들한테서 자리를 빼앗았다는 소리를 들을까 두렵소."

가후가 말했다.

"그런 건 아주 쉬운 일입니다. 일단 장음더러 옥새를 다시 가지고 가게 하십시오. 이어 화흠을 시켜 황제에게 임금 자리를 주고받는 자리라는 뜻으로 '수선단'이라는 단을 하나 만들게 하십시오. 그런 뒤 좋은 날을 가려잡아 높고 낮은 벼슬아치들을 그 아래에 모두 모아놓고 황제가 직접 옥새를 받들어 천하를 대왕께 물려주도록 하십시오. 그러면 여러 사람들이 미심쩍어하는 것도 풀 수 있고, 뭇사람들의 숙덕거림도 막을 수 있습니다."

조비는 크게 기뻐하며 바로 장음더러 옥새를 가지고 돌아가라 하면서 다시 글을 올리며 뺐다.

장음이 돌아가 황제에게 다녀온 얘기를 하자 황제가 뭇 신하들에게 물었다.

"위왕이 또 받지 않겠다 하니, 그 속뜻이 무엇이오?"

화흠이 나서서 말했다.

"폐하께서 단을 하나 쌓은 뒤 수선단이라고 이름을 붙이십시오. 그런 뒤 벼슬아치들과 백성들을 모아놓고 모두들 보는 데서 뚜렷하고 확실하게 자리를 물려주십시오. 그리하시면 폐하의 후손들은 두고두고 위나라의 은혜를 입게 됩니다."

황제는 그 말을 좇지 않을 수 없었다. 그래서 태상원 벼슬아치를 보내 번양에 터를 마련한 뒤 3층짜리 단을 쌓도록 했다. 이어 10월 경오날 새벽에 자리를 물려주기로 했다.

마침내 그날이 되었다. 황제는 위왕 조비를 단 위로 올라오게 한 뒤 자리를 물려받게 했다. 단 아래에는 높고 낮은 벼슬아치 4백 명 남짓과 어림군·호분군·금군 합해서 군사 30만 명이 넘게 모여 있었다. 황제가 직접 옥새를 받들어 조비에게 주자 조비가 받았다. 단 아래에 있는 뭇 신하들은 무릎을 꿇은 채 자리를 물려주는 내용이 적힌 글을 읽는 소리를 들었다.

아, 그대 위왕이여! 옛날에 요임금은 순임금에게 자리를 물려주고, 순임금은 또 우임금에게 물려주었다. 하늘의 명령은 한 곳에 머물지 않고 오로지 덕 있는 이에게 돌아간다. 한나라는 이미 기운이 다해 세상이 질서를 잃더니, 마침내 나에 이르러서는 크게 어지러워지고 사나운 무리들이 일어나 천하를 뒤집으려 했다. 그러나 무왕의 뛰어난 무예가 있어 사방에서 일어난 난리를 가라앉히고 나라를 안정시키면서 나의 조상들 사당까지 지켜주었으니 어찌 나 혼자만의 복이겠는가? 참으로 온 천하가 다 그 덕을 보았다 하리라.

지금 왕 또한 지난날 업적을 이어받아 그 덕을 더욱 빛나게 하고 문무의 큰일을 넓히며 지난번 왕의 공을 널리 펼쳤도다. 하늘은 좋은 일들을 미리 알리고, 사람과 귀신은 그 뜻을 알아채

고 밝혔다. 이에 나는 그렇게 드러나는 뜻을 헤아려 다스리고
자 했다. 모두들 그대를 순임금 같은 이라 하니, 나는 요임금을
본받아 그대에게 존경스럽고 조심스러운 마음으로 황제 자리
를 물려주노라. 아, 하늘의 운수가 그대에게 있으니, 그대는 물
려주고 이어받는 의식에 따라 온 나라를 받아 삼가 하늘의 명
령을 따르도록 하라!

글을 다 읽고 나자 위왕 조비는 곧바로 자리를 물려받는
식을 치르고 황제 자리에 올랐다. 가후는 높고 낮은 벼슬아
치들을 이끌고 단 아래에서 인사를 올렸다. 조비는 먼저 연
호 연강 첫해를 황초 첫해로 바꾸고, 나라 이름은 대위라고
했다. 이어 온 나라에 죄지은 이들을 풀어주라는 명령을 내
리고, 죽은 제 아비 조조를 태조 무황제라 부르도록 했다.
화흠이 나섰다.
"하늘에는 해가 둘일 수 없고, 백성에게는 임금이 둘일 수
없습니다. 한나라 황제는 이미 천하를 물려주었으니 마땅
히 멀리 떨어진 데로 물러가야 합니다. 저 유씨를 어디로 보
내서 지내게 할지 밝혀주십시오."
말을 마치자 황제를 끌어내려 단 아래에 꿇어앉힌 뒤 명
령을 기다리게 했다. 조비는 황제를 산양공으로 삼은 뒤 그
날로 바로 떠나도록 했다. 화흠이 한 손에 칼을 잡고 서서

물러난 황제를 가리키며 사납게 소리쳤다.

"한 황제를 세우고, 한 황제를 물러나게 하는 건 예로부터 늘 있던 일이다. 새 황제께서 어질고 사랑이 두터우셔서 차마 해치지 못하시고 그대를 산양공으로 삼아주셨다. 오늘 곧바로 떠나되 황제께서 부르시기 전에는 절대로 조정에 나타나지 말라!"

물러난 황제는 눈물을 흘리며 애써 고맙다고 절을 한 뒤 말을 타고 떠났다. 단 아래에 늘어서 있던 군사들이며 백성들 모두 이 모습을 보자 슬픔을 감추지 못했다.

조비가 신하들을 둘러보며 말했다.

"순임금과 우임금의 일을 내가 알겠노라!"

뭇 신하들 모두 만세를 불렀다.

나중에 어떤 이가 수선단을 보고 한숨을 내쉬며 시를 읊었다.

앞뒤 두 한나라 다스리는 일 어렵고 어렵더니

하루아침에 옛 강산 다 잃고 말았네

조비는 요순 임금이 한 일 본받았다는데

나중에 사마씨가 이걸 보고 또 흉내 냈다네

모든 벼슬아치들이 조비에게 하늘과 땅에 고마움을 나타

내는 인사를 하도록 했다. 그래서 조비가 절을 하는데 갑자기 단 앞에서 이상한 바람이 한바탕 몰아치더니 모래를 날리고 돌을 구르게 하였다. 바람에 휩싸인 모래와 돌이 마치 소낙비 쏟아지듯 하니 서로 마주하고도 얼굴을 볼 수가 없었다. 단 위에 켜놓은 불도 모두 꺼져버렸다.

조비는 놀라 단 위에서 까무러쳤다. 벼슬아치들이 급히 단 아래로 구해 내려오자 한참 만에야 깨어났다. 곁에서 모시는 이들이 궁 안으로 모셨지만 며칠 동안 조회도 열지 못했다. 나중에 병이 좀 나아지자 그때에야 비로소 나와 뭇 신하들의 축하 인사를 받았다. 조비는 화흠을 사도로 삼고 왕랑은 사공으로 삼은 뒤 높고 낮은 벼슬아치들 모두 자리를 높여주고 상도 내렸다.

조비의 병은 좀체 낫지 않았다. 조비는 허도의 궁궐에 요사스런 귀신들이 많아 그런 거라 여겼다. 그래서 허도에서 낙양으로 옮겨 궁전을 크게 짓도록 했다.

이러한 사실은 일찌감치 성도에도 보고되었다. 조비가 스스로 대위의 황제가 되어 낙양에 궁전을 짓는다는 소식이 먼저 들어왔다. 이어 한나라 황제는 이미 죽임을 당했다는 소식이 들어왔다.

한중왕 유비는 이러한 소식을 듣자 하루 내내 목을 놓아

조비가 황제 자리에 오르자 느닷없이 거센 바람이 한바탕 몰아치다.

울었다. 유비는 벼슬아치들 모두 상복을 입게 하고 멀리 허도를 바라보며 제사를 지낸 뒤 효민황제라는 이름을 바쳤다.

유비는 너무 걱정을 많이 한 탓에 끝내 앓아눕고 말았다. 일을 볼 수 없게 되자 제갈량에게 모든 걸 맡겼다. 제갈량은 태부 허정과 광록대부 초주와 의논했다. 천하에 하루라도 임금이 없어서는 안 되니 한중왕을 높여 황제로 모시자고 했다. 이에 초주가 말했다.

"요새 보니 바람과 구름에 좋은 기운이 서려 있습니다. 성도 서북쪽에 누런 기운이 수십 길이나 하늘로 뻗쳐 있고, 황제별이 필·위·묘 별자리들이 있는 쪽에 나타나 마치 달처럼 밝게 빛납니다. 이는 바로 한중왕께서 마땅히 황제 자리에 올라 한나라를 이어가라는 뜻입니다. 의심할 게 뭐 있겠습니까?"

제갈량은 높고 낮은 벼슬아치들을 모두 거느리고 들어가서 한중왕 유비더러 황제 자리에 오르라는 글을 올렸다. 유비가 글을 보고 소스라치게 놀랐다.

"그대들은 나를 충성심도 없고 의로움도 없는 사람으로 만들고 싶은 것이오?"

제갈량이 말했다.

"그런 게 아닙니다. 조비는 한나라를 빼앗아 제멋대로 황제 자리에 올랐지만 대왕께서는 한나라 황실의 후손이십니

다. 그러니 마땅히 자리에 오르셔서 한나라 조정을 이어가
셔야 합니다.”

유비의 낯빛이 바뀌었다.

“내 어찌 역적들이 하는 짓을 따라할 수 있겠소!”

유비는 소매를 떨치며 일어나 뒷궁으로 들어가버렸다.
벼슬아치들은 흩어져 갔다.

사흘 뒤 제갈량은 다시 벼슬아치들을 거느리고 들어가
유비를 뵙자고 했다. 유비가 나오자 모두들 앞에 엎드렸다.

허정이 나서서 말했다.

“지금 한나라 황제는 이미 조비한테 죽고 말았습니다. 대
왕께서는 황제 자리에 오르신 뒤 군사를 일으키시어 역적을
치셔야 합니다. 그렇게 하지 않으시면 충성스러움과 의로움
을 저버리는 게 됩니다. 지금 천하를 둘러보면 대왕께서 자
리에 오르셔서 효민황제의 한을 풀어주기를 원하지 않는 이
가 없습니다. 만약에 저희들이 의논한 바를 따르지 않으신
다면 이야말로 백성들의 바람을 저버리는 일입니다.”

유비가 고개를 저었다.

“내 비록 경제의 후손이기는 하나 백성들에게 아무런 덕
도 베풀지 못했소. 그런 사람이 뜬금없이 하루아침에 스스
로 황제 자리에 오른다면 황제 자리를 억지로 빼앗은 이와
뭐가 다르겠소!”

그 뒤에도 제갈량이 여러 번 권했지만 유비는 고집을 부리며 따르지 않았다. 이에 제갈량은 하는 수 없어 꾀 하나를 내어 벼슬아치들에게 이러저러하라 일렀다. 그런 뒤 병을 핑계 대고 나가지 않았다.

유비는 제갈량의 병이 깊다는 말을 듣자 직접 부중으로 가 누워 있는 제갈량 곁으로 갔다.

"공명은 어디가 그렇게 좋지 않소?"

제갈량이 대답했다.

"걱정거리가 많아 속이 타서 이대로 오래 살 수 없을 듯싶습니다!"

유비가 걱정스레 물었다.

"걱정거리가 무엇인데 그러오?"

유비가 거듭 물었으나 제갈량은 병이 아주 깊은 듯이 눈을 감고 입을 열지 않았다. 유비가 다시 몇 번 더 물었다. 그러자 제갈량은 긴 한숨을 내쉬며 입을 열었다.

"제가 초가집에서 나와 대왕과 함께하면서부터 지금까지 대왕께서는 제 말이라면 무어든 들어주며 따라주셨습니다. 그래서 오늘날 다행스럽게도 동천과 서천 땅을 다스리게 되었습니다. 이는 바로 지난날 제가 미리 헤아려서 드린 말씀대로 되었습니다. 지금 조비는 황제 자리를 빼앗고 한나라 조정을 무너뜨렸습니다. 그래서 벼슬아치들 모두 대왕을 황제로 받들어 모시고 위를 무찔러 유씨를 다시 일으키는 공을 세워 이름을 함께 떨치고자 했습니다. 그런데 뜻밖에도 대왕께서 고집을 부리시며 받아주지 않으셔서 벼슬아치들 모두 원망스런 마음을 품고 있어 머지않아 다 흩어져 버릴 낌새입니다. 만약에 문무 벼슬아치들이 모두 떠난 뒤 오와 위가 쳐들어오면 동천·서천 모두 지키기 어렵습니다. 그러니 제가 어찌 걱정하지 않을 수 있겠습니까?”

유비가 말했다.

“내가 굳이 안 된다고 하는 건 세상 사람들이 수군거리며 나무랄까봐 두려워서요.”

“성인이 말씀하시기를 ‘지켜야 할 도리가 바르지 않으면 말이 제대로 따르지 않는다’고 했습니다. 지금 대왕께서는 도리에 맞는 일을 하시는 거고, 거기에 말도 따릅니다. 무슨 숙덕거림이 있고 나무라는 말들이 있겠습니까? ‘하늘이 주는 걸 받지 않으면 오히려 미움을 산다’고 했습니다.”

“공명의 병이 다 나으면 그때 해도 늦지 않소.”

제갈량은 그 말을 듣자마자 벌떡 일어나더니 손으로 병풍을 한 번 쳤다. 그러자 밖에서 문무 벼슬아치들이 몰려들어와 바닥에 엎드려 절을 하며 입을 모았다.

“대왕께서 이미 그리하라 하셨으니, 이젠 좋은 날을 잡아 식을 올리도록 하십시오.”

유비가 그들을 둘러보았다. 태부 허정, 안한장군 미축, 청의후 향거, 양천후 유표, 별가 조조, 치중 양홍, 의조 두경, 종사 장상, 태상경 뇌공, 광록경 황권, 좨주 하종, 학사 윤묵, 사업 초주, 대사마 은순, 편장군 장예, 소부 왕모, 소문박사 이적, 종사랑 진복 들이 있었다.

유비가 놀라며 말했다.

"그대들이 나를 의롭지 않은 일에 빠뜨리려 하는구려!"

제갈량이 말했다.

"대왕께서 이미 그리하라 하셨으니 바로 단을 쌓고 좋은 날을 잡아 식을 올리도록 하겠습니다."

제갈량은 궁으로 돌아가는 유비를 배웅했다. 그런 뒤 바로 박사 허자와 간의랑 맹광에게 황제 자리에 오르는 식을 맡아보도록 한 뒤 성도 무담 남쪽에 단을 쌓으라 했다. 준비가 모두 끝나자 벼슬아치들은 임금이 타는 가마에 유비를 태운 뒤 제사를 지내기 위해 단으로 올라갔다.

초주가 단 위에서 소리 높여 제문을 읽었다.

건안 26년 4월 병오 초하루에서 열이틀 지난 정사 날에 황제 유비는 하늘의 신령과 땅의 신령께 아룁니다. 천하는 한나라 것으로 끝없이 이어졌습니다. 옛날에 왕망이 나라를 빼앗았으나 광무황제께서 크게 화를 내시며 죽여 나라를 다시 이었습니

다. 얼마 전에 조조가 군사를 이끌고 모질게 굴면서 황후를 죽이니 그 죄가 하늘에까지 넘치는데, 그의 아들 조비 역시 그악한 마음을 품고 있다 황제 자리를 빼앗았습니다. 이에 뭇 장수와 선비들은 한나라가 무너지는 게 안타까워 유비가 마땅히 그 뒤를 이어받아 고조와 광무 두 분이 이룬 바를 바탕으로 하늘의 벌을 대신하도록 했습니다.

그러나 유비는 황제 자리에 오를 만한 덕이 없는 게 두려워 백성들에게 묻고 멀리 거친 땅의 우두머리들에게까지 물어보았습니다. 그러자 모두들 하늘의 명령을 따르지 않으면 안 되고, 조상이 이룬 바가 오랫동안 바뀌어 있어도 안 되고, 천하에 주인이 없어서도 안 된다고 했습니다. 이렇듯 모든 사람들의 바람이 오로지 유비 한 사람에게 모여 있습니다. 유비는 하늘의 뚜렷한 명령이 두렵고, 고조와 광무가 이룬 바가 땅에 떨어질까 두려워 삼가 좋은 날을 잡아 단에 올라 제사를 지내며 황제의 옥새를 받아 세상을 다스리려 합니다. 바라옵건대 신령들께서는 한나라 황실에 복을 내리셔서 길이 편안하게 해주십시오.

제문을 다 읽자 제갈량은 벼슬아치들을 거느리고 공손히 옥새를 바쳤다. 유비는 이를 받아 단 위에 올려놓고 거듭 받을 수 없다고 빼며 말했다.

"이 사람 유비는 재주와 덕이 없소. 부디 재주와 덕이 있는 사람을 찾아주도록 하오.”

이에 제갈량이 말했다.

“대왕께서는 온 세상을 편안하게 가라앉히셔서 그 공과 덕이 천하에 빛납니다. 게다가 대 한나라의 후손이시므로 마땅히 황제 자리에 오르실 만합니다. 이미 하늘의 신령께 제사까지 다 지냈는데 어찌 못 받겠다고 하십니까!”

제갈량의 말이 끝나자마자 벼슬아치들 모두 만세를 불렀다. 이어 절을 하며 춤을 춤으로써 식을 다 마친 뒤 연호를 장무 첫해로 고쳤다. 왕비 오씨는 황후가 되고, 맏아들 유선은 태자가 되었다. 둘째 아들 유영은 노왕으로, 셋째 아들 유리는 양왕으로 삼았다. 제갈량은 승상이 되고, 허정은 사도가 되었다. 높고 낮은 벼슬아치들 모두 하나하나 빼지 않고 자리를 높이고 상을 내렸다. 아울러 죄수들도 풀어주었다. 이에 동천·서천의 군사와 백성들 가운데 기뻐하지 않는 이가 없었다.

다음 날 아침 회의가 열렸다. 문무 벼슬아치들 모두 절을 하고 양쪽으로 줄을 지어 섰다. 유비가 조서를 내렸다.

“나는 복숭아밭에서 관우·장비와 함께 의형제를 맺으며 살고 죽기를 함께하기로 다짐했소. 불행히도 둘째인 운장이 동오의 손권한테 죽고 말았소. 만약에 원수를 갚지 않으면 이는 다짐을 저버리는 일이 되오. 이에 온 나라의 군사를 모조리 일으켜 동오를 치고 역적을 사로잡아 이 한을 풀어야겠소!"

말이 끝나기 무섭게 줄지어 있던 가운데에서 한 사람이 나서서 뜰아래에서 절을 하며 말렸다.

"그건 안 됩니다!"

유비가 그를 바라보았다. 호위장군 조운이었다.

임금이 하늘을 대신해 치러 나가기도 전에

신하한테서 곧은 소리를 먼저 듣는구나

과연 조운은 어떻게 말릴는지…….

어이없이 죽고 마는 장비

장비는 형의 원수를 갚으려 서두르다 죽임을 당하고
유비는 아우의 한을 풀고자 군사를 일으키다

유비가 군사를 일으켜 동오를 치려 하자 조운이 나서서 말렸다.

"나라의 역적은 조조이지 손권이 아닙니다. 지금 조비가 한나라를 빼앗자 신과 사람 모두 노여워하고 있습니다. 폐하께서는 서둘러 관중을 꾀하서야 합니다. 위수 위쪽에 군사를 모아놓고 흉악한 역적을 치신다면 관동의 뜻있는 사람들이 틀림없이 먹을거리를 말에 싣고 달려와서 폐하의 군사를 맞이할 겁니다. 만약에 위를 제쳐두고 오를 치기 시작해서 일단 싸움이 벌어지면, 싸움이란 건 끝맺음이 쉽지 않습니다. 부디 잘 살펴주시기 바랍니다."

유비가 말했다.

"손권은 내 아우를 죽였소. 게다가 부사인·미방·반장·마충 같은 놈들 모두 이가 갈리는 원수들이오. 그놈들 살을 씹어먹고 살붙이까지 죄다 쓸어버려야 한이 풀리겠소! 그런데 어쩌자고 그대는 막으려 하오?"

조운이 다시 말했다.

"한나라의 원수를 갚는 건 공적인 일이지만, 형제의 원수를 갚는 건 사사로운 일입니다. 부디 천하를 중요하게 여기십시오."

유비의 얼굴이 굳어졌다.

"내가 아우의 원수를 갚지 못하면 만리강산에 걸쳐 온 세상을 다 얻은들 무슨 소용이 있겠소?"

유비는 조운이 말려도 끝내 듣지 않고 군사를 일으켜 오를 치라는 명령을 내렸다. 이어 멀리 오계로 사람을 보내 그쪽 군사 5만 명을 빌려 함께 칠 수 있게 했다. 또 낭중으로도 조서를 지닌 사람을 보냈다. 장비를 거기장군 및 사예교위·서향후로 삼으며 낭중목을 아울러 맡도록 하기 위해서였다.

한편 낭중의 장비는 관우가 동오한테서 죽임을 당했다는

소식을 듣자 아침저녁으로 소리쳐 울며 피눈물을 쏟아 옷 깃을 다 적셨다. 이에 여러 장수들은 그 마음을 풀어주기 위해 술을 권하며 달랬다. 장비는 술에 취하면 노여움이 더욱 솟았다. 그래서 장수든 군사든 가리지 않고 조금이라도 눈에 거슬리는 게 있으면 마구 매질을 했다. 이에 맞고 죽는 이도 여럿 나왔다. 장비는 또 날마다 두 눈을 부릅뜬 채 남쪽을 바라보며 노여움에 이를 부드득 갈면서 목놓아 소리쳐 울기를 되풀이했다.

그러한 때에 갑자기 유비가 보낸 사람이 왔다는 보고를 받았다. 장비는 서둘러 나가 맞이하여 조서 읽는 걸 들었다. 장비는 벼슬을 받자 북쪽을 보고 절을 한 다음, 술자리를 베풀어 조서 가지고 온 사람을 대접했다.

장비가 물었다.

"우리 형님이 죽임을 당해 내 원한이 바다처럼 깊소. 조정에 있는 신하들은 어찌하여 폐하께 빨리 군사를 일으키자고 아뢰지 않소?"

조서를 가지고 온 사람이 대답했다.

"먼저 위를 무찌른 뒤 오를 쳐야 한다고 권하는 의견이 많습니다."

장비가 몸을 부르르 떨었다.

"그게 무슨 말이오? 옛날에 우리 세 사람은 복숭아밭에서 의형제를 맺을 때 살고 죽기를 함께하자고 다짐했소. 지금 불행스럽게도 둘째 형님이 돌아가셨는데 내 어찌 홀로 편안함과 귀함을 누린단 말이오! 내 곧바로 천자를 가서 뵙고 앞장세워달라고 한 뒤 상복을 입고 오를 치겠소. 반드시 역적을 사로잡아 둘째 형님께 제사를 지내 지난날의 다짐을 지키겠소!”

장비는 말을 마치자마자 조서를 가지고 온 사람과 함께 성도로 떠났다.

이때 유비는 날마다 훈련장에 나가 직접 군사와 말을 훈련시키며 군사를 빨리 일으켜 오를 직접 치러 갈 준비를 하고 있었다. 이에 벼슬아치들이 승상부로 가 제갈량에게 말했다.

“천자께서는 자리에 오르신 지도 얼마 안 되셨는데 직접 군사를 거느리고 싸움터에 나가시려 합니다. 이는 나라를 중요하게 여기시는 게 아닙니다. 승상께서는 나라의 중요한 자리를 맡고 계시면서도 어찌하여 말리지 않으십니까?”

제갈량이 한숨을 내쉬었다.

“그러잖아도 내가 여러 차례 말렸소. 그런데도 듣지 않으십니다. 오늘은 나랑 여러분들 모두 함께 가서 말씀드려봅시다.”

제갈량은 벼슬아치들을 거느리고 유비에게 가서 말했다.

"폐하께서는 황제 자리에 오르신 지 얼마 되지 않으셨습니다. 만약에 북쪽에 있는 한나라 역적을 치러 가신다면 천하에 큰 뜻을 펼쳐 보이시기 위해 직접 천자의 군사를 거느리고 가셔도 됩니다. 그러나 오를 치는 일은 으뜸 장수 한 사람이 군사를 이끌고 가 치도록 하면 됩니다. 그런데 어쩌자고 직접 나서서 이러십니까?"

유비는 제갈량이 그렇게 말리자 마음이 좀 돌아섰다. 그때 뜻밖에 장비가 왔다는 보고를 받았다. 유비가 서둘러 그를 불러들였다. 장비는 훈련장의 연무청으로 들어와 바닥에 엎드려 절을 한 뒤 유비의 발을 부여잡고 울었다. 유비 역시 따라 울었다.

장비가 말했다.

"폐하께서는 이제 임금이 되시고 나니 복숭아밭에서 한 다짐을 벌써 잊으셨습니까? 둘째 형님의 원수를 왜 갚지 않고 계십니까?"

유비가 말했다.

"모두들 말리는 까닭에 내 섣불리 가벼이 움직이지 못하고 있다."

장비가 말했다.

"다른 사람들이 어찌 우리가 옛날에 다짐한 일을 알겠습니까? 폐하께서 가지 않으시면 저 혼자 목숨을 바쳐서라도 둘째 형님의 원수를 갚겠습니다. 만약 원수를 갚지 못하면 그대로 죽을 터라 다시는 폐하를 뵐 수 없을지 모릅니다!”

유비가 말했다.

“나도 너와 같이 가겠다. 너는 낭중으로 가서 거느리고 있는 군사를 이끌고 나오너라. 나는 날래고 씩씩한 군사를 거느리고 강주로 갈 테니 거기서 만나자. 함께 동오를 쳐서 이 한을 풀자!”

장비가 떠날 채비를 하자 유비가 부탁하는 말을 했다.

“나는 네가 술에 취하기만 하면 사나워지며 불같이 성깔을 부리면서 군사들을 때린다는 말을 들어 알고 있다. 그러고 나서 다시 군사들을 곁에 두고 부리는데 이건 화를 부르는 짓이다. 앞으로는 마음을 너그럽게 쓰도록 하고, 예전처럼 그리하지 말라.”

마침내 장비는 헤어지는 인사를 하고 떠났다.

다음 날 유비는 떠나기 위해 군사를 살펴보았다.

그때 학사 진복이 말했다.

“폐하께서는 천자의 자리에 계시는 귀한 몸이신데 그걸 잊으시고 조그마한 의리를 지키려 하십니까? 옛사람 누구도 그런 적이 없습니다. 부디 폐하께서는 깊이 헤아리시기 바랍니다.”

유비가 대답했다.

"운장은 나랑 한 몸이나 마찬가지요. 이게 바로 더할 수
없는 의리인데 어찌 잊을 수 있겠소?"

진복이 땅에 엎드린 채 일어나지 않고 계속 말했다.

"폐하께서 제 말씀을 따라주지 않으시니 자칫 잘못될까
봐 두렵습니다."

유비가 벌컥 성을 냈다.

"내가 지금 군사를 일으키려 하는데 그대는 어쩌자고 그
런 방정맞은 소리를 하는가!"

유비는 무사들에게 그를 끌고 가서 목을 베라고 소리쳤
다. 그러나 진복은 낯빛 하나 바뀌지 않은 채 유비를 돌아보
며 웃으면서 말했다.

"저는 죽어도 조금도 한스럽지 않습니다. 다만 새로 닦은
밑자리가 뒤집어질까봐 그게 걱정입니다!"

뭇 벼슬아치들이 나서서 진복을 용서해달라고 빌었다.

유비가 말했다.

"일단 옥에 가두어두어라. 내 원수를 갚고 돌아와 알아서
하겠다."

제갈량은 이 소식을 듣자 곧바로 진복을 구하기 위해 글
을 올렸다.

제갈량을 비롯해 여럿이 아룁니다. 오의 역적들이 간사스런 꾀

를 써서 형주를 뒤엎고 화를 입혀 장수 별을 두와 우 별자리 사이에 떨어지게 하고, 하늘을 받치는 기둥을 초 땅에서 꺾어버렸습니다. 너무도 슬프고 마음이 아파 잊을 수가 없습니다. 그러나 한나라를 무너뜨린 죄는 조조한테 있습니다. 유씨의 뒤를 끊은 건 손권이 아닙니다. 역적 위를 무너뜨리면 오는 저절로 엎드리게 되어 있습니다. 부디 폐하께서는 진복의 쇠나 돌처럼 굳건한 말을 받아들이시기 바랍니다. 군사의 힘을 더 기르시고 따로 좋은 방법을 더 짜내시는 게 나라에 도움이 되고, 나아가 천하를 위해서도 다행스런 일이 됩니다.

유비는 글을 읽고 나자 바닥에 내팽개쳤다.

"내 이미 뜻을 굳혔으니 누구든 더 말리지 말라!"

유비는 승상 제갈량더러 태자를 보호하며 동천·서천을 지키고 있으라 명령했다. 또 표기장군 마초와 그의 아우 마대는 진북장군 위연을 도와 한중을 지킴으로써 위군을 막도록 했다. 이어 호위장군 조운은 뒤에서 도우면서 식량과 말먹이를 맡도록 했다. 황권과 정기는 참모로 삼고, 마량과 진진에게는 문서 일을 맡겼다. 황충은 앞장서게 하고, 풍습과 장남은 부장으로 삼았으며, 부동과 장익은 중군호위로 삼았다. 조융과 요순에게는 뒤를 맡겼다. 서천 장수만도 수백 명인데 거기다가 오계의 장수까지 있었다. 군사는 모두

75만 명에 이르렀다. 장무 첫해 7월 병인날을 떠나는 날로 잡았다.

한편 장비는 낭중으로 돌아오자마자 사흘 안에 흰 깃발과 흰 갑옷을 마련하여 전군 모두 흰옷을 입고 오를 치러 갈 수 있게 하라는 명령을 내렸다.

다음 날 맨 끄트머리 장수인 범강과 장달 두 사람이 안으로 들어가 장비를 보고 말했다.

"흰 깃발과 흰 갑옷을 한꺼번에 마련하기가 힘듭니다. 날짜를 좀 늦춰주십시오."

장비가 버럭 소리를 내질렀다.

"내가 원수 갚을 일이 급해 내일이라도 당장 역적의 땅으로 쳐들어가지 못하는 게 한이다. 그런데 어찌 네놈들이 내 명령을 어기려 드느냐!"

장비는 무사들에게 두 사람을 나무에 묶어놓은 뒤 채찍으로 등을 50대씩 치게 했다. 매질이 끝나자 손가락질을 하며 소리쳤다.

"내일까지 다 마련해놓아라! 만약에 해놓지 못하면 너희 두 놈을 죽여 사람들한테 내보여 본보기로 삼을 테다!"

두 사람은 입으로 피가 넘어올 정도로 모질게 맞고 가까스로 영채로 돌아와 서로 쳐다보았다.

범강이 먼저 말했다.

"오늘은 이렇게 매를 맞는 걸로 때웠지만, 무슨 수로 그걸 다 마련한단 말인가? 그 인간 성깔 사납기가 불 같으니 내일까지 다 마련하지 못하면 자네랑 나는 죽을 수밖에 없네!"

장달이 이를 부드득 갈았다.

"우리가 그 인간한테 죽기 전에 우리가 먼저 그 인간을 죽여버리자고!"

범강이 한숨을 내쉬었다.

"가까이 다가갈 방법이 있어야지."

장달이 거침없이 내뱉었다.

"우리 둘이 죽을 팔자가 아니면 술에 취해 쓰러져 잘 테고, 우리가 죽을 팔자라면 술에 취해 있지 않겠지."

두 사람은 마침내 의논을 끝냈다.

한편 막사 안에 있는 장비는 정신이 사납고 마음이 어지러웠는데 좀체 가라앉지가 않았다. 그래서 부하 장수한테 털어놓았다.

"내가 지금 가슴이 벌렁거리고 살이 떨려 앉으나 누우나 불안하기 짝이 없다. 도대체 왜 그러는지 모르겠다."

부하 장수가 대답했다.

"그건 군후께서 관공을 너무 생각하셔서 그럽니다."

장비는 술을 가져오라 하여 부하 장수와 함께 마셨다. 마

시다 보니 자신도 모르게 크게 취해 막사 안에 쓰러져 잠이
들었다.

범강과 장달 두 사람은 장비가 잔뜩 취해 쓰러져 잔다는
사실을 알아냈다. 그래서 초저녁 무렵에 짤막한 칼을 몸에
숨기고 막사 안으로 슬며시 들어갔다. 그들은 비밀스런 일
을 보고하러 왔다고 둘러댄 뒤 장비가 자고 있는 데까지 들
어갔다. 원래 장비는 눈을 뜨고 자는 버릇이 있었다. 그날
밤에도 누워 자고 있는 성싶은데, 두 사람이 보니 수염이 곤
두서 있고 두 눈을 부릅뜨고 있었다. 그래서 두려워 손을 쓸
수가 없었다. 그때 코 고는 소리가 천둥같이 들려왔다. 그제
야 두 사람은 가까이 다가가 칼로 장비의 배를 푹 찔렀다.
장비는 외마디 소리를 한 번 크게 지른 뒤 죽고 말았다. 그
때 나이 55살이었다.

나중에 어떤 사람이 한숨 어린 시를 읊었다.

듣자니 일찍이 안희현에서 독우한테 매질을 했고
황건적 쓸어내며 한나라 도왔다네
호뢰관에서 뛰어남을 먼저 크게 떨치고
장판교에선 강물도 거꾸로 흐르게 했네
엄안을 의로움으로 놓아주어 촉 땅을 편안하게 하고
장합을 슬기롭게 속여 중주를 눌러앉혔네

장비가 범강과 장달에게 죽임을 당하다.

오를 치기도 전에 몸이 먼저 죽고 마니
낭중의 구슬픔, 가을 풀로 오래오래 자라나네

장비를 죽인 두 사람은 그날 밤 장비의 목을 베어 든 뒤
군사 수십 명을 이끌고 밤새 동오로 달려갔다. 다음 날에야
장비군 안에서 이런 사실을 알고 군사를 몰고 뒤쫓았지만
끝내 잡지 못하고 말았다.

장비의 부하 장수인 오반은 전에 형주에서 유비를 만나
적이 있었다. 그때 유비가 그를 아문장으로 삼아 장비를 돕
도록 해서 여태껏 장비를 따라 낭중을 지키고 있었다. 오반
은 곧바로 장비의 죽음을 천자에게 알리는 글을 먼저 보냈
다. 그런 뒤 장비의 맏아들 장포에게 관을 갖추어 장비의 주
검을 모시게 했다. 장포는 아우 장소에게 낭중을 지키게 한
뒤 직접 유비에게 보고하러 떠났다.

이때 유비는 이미 잡아놓은 날에 맞추어 군사를 일으켜
떠났다. 높고 낮은 벼슬아치들 모두 제갈량을 따라 10리 밖
까지 배웅하고 돌아왔다. 제갈량은 성도로 돌아오자 마음
이 답답했다.

제갈량이 뭇 벼슬아치들을 돌아보며 아쉬워했다.

"효직 법정이 살아 있었다면 폐하께서 동쪽으로 가시는
걸 반드시 막았을 텐데……."

한편 유비는 그날 밤 가슴이 벌렁거리고 살이 떨려 불안해 누워 편히 잠을 이룰 수가 없었다. 그래서 막사 밖으로 나와 하늘을 우러러 살펴보았다. 서북쪽 하늘에서 곡식을 헤아릴 때 쓰는 그릇인 말만큼 큰 별 하나가 갑자기 땅으로 떨어졌다. 유비는 무언가 께름칙한 기분이 들어 그 밤에 바로 제갈량에게 사람을 보내 물어보게 했다. 그랬더니 제갈량으로부터 좋지 않은 대답이 왔다.

"으뜸가는 장수 하나를 잃을 듯합니다. 틀림없이 사흘 안에 깜짝 놀랄 만한 보고가 들어오겠습니다."

유비는 그 자리에 군사를 눌러앉혀놓고 움직이지 않았다. 갑자기 곁에서 모시는 이가 들어와 보고했다.

"낭중에서 장거기장군의 부하 장수인 오반이 사람을 보내 글을 올렸습니다."

그 말을 듣자마자 유비가 발을 동동 굴렀다.

"아! 셋째가 죽었구나!"

서둘러 글을 펼쳐보니 짐작했던 대로 장비가 죽었다는 소식이었다. 유비는 목을 놓아 울부짖다 정신을 잃고 바닥에 쓰러졌다. 뭇 벼슬아치들이 달려들어 보살펴서 겨우 깨어났다.

다음 날 군사 한 무리가 바람처럼 달려오고 있다는 보고가 들어왔다. 유비가 영채에서 나와 그쪽을 바라보았다. 조금 있자 흰 웃옷에 은빛 갑옷 차림의 젊은 장수 하나가 말에서 뛰어내린 뒤 땅에 엎드리며 울었다. 바로 장포였다.

장포가 말했다.

"범강과 장달이 제 아버지를 죽인 뒤 머리를 가지고 오로 달아났습니다."

유비는 너무도 슬퍼서 아무것도 먹지 못했다. 뭇 신하들이 애써 달래었다.

"폐하께서는 두 아우의 원수를 갚고자 하시면서 어쩌자고 귀하신 몸을 돌보지 않으십니까?"

그제야 유비는 마지못해 음식을 먹었다.

유비가 장포에게 말했다.

"네가 오반과 함께 본부 군사를 이끌고 앞장서서 아버지 원수를 갚으러 가지 않겠느냐?"

장포가 대답했다.

"나라를 위하고 아버지를 위해서라면 만 번 죽어도 물러서지 않겠습니다!"

유비가 장포가 군사를 일으키도록 하기 위해 바로 보내려 하는데 또 사나운 범 같은 군사 한 무리가 바람처럼 달려온다는 보고가 들어왔다. 유비가 곁에서 모시는 이에게 누구인지 알아보게 했더니 얼마 지나지 않아 흰 웃옷에 은빛 갑옷 차림의 젊은 장수 하나를 데리고 들어왔다. 그는 영채 안으로 들어오자마자 바닥에 엎드려 울었다. 유비가 그를 보니 관흥이었다. 유비는 관흥을 보자 갑작스레 관우 생각이 떠올라 다시 목을 놓아 크게 울었다. 뭇 벼슬아치들이 다시 달래자 유비가 말했다.

"내가 옛날에 벼슬 없이 지낼 때 관우·장비와 더불어 의형제를 맺고 함께 살고 죽기로 다짐했소. 이제 내가 천자가 되었으니 두 아우와 함께 편안함과 귀함을 누리려 했는데 불행히도 둘 다 뜻밖의 죽음을 맞고 말았소! 두 조카를 보니 창자가 끊어질 듯하오!"

유비는 말을 마치자 또 크게 울어댔다.

뭇 벼슬아치들이 말했다.

"두 젊은 장군께서는 잠깐 물러가 계시오. 폐하께서 좀 쉬셔야겠소."

곁에서 모시는 이가 유비에게 말했다.

"폐하께서는 육십이 지나셨습니다. 너무 슬퍼하시면 좋지 않으십니다."

유비가 말했다.

"두 아우가 이미 다 죽었는데 나 홀로 편히 살아 무엇하겠는가!"

말을 마치자 유비는 머리를 바닥에 찧으며 울부짖었다. 여러 벼슬아치들이 의논했다.

"지금 천자께서 저렇듯 괴로워하시니 앞으로 이를 어찌해야 하오?"

마량이 말했다.

"폐하께서 직접 대군을 거느리고 오를 치려 하시면서 하루 내내 우시면 군사들한테도 좋지 않습니다."

진진이 말했다.

"내 들으니 성도 청성산 서쪽에 이의라는 노인이 숨어 살고 있다 하더군요. 세상 사람들 말로는 나이는 이미 삼백 살이 넘었는데 사람들의 살고 죽는 것과 좋고 나쁨을 훤히 꿰뚫어보아 바로 이 시대의 신선이라 하더군요. 천자께 아뢰어 이 노인을 불러 좋고 나쁨을 한번 물어보면 좋겠소. 그러는 편이 우리들이 이러쿵저러쿵하며 말씀드리는 것보다 나을 성싶소."

그들은 들어가 유비에게 이런 뜻을 말했다. 유비는 그 말을 좇아 진진에게 조서를 가지고 청성산으로 가서 이의를 불러오도록 했다. 진진은 밤을 도와 청성산에 이르렀다. 그고장 사람의 안내를 받아 산골짝 깊숙이 들어가자 멀리 신선이 사는 집이 보였다. 맑은 구름이 아득하게 깔려 있고 좋은 기운이 감도는데 느낌이 예사롭지 않았다. 뜻밖에 어린아이 하나가 나와 맞으며 물었다.

"거기 오시는 분이 진효기가 아니신지요?"

진진은 깜짝 놀랐다.

"내 이름을 어찌 아는고?"

아이가 대답했다.

"우리 스승님께서 어제 말씀하셨습니다. 오늘 틀림없이 황제가 부르실 텐데, 찾아오는 이는 진효기라고 하셨지요."

진진이 말했다.

"참으로 신선이라는 말이 쓸데없는 게 아니었구나!"

진진은 아이와 함께 신선이 사는 집으로 가 이의에게 절을 한 뒤 황제의 조서를 전했다. 그러나 이의는 나이를 핑계 대며 가지 않으려 했다.

진진은 거듭 사정했다.

"황제께서 급히 신선 어른을 뵙고자 하십니다. 부디 뿌리치지 마십시오."

이의는 그제야 가기로 하고 따라나섰다.

마침내 황제가 있는 영채로 가서 유비를 만났다. 유비가 이의를 바라보았다. 머리는 새하얗고 얼굴은 아이 같았으며, 푸른 눈에 네모진 눈동자가 반짝반짝 빛나는데 몸은 오래된 측백나무 같았다. 유비는 어느 모로 보나 보통 사람 같지 않아 깍듯이 예의를 갖추었다.

이의가 말했다.

"이 늙은이는 거친 산에 사는 촌사람일 뿐이라 배움도 없고 앎도 짧습니다. 폐하께서는 어인 일로 부르셨는지요?”

유비가 말했다.

“내가 관우·장비 두 아우와 더불어 살고 죽는 걸 같이하기로 다짐한 지 삼십 년이오. 두 아우가 해를 당해 내 직접 대군을 이끌고 원수를 갚으려 하는데 좋고 나쁨이 어떠한지 궁금하오. 선생께서는 깊고 깊은 이치를 다 꿰뚫어 아신다고 들었습니다. 부디 가르침을 주시기 바랍니다.”

이의가 말했다.

“모든 게 하늘의 운수에 달려 있지요. 그러니 이 늙은이는 모릅니다.”

그러나 유비가 거듭 묻자 이의는 마침내 종이와 붓을 달라 하더니 군사와 말과 무기 따위의 그림을 40장 넘게 그렸다. 그러나 이내 곧 그린 그림을 하나하나 다 찢어버렸다. 그러더니 이번엔 커다란 사람 하나가 하늘을 보고 누워 있고, 그 옆에서는 다른 사람이 땅을 파고 묻으려 하는 그림을 그렸다. 그리고 그 위에 흰 백(白) 자를 커다랗게 쓴 다음 머리를 조아린 뒤 돌아가버렸다.

유비는 몹시 못마땅해하며 신하들에게 투덜거렸다.

“미친 늙은이구만! 믿을 게 못 된다.”

바로 그 그림을 불태워버리도록 한 뒤 군사들을 재촉해 떠나려 했다.

이때 장포가 들어왔다.

"오반의 군사가 이미 이르렀습니다. 제가 앞장서게 해주십시오."

유비는 그 뜻을 갸륵하게 여겨 바로 앞장서는 장수에게 주는 관인을 장포에게 주었다. 장포가 그걸 받아 목에 걸려 하는데 젊은 장수 하나가 또 나서며 말했다.

"그 도장을 나한테 내놓아라!"

모두들 그를 바라보았다. 관흥이었다.

장포가 말했다.

"내 이미 명령을 받았다."

관흥이 말했다.

"네가 할 줄 아는 게 뭐 있다고 겁도 없이 그런 자리를 맡겠다는 거냐?"

장포가 대답했다.

"나는 어려서부터 무예를 닦아 활을 쏘면 한 발도 빗나가지 않는다."

유비가 두 사람이 다투는 걸 보고 말했다.

"내가 조카들의 무예를 보고 누가 더 나은지 가리겠다."

장포가 군사에게 깃발에 붉은 과녁 하나를 그려 백 걸음 밖에 꽂게 하였다. 그런 뒤 화살을 연거푸 세 대를 쏘아 모두 붉은 과녁을 맞혔다. 보고 있던 사람들 모두 칭찬을 아끼지 않았다. 그러자 관흥이 활을 들고 나서며 말했다.

"붉은 과녁을 맞힌 게 뭐가 대단하냐?"

바로 그때 머리 위로 기러기가 줄지어 날아가고 있었다. 관흥이 기러기 떼를 가리키며 말했다.

"나는 날아가는 기러기 떼 중에서 세 번째 기러기를 쏘아 맞히겠다."

바로 화살 한 대를 쏘니 활시위 소리에 맞춰 그 기러기가 땅에 떨어졌다. 문무 벼슬아치들 모두 소리 지르며 칭찬했다.

장포가 화가 나서 씩씩거리더니 말에 훌쩍 뛰어올라 제 아버지가 쓰던 장팔점강모를 쥐고 소리쳤다.

"네가 주제도 모르고 나랑 끝까지 무예를 겨뤄보겠느냐?"

관흥 역시 말에 뛰어오르더니 집안에 내려오던 대감도를 든 채 말을 달려나오며 소리쳤다.

"너만 창을 쓸 줄 아는 모양이구나! 나라고 어찌 칼을 쓸 줄 모르겠느냐!"

두 젊은 장수가 막 어우러져 싸우려 하자 유비가 소리 질렀다.

"두 녀석들은 버릇없이 함부로 굴지 마라!"

관흥과 장포는 서둘러 말에서 뛰어내린 뒤 무기를 버리고 엎드려 절을 하며 죄를 빌었다.

유비가 말했다.

"내가 탁군에서 너희 아버지들과 성이 다른데도 형제가 되기로 한 뒤부터는 친형제와 마찬가지로 지내왔다. 너희 두 사람 역시 한 형제나 다름없으니 마땅히 마음을 모으고 힘을 합쳐 아버지들의 원수를 갚아야 한다. 그런데 어쩌자고 서로 잘났느니 못났느니 다툼질이나 하면서 큰 도리를 놓치려 하느냐? 아버지들이 세상을 뜬 지 얼마 되지 않는데도 이러니 나중에는 어떻겠느냐?"

두 사람은 거듭 머리를 조아리며 죄를 빌었다.

유비가 물었다.

"너희 둘 가운데 누가 나이가 더 많으냐?"

장포가 대답했다.

"제가 관흥보다 한 살 더 많습니다."

유비는 곧장 관흥더러 장포에게 절을 하고 형으로 모시도록 했다. 두 사람은 바로 화살을 꺾어 길이길이 서로 도우며 살기를 다짐했다.

유비는 조서를 내려 오반을 앞장세우고, 장포와 관흥은 황제의 수레를 보호하게 했다. 이어 물과 뭍 양쪽에서 배와 말이 한꺼번에 나아가게 하였다. 마침내 유비군은 기다랗게 줄을 지어 끝없이 이어지며 오나라로 쳐들어갔다.

한편 달아난 범강과 장달은 장비의 머리를 손권에게 바

치며 지난 일을 자세히 일렀다. 말을 듣고 난 손권은 두 사람을 받아들인 뒤 벼슬아치들에게 물었다.

"지금 유현덕이 황제 자리에 올라 날래고 용감한 군사 칠십만 명 넘게 이끌고 직접 쳐들어오고 있소. 힘이 워낙 세니 이를 어찌하면 좋겠소?"

벼슬아치들 모두 놀라 얼굴빛이 변한 채 서로 쳐다볼 뿐이었다. 이때 제갈근이 나섰다.

"제가 군후의 녹을 먹은 지 오래되었으나 은혜를 제대로 갚지 못했습니다. 부디 제가 남은 목숨을 바쳐서라도 촉의 주인을 만나보러 가게 해주시기 바랍니다. 좋고 나쁨을 이리저리 따져 두 나라가 서로 사이좋게 지내며 조비의 죄를 밝혀 같이 치자고 해보겠습니다."

손권이 크게 기뻐하며 제갈근더러 유비한테 가서 군사를 거두도록 달래보라 했다.

두 나라가 서로 싸우면서도 사람은 보냈으니

한마디 말로 어려움 푸는 일, 그 사람한테 달려 있네

과연 제갈근은 이번에 가서 어찌할는지…….

오를 치는 유비

장무 첫해 가을 8월, 유비가 일으킨 대군은 기관에 이르러 백제성에 머물고 있었다. 앞서간 부대는 이미 천구를 벗어났다. 그때 가까이 모시는 이가 들어와 말했다.

"오에서 제갈근이 왔습니다."

유비는 만나지 않을 테니 돌려보내라고 했다. 그러자 황권이 말했다.

"제갈근의 아우는 우리 촉의 승상입니다. 틀림없이 뭔가 일이 있어서 왔을 텐데 폐하께서는 왜 만나지 않으려 하십니까? 일단 불러들여 뭐라고 하는지 들어보십시오. 들어줄 만하면 들어주시고, 그렇지 않으면 우리가 무엇 때문에 죄를 묻는지 분명히 따져 일러주어 그의 입으로 손권에게 직접 말하도록 하십시오.”

유비는 그 말을 좇아 제갈근을 성 안으로 들여보내게 했다. 제갈근이 들어와 엎드려 절을 하고 나자 유비가 물었다.

“자유는 먼 데서 무슨 일로 왔는가?”

제갈근이 말했다.

“제 아우는 폐하를 오랫동안 섬겨왔습니다. 그러하기에 저는 죽음을 무릅쓰고 특별히 형주 일을 아뢰러 왔습니다. 지난날 관공이 형주에 있을 때 오후는 여러 차례에 걸쳐 사돈을 맺자고 하였으나 관공이 끝내 듣지 않았습니다. 나중에 관공이 양양을 빼앗자 조조는 오후에게 여러 차례 편지를 띄우며 형주를 덮치라 하였으나 오후는 처음부터 그렇게 할 생각이 없었습니다. 그러나 관공과 사이가 좋지 않은 여몽이 멋대로 군사를 일으켜 큰일을 그르치고 말았습니다. 이에 오후는 지금도 그걸 막지 못한 걸 후회합니다. 이건 바로 여몽의 죄이지 오후의 잘못은 아닙니다. 여몽은 이미 죽고 없으니 원수도 사라진 셈입니다. 또 손부인은 오로지 폐하께 돌아가고 싶은 마음뿐입니다. 그래서 이번에 오후는 저를 보내 손부인을 돌려보내게 하고, 항복해온 장수들도 묶어 돌려보내며, 형주도 다시 옛날처럼 돌려주겠다고 했습니다. 그리하여 길이 좋은 사이를 단단히 맺어 조비를 함께 쳐서 역적질한 죄를 바로잡았으면 합니다."

유비가 노여운 빛을 띠며 꾸짖었다.

"동오가 내 아우를 해쳐놓고 지금 그럴싸하게 꾸며댄 말로 나를 달래려 드는가!"

제갈근이 다시 말했다.

"저는 폐하께 일의 무거움과 가벼움, 그리고 크고 작음을 따져서 말씀드려보겠습니다. 폐하께서는 바로 한나라의 황숙이십니다. 지금 한나라 황제 자리는 이미 조비한테 빼앗겨버렸습니다. 그런데 폐하께서는 이를 쓸어내실 생각은 하지 않으시고 성 다른 아우를 위해 귀하신 몸을 돌보지 않고 계십니다. 이는 큰 도리를 버리시고 작은 의리를 좇는 일입니다. 중원은 천하의 중심이 되는 땅으로 장안·낙양 두 도읍 모두 한나라가 닦아 세운 곳입니다. 폐하께서는 바로 그곳을 빼앗으셔야 하는데, 그건 놔두고 형주만 다투십니다. 이는 중요한 건 버리고 하찮은 걸 얻으려 하시는 바입니다. 천하 사람들은 폐하께서 황제 자리에 오르시자 이제 틀림없이 한나라가 다시 일어나고 잃었던 강산을 되찾으실 줄 믿었습니다. 지금 폐하께서는 위는 그대로 두시고 도리어 오만 치려 하시는데, 이렇게 하실 일은 아닙니다."

유비가 드디어 화를 더 참지 못하고 터뜨렸다.

                    박상률 완역 삼국지 7

"내 아우를 죽인 원수와는 한 하늘 아래 살 수 없다! 내 죽지 않고는 군사를 거둘 수 없다! 승상의 낯을 보지 않았다면 네 머리부터 베어버렸을 것이다! 너를 이대로 돌려보낼 테니 가서 손권한테 말해라. 목을 씻고 죽을 준비나 하고 있으라고 말이다!"

제갈근은 유비가 말을 들어주지 않자 강남으로 돌아가는 수밖에 없었다.

한편 장소는 손권에게 걱정스레 말했다.

"제갈자유가 촉군의 힘이 워낙 센 걸 보고 사이를 좋게 해보겠다는 핑계를 대고서 오를 배반하고 촉으로 간 듯합니다. 이제 갔으니 돌아오지 않을 게 틀림없습니다."

손권이 말했다.

"나와 자유는 살고 죽길 같이하기로 다짐하였소. 내가 자유를 버리지 않으면 자유도 나를 버리지 않소. 지난날 자유가 시상에 있을 때 공명이 오에 왔소. 그래서 내가 자유더러 그 사람을 붙잡아보라 했소. 그랬더니 자유가 '아우는 이미 현덕을 섬기니 두 마음을 갖지 않을 것입니다. 아우가 여기에 눌러 있지 않는 건 제가 촉으로 가지 않는 것과 같습니다'라고 했소. 그 말은 바로 하늘과 땅의 신명하고도 통할 말인데 오늘 어찌 촉에 항복하겠소? 나와 자유는 마음속 깊이 서로 믿는 사이이니 쓸데없는 말로 우리를 갈라놓으려 하지 마시오."

그런 말을 나누고 있는데 제갈근이 돌아왔다는 보고가
들어왔다.

손권이 장소를 보고 빙그레 웃었다.

"내 말이 어떠하오?"

장소는 얼굴 가득 부끄러운 빛을 띤 채 물러갔다.

제갈근이 들어와 유비를 달랬으나 뜻이 받아들여지지 않
더라고 말했다. 이에 손권은 소스라치게 놀랐다.

"그렇다면 강남이 위험하게 생겼소!"

뜰아래에서 한 사람이 나서며 말했다.

"제가 좋은 방법 하나를 가지고 있습니다. 위기를 풀 만합
니다."

중대부 조자였다.

손권이 급히 물었다.

"덕도한테 무슨 좋은 방법이 있소?"

조자가 대답했다.

"주공께서 글을 하나 써주십시오. 제가 위황제 조비한테
가서 여러 가지를 따져가며 달래어 한중을 덮치도록 하겠
습니다. 그러면 촉군은 저절로 위험에 빠질 겁니다."

손권이 말했다.

"좋은 방법이기는 하오. 그러나 이번에 가더라도 동오의

씩씩함이나 낮이 깎이게 굴어서는 안 되오.”

조자가 굳세게 말했다.

“만약에 조금이라도 잘못이 있으면 강물에 몸을 던져 죽겠습니다. 무슨 낯짝으로 강남 사람들을 보겠습니까!”

손권은 무척 좋아라 하며 바로 자신을 신하라고 낮추어 부르며 글을 써서 조자에게 주었다. 조자는 밤을 도와 떠났다. 허도에 이르자 조자는 먼저 태위 가후를 비롯해 높고 낮은 벼슬아치들을 만났다.

다음 날 아침 회의 때 가후가 나서며 말했다.

“동오에서 중대부 조자를 보내 글을 올렸습니다.”

조비가 웃으며 말했다.

“촉군을 물리쳐달라고 온 모양이군.”

조비가 조자를 불러들이라 했다. 조자는 붉은 바닥에 엎드려 절을 했다. 조비가 글을 읽고 난 뒤 조자에게 물었다.

“오후는 어떤 주인인가?”

조자가 대답했다.

“영리하고 눈이 밝으며, 어질고 슬기로운데다, 크나큰 뜻과 세상을 꾸리는 방법을 가지신 주인입니다.”

조비가 웃었다.

“그대가 너무 좋게 말하는 것 아닌가?”

조자가 다시 말했다.

"저는 결코 너무 좋게 말씀드린 게 아닙니다. 오후는 보통 사람들 가운데에 있던 노숙을 뽑아 썼습니다. 영리하기 때문에 그런 사람을 알아본 겁니다. 또 여몽을 일반 군사들 가운데에서 뽑아 쓴 걸 보면 눈이 밝은 줄 알 수 있고, 우금을 사로잡고도 해치지 않은 걸 보면 어질다는 걸 알 수 있습니다. 형주를 빼앗을 때 군사들 칼에 피를 묻히지 않게 한 걸 보면 슬기로움을 지녔다는 걸 알 수 있고, 삼강에 웅크리고 앉아 호랑이처럼 천하를 노려보니 크나큰 뜻이 어느 정도인지 알 수 있습니다. 게다가 폐하께 몸을 굽히는 걸 보면 세상을 꾸리는 방법이 뭔지 알고 있다고 할 수 있지 않겠습니까?"

조비가 다시 물었다.

"그럼 그대 주인의 학문은 어느 정도인가?"

조자가 대답했다.

"오후는 강 위에 배를 만 척이나 띄워놓고, 무장한 군사 백만 명을 거느리고 있습니다. 어질고 능력 있는 인물을 뽑아 알맞은 자리에 앉히고, 나라를 다스리는 일에 모든 걸 바칩니다. 그러면서도 조금만 틈이 나면 널리 책을 읽습니다. 지나간 일을 두루 살필 수 있는 역사책도 읽어 큰 흐름은 다 꿰뚫고 있습니다. 자잘한 선비들이 하는 것처럼 그럴싸한 글귀나 찾아 따지거나 외우는 식으로 하지는 않습니다."

조비가 짐짓 떠보았다.

"내가 오를 칠까 하는데 어떤가?"

조자가 아무렇지 않게 받아넘겼다.

"큰 나라가 쳐들어갈 군사를 가지고 있다면, 작은 나라는 그걸 막아낼 방법을 마련해놓고 있습니다."

"오는 위를 두려워하는가?"

"무장한 군사가 백만이나 되고, 장강과 한수를 연못처럼 알고 있는데 두려울 게 뭐 있겠습니까?"

조비가 내처 물었다.

"동오에는 대부 같은 사람이 몇이나 되는가?"

조자가 대답했다.

"뛰어나게 영리한 사람은 팔구십 명 되지 않을까 싶습니다. 하지만 저 같은 무리는 수레에 싣고 말로 될 정도라 이루 다 셀 수도 없을 겁니다."

조비가 깊이 느끼며 말했다.

"'다른 나라에 심부름 가서 자기 임금을 부끄럽게 하지 않는다' 하더니, 그대 같은 사람을 두고 한 말이구먼."

마침내 조비는 태상경 형정에게 손권을 오왕으로 삼으며, 아울러 황제에 버금가는 대우를 받아 누릴 수 있는 아홉 가지 혜택인 구석을 내린다는 조서를 쓰게 했다. 조자가 고마워하며 물러나가자 바로 대부 유엽이 말렸다.

"지금 손권은 촉군의 힘에 눌려 겁이 나서 항복하려고 합니다. 제 어리석은 생각으로는 촉과 오가 서로 싸우는 건 바로 하늘이 망하게 하려고 그러는 겁니다. 으뜸가는 장수에게 군사 몇만 명을 거느리고 강을 건너 덮치게 하십시오. 촉은 밖에서 치고 위는 안에서 치는 셈이니 오나라는 열흘도 못 가 무너지고 맙니다. 오가 망하면 촉도 홀로 버티기 어려워지는데 폐하께서는 어째서 일찌감치 그렇게 하지 않으십니까?"

조비가 말했다.

"손권은 이미 예의를 갖추어 나한테 숙이고 들어왔소. 그런데도 내가 그를 친다면 앞으로 나에게 항복하려는 천하 사람들의 마음을 막게 되오. 그러니 받아주는 게 낫소."

유엽이 다시 말했다.

"손권이 비록 뛰어난 재주를 가지고 있다 하더라도 벼슬 자리는 이미 망한 한나라의 표기장군 남창후에 지나지 않았습니다. 벼슬이 낮으면 세력도 보잘것없어 중원을 두려워하는 마음을 지니게 됩니다. 그런데 왕의 자리는 폐하보다 겨우 한 자리 낮을 뿐입니다. 지금 폐하께서는 거짓 항복을 믿으시고 자리를 높여 왕으로 삼아주시니, 이는 바로 호랑이한테 날개를 달아준 셈입니다."

조비가 말했다.

“그렇지 않소. 나는 오도 돕지 않고 촉도 돕지 않을 거요. 앞으로 오와 촉이 싸우는 걸 지켜보겠소. 둘 가운데 하나는 망하고 하나만 남게 되오. 그때 가서 남은 하나를 없애는 건 어렵지 않소. 내 이미 그렇게 하기로 마음을 굳혔으니 그대는 더 들먹이지 마시오.”

마침내 조비는 태상경 형정에게 손권을 왕으로 삼고 구석을 내린다는 조서를 받들어 조자와 함께 동오로 가도록 했다.

한편 손권은 벼슬아치들을 모아놓고 촉군을 물리칠 방법을 의논하고 있었다. 그때 갑작스런 보고가 들어왔다.

“위 황제께서 주공을 왕으로 삼으시니 마땅히 예의를 갖추어 멀리 나와 맞으라 합니다.”

그러자 고옹이 말렸다.

“주공께서는 스스로 상장군이라 하시고 구주백이라 하여 천하의 윗자리에 계신 게 마땅합니다. 위 황제가 주는 벼슬을 받는 건 옳지 않습니다.”

손권이 고개를 저었다.

“옛날에 한고조 패공도 항우가 내리는 벼슬을 받은 적이 있소. 모든 일은 흐름에 따라 하면 되지 굳이 마다할 까닭이 없잖소?”

손권은 벼슬아치들을 거느리고 성을 나가 맞아들였다. 이때 형정은 큰 나라에서 왔다는 생각에 거들먹거리며 문 안에 들어설 때도 수레에서 내리지 않았다. 장소가 이를 보고 화를 벌컥 내며 소리 높여 꾸짖었다.

"예의는 공손히 높이지 않아서는 안 되고, 법은 묵직함이 없으면 안 되오. 그대가 스스로 높은 줄 알고 거드름을 피우는데 강남에 한 치짜리 칼도 없는 줄 아는가?"

형정은 부리나케 수레에서 내려 손권에게 인사를 한 뒤 수레를 나란히 하여 성으로 들어갔다. 이때 갑자기 수레 뒤에서 한 사람이 목을 놓아 울며 소리쳤다.

"우리들이 주공을 위해 목숨 바쳐 위와 촉을 삼키지 못했기에 주공께서 남이 주는 벼슬을 받아야 하는구나. 이런 부끄러운 일이 어디 있단 말인고!"

모두들 그를 쳐다보았다. 서성이었다. 형정은 그 말을 듣자 한숨이 절로 나왔다.

"강동의 장수와 신하들이 저러하니 남 밑에 끝까지 오래 있을 사람들이 아니로다!"

손권은 벼슬을 받고 벼슬아치들의 축하 인사도 끝나자 아름다운 옥과 값진 구슬 따위의 보배로운 물건들을 위로 보내 고마움을 나타내도록 했다.

이때 염탐꾼이 달려와 보고했다.

“촉의 유비가 자기 나라의 대군과 오랑캐 땅 우두머리 사마가의 군사 수만 명을 이끌고 오고 있습니다. 게다가 동계의 한나라 장수 두로와 유녕이 저마다 거느린 군사까지 합쳐 물길로 뭍길로 밀고 들어오는데 그 기운이 하늘을 찌를 정도입니다. 물길로 오는 군사는 이미 무구를 지났으며, 뭍길로 오는 군사는 벌써 자귀에 이르렀습니다.”

손권은 왕의 자리에 오르긴 했으나 위의 조비가 도와주지 않아 문무 벼슬아치들을 모아놓고 물었다.

“지금 촉군이 엄청나게 몰려온다 하니 이를 어찌해야 좋겠소?”

모두들 입을 다문 채 아무 말도 하지 않았다.

손권이 한숨을 길게 내쉬며 말했다.

“주랑 다음엔 노숙이 있었고, 노숙 다음엔 여몽이 있었소. 그런데 여몽이 죽고 나니 나와 걱정을 나눌 사람이 아무도 없구려!”

말이 미처 끝나기도 전에 어린 장수 하나가 튀어나와 엎드리며 말했다.

“제가 비록 나이는 어리지만 군사 다루는 책은 좀 읽었습니다. 군사 몇만 명만 내주시면 촉군을 깨부수겠습니다.”

손권이 보니 손환이었다. 손환의 자는 숙무이고, 아버지는 손하이다. 손하의 성은 원래 유씨였다. 손책이 그를 무척 아껴 손씨 성을 내린 까닭에 오왕과 같은 성바지가 되었다. 손하는 아들 넷을 두었는데 손환은 맏이였다. 손환은 활쏘기와 말타기에 뛰어나 오왕을 따라 늘 싸움에 나가 여러 차례 공을 세워 무위도위가 되었다. 이때 나이는 25살이었다.

손권이 물었다.

"네가 무슨 수를 써서 이기겠다는 거냐?"

손환이 대답했다.

"저에게 대장 둘이 있습니다. 이이와 사정이라고 하는데, 두 사람 모두 만 사람도 해볼 만큼 씩씩합니다. 군사 몇만 명만 내주시면 가서 유비를 사로잡겠습니다."

"네가 뛰어나게 씩씩한 줄은 알지만 아직 나이가 어리니 곁에서 도와줄 사람이 있어야겠다."

그때 호위장군 주연이 나섰다.

"제가 젊은 장군과 함께 가서 유비를 사로잡겠습니다."

손권이 그러라고 했다. 마침내 수군과 일반 군사 합해서 5만 명을 내주며 손환은 좌도독으로 삼고 주연은 우도독으로 삼아 그날 바로 군사를 일으키게 했다. 그때 촉군이 이미 의도까지 와서 영채를 세웠다는 보고가 들어왔다. 손환은 군사 2만 5천 명을 이끌고 의도 가까운 길목으로 갔다. 앞뒤로 나누어 영채 셋을 세우고 촉군을 막을 준비를 했다.

한편 촉의 장수 오반은 앞장선 장수에게 주는 관인을 지니고 서천을 떠났다. 이르는 곳마다 소문만 듣고도 항복을 하는 까닭에 군사들 칼날에 피 한 방울 묻히지 않고 곧장 의도까지 왔다. 손환이 그곳에 영채를 세우고 있다는 걸 알자 바로 유비에게 달려가 보고했다. 이때 유비는 자귀에 와 있었다. 보고를 받은 유비가 발끈했다.

"어린놈이 겁도 없이 나에게 대들겠다는 거냐!"

관흥이 나섰다.

"손권이 저런 아이를 장수로 삼아 내보냈으니 폐하께서도 대장을 내보내실 필요 없습니다. 제가 가서 그놈을 사로잡겠습니다."

유비가 고개를 끄덕였다.

"나도 너의 씩씩한 모습을 보고 싶었다."

유비는 관흥에게 바로 나가 싸우라고 했다. 관흥이 절을 하며 인사를 마치고 막 떠나려 하는데 장포가 나섰다.

"관흥이 역적을 치러 가니 저도 함께 가겠습니다."

유비가 말했다.

"두 조카가 함께 가면 아주 특별하겠구나. 그러나 모든 걸 조심해야 한다. 함부로 가벼이 움직여서는 안 된다."

두 사람은 유비에게 헤어지는 인사를 하고 앞선 부대와 합쳐 함께 군사를 거느리고 나가 진을 쳤다.

손환은 촉군이 한꺼번에 몰려온다는 소식을 듣자 세 영채의 군사를 모아 한꺼번에 끌고 나왔다. 서로 둥글게 진을 쳐서 마주보자 손환이 이이와 사정을 거느리고 나와 문기 아래에 말을 세웠다. 촉의 영채 안에서는 대장 둘이 나왔다. 모두 은 투구와 은 갑옷 차림에 흰말을 타고 흰 깃발을 꽂고 있었다. 앞쪽의 장포는 장팔점강모를 뻗쳐들고 있었고, 뒤쪽의 관흥은 대감도를 비껴들고 있었다.

장포가 큰소리로 꾸짖었다.

"이마빡에 피도 안 마른 손환, 이 어린놈아! 네가 죽을 때가 다 되었는데도 겁도 없이 천자의 군사에게 대들겠다는 거냐!"

손환도 지지 않고 욕을 퍼부었다.

"네 아비가 이미 대가리 없는 귀신이 되었는데, 이제 너까지 와서 죽여달라고 사정하는구나. 이 멍청한 놈아!"

장포가 크게 성을 내며 창을 뻗쳐들고 손환에게 달려들었다. 그러자 손환 뒤에서 사정이 말을 달려나와 맞았다. 두 장수가 어우러져 싸운 지 30합이 되었을 때 사정이 해보지 못하고 달아나자 장포가 그 뒤를 쫓았다. 사정이 지고 달아나는 걸 본 이이가 말을 박차고 나와 금빛 나는 도끼를 휘둘러댔다. 그렇게 장포와 20합을 넘게 싸웠으나 이기고 지는 게 갈리지 않았다. 그러자 오군의 비장 담웅이 장포가 워낙 뛰어나 이길 수 없다는 걸 알고 몰래 화살을 쏘았다. 화살은 날아와 장포의 말을 바로 맞혔다. 장포의 말은 아픔을 이기지 못해 본진으로 마구 달리기 시작했다. 그러나 채 문기 있는 데도 이르지 못하고 쓰러져버렸다. 그 바람에 장포가 바닥으로 내동댕이쳐졌다. 그러자 이이가 잽싸게 달려들더니 도끼를 크게 휘둘러 장포의 머리를 내리치려 했다. 바로 그때였다. 갑자기 붉은빛 한 줄기가 번쩍하는가 싶더니 이이의 머리가 땅에 툭 떨어졌다.

관흥은 원래 장포의 말이 돌아오는 걸 보고 싸움을 도우려 하고 있었다. 그런데 장포의 말이 갑자기 고꾸라지더니 이이가 쫓아왔다. 이에 관흥은 한소리를 크게 내지르며 뛰쳐나가 이이를 베어 말 아래로 고꾸라뜨리고 장포를 구했다. 관흥이 장포를 구한 뒤 그 기운으로 몰아치니 손환은 크게 지고 말았다. 양쪽 모두 징을 울려 군사를 거두었다.

다음 날 손환이 다시 군사를 이끌고 나오자 장포와 관흥이 나란히 나갔다. 관흥이 진 앞에 말을 세우고 손환에게 둘이서 맞붙자며 싸움을 걸었다. 손환이 성을 크게 내더니 말을 박차고 나오며 칼을 휘둘렀다. 그러나 30합쯤 싸우고 나자 힘이 달려 더 해볼 수 없어 손환은 크게 지고 진으로 돌아갔다. 두 젊은 장수가 뒤를 몰아치며 영채로 쳐들어가자

관흥이 이이를 베어 장포를 구하다.

오반은 장남과 풍습을 거느리고 군사를 몰아 덮쳐들었다. 장포가 힘껏 씩씩함을 떨치며 앞장서 오군들 속을 누비고 다녔다. 그러다가 사정과 마주치자 한 창에 찔러 고꾸라뜨렸다. 오군은 사방으로 흩어져 달아나기에 바빴다.

촉의 장수들은 싸움에 이기자 군사들을 거두었다. 그런데 관흥이 보이지 않았다.

장포가 깜짝 놀라며 소리쳤다.

"안국이 잘못되면 나 혼자서는 살지 못한다!"

장포는 말을 마치자 바로 창을 들고 말에 올라 관흥을 찾아나섰다. 몇 리 가지 않았을 때 관흥을 만났다. 관흥은 왼손에는 칼을 들고 오른손에는 장수 하나를 낀 채 오고 있었다.

장포가 물었다.

"그 사람이 누군가?"

관흥이 웃으며 대답했다.

"내가 어지럽게 싸우는데 마침 이 원수를 만났기에 사로잡아 오는 길이오."

장포가 보니 어제 몰래 화살을 쏜 담웅이었다. 장포는 크게 기뻐하며, 본부 영채로 돌아와 담웅의 머리를 베어 그 피를 뿌리며 죽은 말의 제사를 지내주었다. 이어 글을 써서 유비에게 보고했다.

손환은 이이·사정·담웅 등 많은 장수와 군사들을 잃은데다 힘이 다해 적을 어찌해볼 수가 없었다. 하는 수 없어 오에 도움을 바라는 사람을 보냈다.

촉의 장수 장남과 풍습이 오반에게 말했다.

"지금 오군은 싸움에 져 기운이 많이 꺾였습니다. 바로 그 빈틈을 노려 영채를 덮치는 게 좋겠습니다."

오반이 말했다.

"손환이 비록 많은 장수와 군사를 잃긴 했지만, 주연의 수군은 지금 강 위에 영채를 두고 있는데 아직 한 사람도 잘못된 이가 없소. 오늘 만약 영채를 덮치러 갔다가 혹시라도 수군이 언덕으로 올라와 우리가 돌아갈 길을 끊어버리기라도 하면 어떡하오?"

장남이 말했다.

"그게 문제라면 걱정 안 하셔도 됩니다. 관흥·장포 두 장군더러 군사 오천 명씩을 이끌고 산골짜기 속에 숨어 있게 하십시오. 만약에 주연이 구하러 오면 양쪽 군사 모두 한꺼번에 쏟아져나오게 해서 가운데에 두고 무찌르도록 하면 반드시 이길 수 있습니다."

오반이 고개를 끄덕였다.

"그럼 먼저 군사 몇을 거짓으로 항복시켜 영채를 덮칠 거라는 걸 미리 주연에게 알려주도록 하겠소. 불이 일면 주연은 틀림없이 구하러 달려올 거요. 그때 숨어 있던 군사들을 시켜 치게 하면 모든 일이 끝나오."

풍습을 비롯해 모두들 크게 기뻐하며 그 계획대로 하기로 했다.

한편 주연은 손환이 군사를 잃고 장수도 죽었다는 소식을 듣자 구하러 가려 하고 있었다. 그때 길가에 숨어 있던 군사가 촉에서 항복하러 왔다는 군사 몇을 데리고 배로 올라왔다.

주연이 묻자 항복하러 온 군사가 대답했다.

"저희들은 풍습 밑에 있던 군사들입니다. 상 주고 벌주는 게 못마땅해서 항복을 하러 왔습니다. 마침 말씀드릴 비밀도 있습니다."

주연이 물었다.

"비밀이란 게 뭐냐?"

"오늘 밤 풍습이 이쪽의 빈틈을 타 손장군의 영채를 덮치기로 했습니다. 이미 불을 피워 신호로 삼기로 약속까지 되어 있습니다."

주연은 그 말을 듣자마자 바로 손환에게 알리기 위해 사람을 보냈다. 그러나 소식을 알리러 가던 사람은 가다가 관흥에게 잡혀 죽고 말았다.

주연은 또 의논을 하여 군사를 이끌고 손환을 구하러 가려 했다. 그때 부하 장수 최우가 말렸다.

"보잘것없는 군사의 말을 그대로 깊이 믿어서는 안 됩니다. 만약에 잘못되기라도 하면 수군이고 일반 군사고 다 끝장입니다. 장군께서는 그저 물 위 영채를 굳게 지키고 계십시오. 제가 장군 대신 가겠습니다."

주연은 그 말을 좇아 최우가 군사 1만 명을 이끌고 가도록 했다.

그날 밤 풍습·장남·오반은 군사를 세 길로 나누어 곧장 손환의 영채를 덮쳤다. 사방에 불을 지르자 오의 군사들은 크게 어지러움에 빠져 달아날 길을 찾느라 바빴다.

이때 최우는 군사들을 이끌고 길을 가고 있었다. 갑자기 불길이 치솟아오르는 게 보여 군사들을 더욱 재촉하며 나아갔다. 막 산 하나를 돌아나가는데 느닷없이 산골짜기 안에서 북소리가 울려퍼졌다. 이어 왼쪽에서는 관흥이, 오른쪽에서는 장포가 뛰쳐나와 양쪽에서 몰아쳤다. 최우는 까무러치게 놀라 달아나려고 살피다가 장포와 딱 마주쳤다. 말이 어우러지고 말 것도 없이 단 1합 만에 사로잡히고 말았다. 장포는 그를 끌고 돌아갔다.

주연은 상황이 매우 위험하게 되었다는 소식을 듣자 배를 몰아 강 아래로 5, 60리 내려가버렸다.

손환은 싸움에 진 군사들을 이끌고 달아나면서 부하 장

수에게 물었다.

"앞쪽 어디에 있는 성이 단단하고 먹을 것도 많은가?"

부하 장수가 대답했다.

"북쪽으로 똑바로 가면 이릉성이 있습니다. 군사가 머물 만합니다."

손환은 곧바로 싸움에 진 군사들을 이끌고 서둘러 이릉을 바라고 달아났다. 겨우 성 안으로 들어가자마자 오반이 이끄는 군사가 쫓아와 성을 빙 둘러 에워싸버렸다.

관흥과 장포는 최우를 묶어 자귀로 돌아갔다. 유비가 크게 기뻐하며 최우의 목을 베게 하고 전군에 상을 두터이 내렸다. 촉군의 힘이 이렇듯 무섭게 울려퍼지자 강남의 장수들치고 벌벌 떨지 않는 이가 없었다.

손환은 오왕에게 사람을 보내 구해달라고 했다. 손권이 깜짝 놀라 곧장 문무 벼슬아치들을 모아놓고 의논했다.

"지금 손환이 이릉성 안에 갇혀 있고, 주연은 강에서 크게 지고 말았소. 촉군의 힘이 워낙 세니 어찌하면 좋겠소?"

장소가 말했다.

"지금 여러 장수들 가운데에 죽은 이가 많긴 하지만 아직도 여남은 사람이 남아 있는데 유비 따위를 두려워할 게 뭐 있겠습니까? 한당을 대장으로 삼고 주태를 부장으로 삼으십시오. 이어 반장을 앞장세우고, 능통에겐 뒤를 맡기고, 감

녕은 도와주는 군사를 맡도록 해서 십만 군사를 일으켜 막
도록 하십시오.”

손권은 장소의 말을 좇아 여러 장수들에게 서둘러 떠나
도록 명령했다. 이때 감녕은 이질을 앓고 있었지만 병을 무
릅쓰고 싸우러 나가지 않을 수 없었다.

한편 유비는 무협 건평에서부터 이릉이 갈리는 데까지 7
백 리에 걸쳐 40개도 넘는 영채를 잇듯이 세워놓고 있었다.

유비는 관흥과 장포가 연거푸 큰 공을 세우자 무척 기뻐
했다.

“옛날에 나를 따르던 장수들이 이제 다 늙어 힘을 못 쓰
게 되었는데 다시 두 조카가 이렇듯 뛰어나게 씩씩하니 내
어찌 손권 따위를 걱정하랴!”

바로 그때 한당과 주태가 군사를 이끌고 왔다는 보고가
들어왔다. 유비가 막 장수를 내보내 싸우게 하려 하는데 곁
에서 모시는 이가 말했다.

“노장군 황충이 군사 대여섯 명과 함께 동오로 가버렸습
니다.”

유비가 웃으며 말했다.

“황한승은 절대로 배반할 사람이 아닐세. 내가 다들 늙어
서 힘을 못 쓴다고 잘못 내뱉었더니 그 말이 듣기 싫었던 모

양일세. 틀림없이 늙지 않았다는 걸 보여주려고 싸우러 나갔네.”

유비가 곧바로 관흥과 장포를 불러 일렀다.

“황한승이 이번에 가서는 꼭 실수를 할 듯하다. 조카들은 힘이 들더라도 가서 돕도록 하라. 조그만 공이라도 세우면 곧바로 돌아오게 해라. 부디 잘못되지 않도록 하거라.”

두 젊은 장군은 유비에게 절을 하고 물러나온 뒤 본부 군사를 이끌고 황충을 도우러 갔다.

늙은 신하는 한뜻으로 임금에게 충성을 다하고
젊은이도 나라 은혜 갚는 공을 세우네

과연 황충은 이번에 가서 어찌 될는지…….

원수를 갚는 유비

유비는 효정 싸움에서 원수들을 잡고
강어귀를 지키던 육손은 대장이 되다

장무 2년 봄 정월에 무위후장군 황충은 유비를 따라 동오를
치러 갔다. 황충은 유비가 옛 장수들이 다 늙어 힘을 못 쓴
다고 하는 말에 곧바로 칼을 들고 말에 올랐다. 그는 가까이
따르는 대여섯 사람만 데리고 이릉의 영채로 갔다. 오반이
장남·풍습과 함께 안으로 맞아들이며 물었다.

"노장군께서는 여기에 무슨 일로 오셨습니까?"

황충이 대답했다.

"나는 장사에서 천자를 모신 뒤부터 지금까지 내가 맡은
일을 힘껏 하며 살아왔네. 지금 내 나이 일흔이 넘었으나 나

는 아직도 고기를 열 근이나 먹고, 두어 사람이 달려들어야 당길 수 있는 강한 활을 당길 힘이 있네. 또 말을 타고 천 리를 거뜬히 달릴 수 있으니 늙었다고 할 수는 없네. 그런데 어제 폐하께서 말씀하시기를, 우리 같은 이를 두고 '늙어 힘도 못 쓴다'고 하셨네. 그래서 동오랑 싸우기 위해 이리 왔네. 장수를 베어 늙었는지 안 늙었는지 보여드릴 셈이네!"

그런 이야기를 나누고 있는데 갑자기 보고가 들어왔다. 오의 앞부대가 이미 이르러서 몇몇이 다가와 영채를 기웃거린다고 했다. 황충이 튀듯이 떨치고 일어나더니 막사 밖으로 나가 말에 올랐다.

풍습을 비롯해 여럿이 말렸다.

"노장군께서는 가벼이 나가지 마십시오."

그러나 황충은 듣지 않고 그대로 말을 달려나갔다. 오반은 풍습에게 군사를 이끌고 가서 싸움을 돕도록 했다. 황충은 오군의 진 앞에 이르자 말을 멈춰 세운 뒤 칼을 비껴든 채 혼자서 적의 앞장선 장수인 반장에게 싸움을 걸었다. 반장은 부하 장수 사적을 거느린 채 말을 타고 나왔다. 사적은 황충이 늙은 걸 깔보고 바로 창을 꼬나잡고 달려들었다. 그러나 싸운 지 겨우 3합 만에 황충이 한 번 휘두른 칼에 사적의 몸이 두 동강 나며 말 아래로 떨어졌다.

반장은 크게 노여워하며 관우가 쓰던 청룡도를 휘두르며

황충에게 덤벼들었다. 몇 합이 지나도 이기고 지는 게 갈라지지 않았다. 황충이 더욱 힘을 쓰며 죽기로 달려들자 반장은 해볼 수 없다고 여겨 말 머리를 돌려 달아나기 시작했다. 황충은 기운을 타고 뒤를 마구 몰아쳐 완전히 이기고 돌아왔다. 오는 길에 관흥과 장포를 만났다.

관흥이 말했다.

"저희들은 황제 폐하의 명령을 받들어 노장군을 도와드리러 왔습니다. 이미 이처럼 공을 세우셨으니 어서 영채로 돌아가십시오."

그러나 황충은 듣지 않았다.

다음 날 반장이 다시 와서 싸움을 걸었다. 황충이 떨치고 일어나 말에 뛰어올랐다. 관흥과 장포 두 사람이 싸움을 도우려 했으나 황충은 듣지 않았다. 오반이 나서며 돕겠다고 해도 역시 뿌리쳤다. 황충은 혼자서 군사 5천 명을 이끌고 나가 적을 맞았다. 몇 합 싸우고 나자 반장이 칼을 끌며 달아나기 시작했다.

황충이 말을 달려 뒤를 쫓으며 큰소리로 외쳤다.

"적장은 게 섰거라! 내 오늘 관공의 원수를 갚으러 왔다!"

30리쯤 뒤를 쫓아갔을 때 난데없이 사방에서 외침 소리가 크게 울리며 숨어 있던 군사들이 한꺼번에 쏟아져나왔다. 오른쪽에서는 주태가, 왼쪽에서는 한당이, 앞에서는 반장이, 뒤에서는 능통이 황충을 에워싸고 몰아붙였다. 갑자기 거친 바람이 어지럽게 불어닥쳐 황충이 급히 뒤로 물러서려는데 산언덕 위에서 마충이 군사 한 무리를 끌고 나타나 화살을 쏘았다. 황충은 어깨에 화살을 맞고 하마터면 말에서 떨어질 뻔했다.

오의 군사들은 황충이 화살을 맞은 걸 보고 한꺼번에 달려들었다. 이때 갑자기 뒤쪽에서 외침 소리가 크게 일더니 군사가 두 갈래로 몰려와 마구 무찔러서 오군을 흩어버리고 황충을 구해냈다. 바로 관흥과 장포였다. 두 젊은 장수는 황충을 보호하여 황제의 영채로 갔다. 그러나 나이가 워낙 많아 아무래도 기운이 빠지고 약해져 있는데다, 화살 맞은 상처도 깊어 황충은 일어나지 못하고 점점 더 아파만 갔다.

유비가 직접 찾아와서 황충의 등을 쓰다듬으며 말했다.

"노장군이 이렇게 다친 건 모두 내 잘못이오!"

황충이 유비를 그윽이 바라보았다.

"저는 한낱 싸울아비일 뿐인데 다행히도 폐하를 만났습니다. 올해 나이가 일흔하고도 다섯이나 되니 살 만큼 살았습니다. 부디 폐하께서는 귀하신 몸을 잘 돌보셔서 꼭 중원을 꾀하시기 바랍니다!"

말을 마치자마자 황충은 정신을 잃더니 그날 밤 황제의 영채에서 숨을 거두었다.

나중에 어떤 사람이 그를 기리는 시를 읊었다.

늙은 장수라 하면 바로 황충인데
서천을 거두는 데 큰 공 세웠다네
여러 겹으로 두텁게 만든 갑옷 걸치고
강한 활을 겹으로 당기어 댔네
두려움 없는 기운 하북을 놀라게 하고
크게 떨친 이름 촉 땅에 울려퍼졌네
세상 뜰 때 머리는 눈처럼 희었으나
오히려 영웅다움 스스로 드러냈다네

유비는 황충이 죽자 무척 슬퍼하며 좋은 관을 잘 갖추어 성도에 장사 지내도록 했다.

유비가 한숨을 내쉬며 말했다.

"오호대장 가운데에서 벌써 셋이나 죽었구나. 그런데도 나는 아직 원수를 갚지 못하고 있으니 참으로 슬프고 슬프구나!"

유비는 어림군을 이끌고 곧바로 효정으로 갔다. 장수들을 모두 불러모아 군사를 여덟 길로 나누어 물길과 뭍길로 함께 나아갔다. 물길로는 황권이 군사를 이끌고 갔으며, 유비 자신은 대군을 직접 거느리고 뭍길로 나아갔다. 때는 장무 2년 2월 중순이었다.

한당과 주태는 유비가 직접 쳐들어온다는 보고가 들어오자 군사를 끌고 나가 맞았다. 양쪽은 둥그렇게 진을 치고 마주 보았다. 한당과 주태가 말을 몰고 나와 살폈다. 촉군 진영의 문기가 열리더니 유비가 누런 비단에 금줄 달린 해 가리개를 받치고 나왔다. 유비 양쪽으로는 흰 소꼬리기와 금색 도끼가 세워져 있으며, 앞뒤로는 금빛·은빛의 깃발들이 늘어서 있었다.

한당이 큰소리로 비아냥거렸다.

"폐하께서는 지금 촉의 주인이신데 어쩌자고 이렇게 가벼이 나오셨습니까? 자칫 잘못되면 뒤늦게 뉘우쳐도 늦습니다!"

유비가 손가락질을 하며 꾸짖었다.

"너희 오의 개들이 내 손발을 상하게 했다. 내 다짐하건대 네놈들과는 절대로 한 하늘 아래 서지 않겠다!"

한당이 장수들을 돌아보았다.

"누가 촉군을 무찌르겠느냐?"

부하 장수 하순이 창을 꼬나잡고 말을 달려나왔다. 유비 뒤에 있던 장포가 장팔사모를 뻗쳐든 채 말을 몰고 나가 크게 한소리를 내지르며 곧장 하순에게 달려들었다. 천둥 같은 장포의 고함 소리에 기가 질린 하순은 겁을 먹고 달아나려 했다. 하순이 적을 해보지 못하는 걸 본 주태의 아우 주평이 칼을 휘두르며 말을 달려나왔다. 이를 본 관흥이 칼을 들고 말을 달려나왔다. 장포가 다시 고함을 내지르며 한 번에 하순을 찔러 말 아래로 고꾸라뜨렸다. 주평은 소스라치게 놀랐다. 이어 미처 손 쓸 틈도 주지 않고 관흥이 단칼에 주평을 베어버렸다. 두 젊은 장수는 곧바로 한당과 주태에게 달려들었다. 한당과 주태는 어찌해야 할 줄을 모르고 허둥대다 진 안으로 들어가버렸다.

지켜보고 있던 유비가 고개를 끄덕였다.

"호랑이 같은 아비한테서 개 같은 아들이 나올 리 없지!"

유비가 채찍을 들어 보이자 촉군이 한꺼번에 몰려가 덮쳤다. 이에 오군은 크게 지고 말았다. 촉군은 여덟 길로 나누어 물밀듯이 쳐들어가 무찔렀다. 죽은 오군의 시체가 들에 널리고 피가 내를 이루었다.

이때 감녕은 배 안에서 병을 돌보고 있었다. 촉군이 엄청나게 몰려온다는 소리를 듣자 퍼뜩 일어나 말에 올랐다. 유비가 멀리서 불러들인 오랑캐군 한 무리가 감녕 있는 쪽으로 사나운 범처럼 몰려왔다. 그들은 모두 풀어헤친 머리에 맨발이었으며, 손에는 활과 쇠뇌·긴 창·방패·칼·도끼 따위를 들고 있었다. 앞장선 대장은 그들의 우두머리인 사마가였다. 사마가는 본디 얼굴이 피를 바른 듯 시뻘건데다 푸른 눈이 툭 튀어나와 있는 사람이었다. 그는 쇠못이 박힌 가시몽둥이인 철질려골타를 들고 있었으며, 양쪽 허리에는 활을 하나씩 매달고 있어 그 모습이 자못 의젓하고 씩씩해 보였다.

감녕은 그들이 사납게 몰려오는 기운에 눌려 싸울 엄두를 내지 못하고 말 머리를 돌려 달아나기 시작했다. 그때 사마가가 화살 한 발을 날려 감녕의 뒤통수를 정확히 맞혔다. 감녕은 화살이 박힌 채 그대로 부지 어귀까지 달아났으나 끝내 힘이 다해 큰 나무 아래에 쭈그려 앉은 채 숨을 거두고 말았다. 나무 위에 수백 마리의 까마귀가 날아와 시체를 빙빙 돌며 까악까악 울어댔다.

오왕 손권은 감녕의 소식을 듣자 가슴이 미어지는 것 같았다. 바로 예의를 갖춰 장례를 잘 치러주도록 한 뒤 사당을 세워 제사를 지내게 했다.

나중에 어떤 사람이 그를 아쉬워하는 시를 읊었다.

오나라 감흥패라는 사람

장강의 비단돛도적이었지

자기를 알아준 이 은혜 갚으며

벗을 살리고 나자 원수와 마주쳤네

말 탄 군사 이끌고 가 영채를 덮치고

군사를 몰아치며 큰 사발로 마셨나니

신령스런 까마귀들 그의 죽음 알아보고

그를 기리는 향불 오래오래 꺼지지 않으리

유비는 이긴 기운을 타고 적을 몰아쳐 마침내 요정을 빼앗았다. 오군이 사방으로 뿔뿔이 흩어져 달아나자 유비는 군사를 거두었다. 그런데 관흥이 보이지 않았다. 유비는 장포를 비롯해 여럿에게 사방을 뒤져 관흥을 찾도록 했다.

한편 관흥은 오군 깊숙이 쳐들어갔다가 원수인 반장과 맞닥뜨리자 말을 몰아 뒤를 쫓았다. 소스라치게 놀란 반장은 산골짜기 안으로 달아나다 모습을 감추어버렸다. 관흥은 그가 산속에 있을 거라 생각하고 이리저리 찾아 헤맸으나 찾지 못했다. 그러는 사이에 해가 져 어두워지는 바람에 길을 잃고 말았다. 다행히 별이 반짝이고 달빛이 밝아 외진 산길을 따라 갈 수 있는 데까지 가보았다.

금세 밤이 이슥해졌다. 가다 보니 집 한 채가 나왔다. 관흥은 말에서 내려 문을 두드렸다. 한 노인이 나오더니 누구냐고 물었다.

관흥이 대답했다.

"싸움터에 나온 장수인데 길을 잃고 헤매다 여기까지 왔습니다. 밥 한 끼 얻어먹었으면 합니다.”

노인은 관흥을 안으로 데리고 들어갔다. 촛불이 환히 켜
져 있는 방 안에 관우의 초상화가 걸려 있었다. 관흥은 목을
놓아 울며 그 앞에 엎드려 절을 했다.

노인이 물었다.

“장군은 어인 까닭으로 울며 절을 하시오?”

관흥이 대답했다.

“이분은 제 아버님이십니다.”

그 말에 노인이 곧장 관흥에게 절을 했다.

관흥이 물었다.

“어쩐 일로 제 아버님을 이렇게 모시는지요?”

노인이 대답했다.

“이 고을에서는 모두들 관공을 이렇게 신으로 모십니다.
살아 계실 때도 집집마다 모시고 받들었지요. 하물며 지금
은 신이 되셨는데 모시지 않겠습니까? 이 늙은이 바람은 하
루빨리 촉군이 원수를 갚는 일이오. 이제 장군이 여기 오셨
으니 백성들한테 복이 있겠지요.”

노인은 술과 음식을 내어 대접했다. 말도 안장을 벗기고
여물을 주었다.

한밤중이 되었을 때 갑자기 밖에서 누군가가 문 두드리
는 소리가 났다. 노인이 나가 물어보니 오의 장수인 반장이

었다. 그도 하룻밤 묵어가기 위해 찾아온 것이었다. 관흥은 반장이 안으로 들어오자마자 칼을 들고 소리쳤다.

"이 역적놈아! 꼼짝 말고 서 있거라!"

반장은 소스라치게 놀라며 몸을 돌려 달아나려 했다. 바로 그때 문밖에 한 사람이 딱 버티고 섰다. 잘 익은 대춧빛 얼굴에 봉의 눈, 그리고 누에 눈썹을 하고 수염은 세 가닥으로 멋들어지게 드리워져 있었다. 그가 푸른 웃옷에 금빛 갑옷을 걸친 채 칼을 들고 들어왔다. 관우의 혼령이었다. 반장은 그 모습을 보자 외마디 소리를 크게 내질렀다. 넋이 다 빠져나가는 것 같았다. 반장이 다시 몸을 돌리려는 순간, 관흥이 손을 들어올리는가 싶었는데 금세 내려쳤다. 바로 반장의 머리가 바닥에 나뒹굴었다. 관흥은 그의 심장을 도려내고 피를 받아 관우의 신상 앞에 바친 뒤 제사를 올렸다.

아버지가 쓰던 청룡언월도를 되찾은 관흥은 반장의 머리를 말목에 건 뒤 노인에게 인사를 했다. 이어 반장의 말에 올라탄 뒤 본부 영채를 바라고 떠났다. 노인은 반장의 시체를 끌어내다가 태워버렸다.

관흥이 몇 리 가지 않았을 때였다. 사람들 떠드는 소리와 말 울음소리가 들리더니 군사 한 무리가 몰려왔다. 앞장선 장수는 반장의 부하 장수인 마충이었다. 마충은 관흥이 자기의 윗장수인 반장을 죽여 그 머리를 말목에 매달고 청룡

관흥은 반장을 죽이고 청룡언월도를 되찾다.

도까지 빼앗아오는 걸 보자 몹시 흥분했다. 그는 씩씩거리며 말을 달려 관흥에게 덤벼들었다. 마충 역시 아버지를 해친 원수인데 마침 그를 만나자 관흥은 온몸이 부르르 떨리며 힘이 불끈 솟았다. 관흥이 마충을 노리고 청룡도를 휘둘렀다. 그러자 마충의 부하 3백 명이 힘을 모아 앞으로 나오더니 한꺼번에 소리를 내지르며 관흥을 에워싸버렸다.

관흥은 힘껏 싸웠지만 홀몸이라 금세 위험에 빠지고 말았다. 그때 갑자기 서북쪽에서 사나운 범 같은 군사 한 무리가 몰려왔다. 장포였다. 마충은 관흥을 구하러 온 군사를 보자 부리나케 군사를 끌고 스스로 물러갔다. 관흥과 장포는 함께 그 뒤를 쫓았다. 얼마 가지 않았을 때 앞에서 미방과 부사인이 마충을 찾아 군사를 이끌고 왔다. 양쪽 군사는 서로 어우러져 한바탕 어지럽게 싸웠다. 장포와 관흥은 군사가 수적으로 달려 힘에 부치자 급히 군사를 거두어 효정으로 돌아갔다.

관흥은 유비에게 가서 반장의 머리를 바치며 어찌 된 일인지를 보고했다. 유비는 놀라고 신기해하며 모든 군사들에게 상을 내리고 배불리 먹였다.

한편 마충은 돌아가 한당과 주태에게 보고한 뒤, 싸움에 진 군사들을 거두고 저마다 자리를 나누어 지키기로 했다.

군사들을 보니 다친 이가 셀 수 없이 많았다. 마충은 부사인과 미방과 함께 군사를 이끌고 강가에 머물렀다. 그날 한밤중이 지날 무렵이었다. 군사들이 흐느끼는 소리가 그치지 않고 들려왔다. 미방이 살짝 가서 군사들 한 무리가 떠드는 소리를 몰래 엿들었다.

"우리는 모두 형주군이었는데 여몽의 간사스런 꾀에 넘어가 우리 주공 관공의 목숨을 잃게 하고 말았네. 이제 유황숙이 직접 대군을 거느리고 쳐들어오셨으니 동오는 머지않아 끝나고 말 걸세. 참으로 원망스런 놈은 미방과 부사인이네. 우리가 이 두 역적놈을 죽여 촉군 영채로 가서 항복하는 게 어떻겠나? 그러면 그 공이 적지 않을 걸세."

그 말끝에 다른 군사의 목소리가 들렸다.

"하지만 너무 서둘러서는 안 되오. 먼저 두 놈이 눈치채지 못하게 틈을 보아 손을 써야 하오."

미방은 그런 말들을 듣자 깜짝 놀라 바로 부사인과 의논했다.

"군사들 마음이 바뀌었소. 자칫 우리 두 사람 목숨 붙이고 있기도 어렵겠소. 지금 촉 임금이 벼르고 있는 이는 마충이오. 그러니 우리가 마충을 죽여 그 머리를 바치며 빕시다. 우리가 어쩔 수 없어 동오에 항복하기는 했지만, 지금 황제께서 직접 이리 오신 걸 알자마자 일부러 죄를 빌러 왔다고

  박상률 완역 삼국지 7

하면 되오."

부사인이 고개를 저었다.

"안 될 말이오. 가면 우린 죽소."

미방이 말했다.

"촉 임금은 본디 너그럽고 어질며 의리가 두터운 사람이오. 더구나 아두 태자는 내 조카뻘이니 그런 관계를 생각해서라도 죽이지는 않을 거요."

두 사람은 마침내 뜻을 모으고 미리 말을 준비해놓았다. 한밤중이 되자 막사 안으로 들어가 마충을 죽인 뒤 머리를 베었다. 두 사람은 수십 명만 데리고 효정으로 갔다. 길가에 숨어 있던 군사가 이들을 발견하고 장남과 풍습에게 데리고 갔다. 두 사람은 어찌 된 일인지를 자세히 밝혔다.

다음 날 두 사람은 황제의 영채로 가서 유비에게 마충의 머리를 바친 뒤 울며 빌었다.

"저희들은 사실 배반할 마음이 조금도 없었습니다. 여몽의 간사스런 꾀에 넘어갔을 뿐입니다. 관공이 이미 돌아가셨다며 성 문을 열라 해서 어쩔 수 없이 항복했습니다. 폐하께서 여기까지 오셨다는 소식을 듣자 폐하의 한을 풀어드리려고 특별히 이 역적을 죽였습니다. 엎드려 비오니 폐하께서는 저희들의 죄를 용서해주십시오."

유비가 성을 크게 내며 소리쳤다.

"내가 성도를 떠난 지 오래인데 너희 두 놈은 어쩌자고 그동안 죄를 빌러 오지 않았느냐? 이제 돌아가는 판이 위험해 보이니까 혓바닥을 그럴싸하게 놀려대며 목숨을 건지려 하는구나! 내가 만약에 네놈들을 용서해주면 나중에 저승에 가서 관공을 무슨 낮으로 볼 수 있단 말이냐!"

거기까지 말한 유비는 관흥에게 영채 안에 관우의 영혼을 모실 제단을 마련하도록 했다. 유비는 직접 마충의 머리를 제단에 갖다 바치며 제사를 지냈다. 이어 관흥에게 미방과 부사인의 옷을 벗겨 제단 앞에 꿇어앉히게 한 뒤 직접 칼을 들어 그들을 죽여 관우에게 제사를 지냈다.

이때 갑자기 장포가 뛰어들어와 유비 앞에 엎드려 울었다.

"둘째 큰아버님 원수는 이제 다 잡아 죽였습니다. 제 아버님의 원수는 언제나 갚을 수 있겠습니까?"

유비가 달랬다.

"조카는 너무 걱정하지 마라. 내 이제 강남을 무찔러 쓸어버리고 오의 개들을 다 잡아 죽인 뒤 기어이 두 역적놈을 사로잡아 너에게 주마. 너는 그놈들을 소금에 절여 네 아버지 제사를 지내도록 해라."

장포는 울며 고마움을 나타낸 뒤 물러갔다.

이때부터 유비의 기운이 크게 떨치니 강남 사람들은 모두들 마음이 섬뜩하여 밤낮으로 울음소리를 냈다.

한당과 주태는 깜짝 놀라 급히 오왕 손권에게 자세히 보고했다.

"미방과 부사인이 마충의 목을 잘라 촉 황제한테 돌아갔지만, 결국 그 두 사람도 촉 황제한테 죽고 말았습니다."

손권은 속으로 겁이 덜컥 났다. 곧바로 의논하기 위해 문무 벼슬아치들을 모았다.

보즐이 나서서 말했다.

"촉 임금이 원한을 품고 있는 이는 여몽·반장·마충·미방·부사인입니다. 그런데 지금 이 사람들은 모두 죽고 없습니다. 오로지 범강과 장달 두 사람만이 지금 동오에 있습니다. 이 두 사람을 잡아 묶은 뒤 장비의 머리와 함께 빨리 돌려보내시는 게 좋겠습니다. 또 형주도 다시 돌려주시고, 손부인도 돌아가게 하시면서 사이좋게 지내자는 글을 보내십시오. 옛정을 다시 살려 위를 함께 쳐 없애자고 달래면 촉군은 저절로 물러가리라 여겨집니다."

손권은 그 말을 받아들였다. 곧장 향기 좋은 침향나무 상자에 장비의 머리를 담고 범강과 장달을 묶어 죄인 수레에 실었다. 이어 정병에게 나라 편지를 지니고 효정으로 가도록 했다.

유비가 막 군사를 몰고 앞으로 나아가려 하고 있을 때 가까이 모시는 이가 보고했다.

"동오에서 사람을 시켜 장거기의 머리와 함께 범강·장달 두 역적을 죄인 수레에 태워 보내왔습니다."

유비는 두 손으로 이마를 쓰다듬으며 말했다.

"이는 하늘이 도와주시는 거다. 아울러 셋째의 영혼이 돕는 거다!"

유비는 곧바로 장포에게 장비의 영혼을 모실 제단을 차리도록 했다. 유비가 나무 상자 속에 담긴 장비의 머리를 들여다보았다. 살아 있을 때 모습 그대로였다. 유비는 목을 놓아 울었다. 장포는 직접 날카로운 칼로 범강과 장달의 몸을 마구 헤집고 자른 뒤 아버지의 영혼을 달래는 제사를 지냈다.

제사를 마쳤지만 유비는 분이 풀리지 않아 기어코 오를 쓸어버리겠다고 이를 갈았다. 이에 마량이 나서서 달래며 말렸다.

"원수들을 모두 죽였으니 이제 한을 푸십시오. 여기 와 있는 오 대부 정병의 말이 형주를 돌려주고 손부인을 돌려보내겠답니다. 그런 뒤 영원히 좋은 관계를 맺어 위를 함께 무찌르자며 지금 엎드려 폐하의 말씀을 기다리고 있습니다."

그 말에 유비가 성을 버럭 냈다.

"내가 이를 갈고 있는 원수는 손권이오. 내가 만약에 좋은 사이를 맺으면 예전에 두 아우와 맺은 다짐을 저버리는 일이오. 먼저 오를 쓸어버리고 나서 위를 무찌르겠소."

유비는 정병의 목을 베어 오와의 관계를 보란 듯이 끊으려 했다. 그러나 여러 벼슬아치들이 말려 정병의 목숨을 살려주었다. 정병은 머리를 싸쥐고 부리나케 빠져나갔다.

오로 돌아간 정병이 손권에게 보고했다.

"촉 임금은 우리와 사이좋게 지내고자 하지 않습니다. 오히려 동오를 먼저 쓸어버린 뒤 위를 무찌르겠다고 벼릅니다. 모든 신하들이 아무리 말려도 듣지 않으니, 앞으로 이를 어찌해야 좋겠습니까?"

손권은 그 말에 깜짝 놀라 허둥댔다.

그때 감택이 나서며 말했다.

"지금 당장 하늘이라도 떠받칠 기둥감이 있는데 어찌하여 불러 쓰지 않으십니까?"

손권이 그가 누구냐고 급히 물었다.

감택이 대답했다.

"지난날 동오의 큰일은 모두 주랑이 맡아서 했습니다. 그 다음엔 노자경이 뒤를 이어서 했고, 자경이 세상을 뜬 뒤엔 여자명이 맡아서 했습니다. 지금 비록 자명이 세상을 뜨기는 했으나 이제는 육백언이 형주에 있습니다. 이 사람은 겉보기로는 한갓 선비에 지나지 않지만 속을 들여다보면 엄청난 재주를 품고 있으며, 일을 다루는 슬기와 방법도 두루 갖추고 있습니다. 제가 보기엔 결코 주랑보다 못하지 않습니다. 저번에 관공을 깨는 꾀도 모두 백언이 내놓은 것입니다. 대왕께서 그를 쓰시면 반드시 촉을 물리칠 수 있습니다. 만약에 잘못되면 저도 함께 죄를 받겠습니다.”

손권이 고개를 끄덕였다.

“덕윤이 말해주지 않았다면 자칫 큰일을 그르칠 뻔했소.”

그러나 장소가 나서며 막았다.

“육손은 한낱 글 읽는 선비에 지나지 않아 유비를 해볼 수 없습니다. 그러니 쓰시면 안 됩니다.”

고옹 역시 반대했다.

“육손은 나이도 어리고 무게도 떨어지기 때문에 뭇 장수들이 따르지 않을 겁니다. 만약에 장수들이 따르지 않으면 큰 난리가 나서 틀림없이 큰일을 그르치고 맙니다.”

보즐도 반대했다.

“육손의 재주는 그저 한 고을이나 다스릴 만합니다. 만약에 큰일을 맡겼다가는 무슨 일이 일어날지 모릅니다.”

감택이 큰소리로 외쳤다.

“육백언을 쓰지 않으면 동오는 끝장입니다. 저는 제 집안을 걸고 보증서겠습니다!”

손권이 말했다.

“나도 육백언이 특별한 재주를 가지고 있다는 걸 평소에 알고 있소. 내 뜻은 이미 정해졌으니 그대들은 더 말하지 마시오!”

그러면서 육손을 불러들이라 했다.

육손의 본디 이름은 육의였는데 나중에 육손으로 바꾸었다. 자는 백언이고 오군 오 땅 사람으로, 한나라 성문교위 육우의 손자이자 구강도위 육준의 아들이었다. 키가 8자에 얼굴은 옥처럼 고왔으며, 이때 진서장군으로 있었다.

부름을 받고 들어온 육손이 손권에게 절을 올리자 손권이 말했다.

“지금 촉군이 나라 가까이 와 있소. 내 특별히 그대에게 군사를 모두 다스리는 일을 맡기니 유비를 깨도록 하시오.”

육손이 말했다.

“강동의 문무 벼슬아치들은 모두 대왕의 오랜 신하들입니다. 저는 아직 나이도 어린데다 재주도 보잘것없는데 어찌 그들을 이끌어갈 수 있겠습니까?”

손권이 말했다.

“감덕윤이 자기 집안을 다 들어 그대를 보증했고, 나 또한 그대의 재주를 평소에 잘 알고 있소. 지금 그대를 대도독으로 삼으려 하니 그대는 빼지 말라.”

육손이 말했다.

“만약에 문무 벼슬아치들이 따르지 않으면 어찌해야 합니까?”

손권은 차고 있던 칼을 그에게 주었다.

"누가 되었든 명령을 듣지 않거든 먼저 목을 베고 나중에 보고하시오."

육손이 말했다.

"이렇게 무겁게 부탁을 하시는데 제가 어찌 명령을 받들지 않을 수 있겠습니까. 바라옵건대 대왕께서는 내일 뭇 벼슬아치들을 불러모으신 뒤 그 자리에서 칼을 제게 내려주십시오."

감택이 거들었다.

"옛날에는 대장을 세울 때 반드시 단을 쌓았습니다. 그런 뒤 벼슬아치들을 모아놓고 흰 소꼬리기와 금색 도끼와 군사를 지휘할 수 있다는 표시의 병부와 장수 도장을 내렸습니다. 그래야 거리낌없이 떳떳하여 명령을 제대로 내릴 수 있기 때문입니다. 대왕께서도 그러한 예식을 살피시어 좋은 날을 잡아 단을 쌓게 하시고, 백언을 대도독으로 삼아 대왕의 믿음을 나타내는 기와 권한을 대신하는 도끼를 내리십시오. 그러면 모든 사람이 스스로 따르지 않을 수 없게 됩니다."

손권은 그 말을 좇아 밤낮없이 단을 쌓게 한 뒤 벼슬아치들을 불러모았다. 손권이 육손을 단 위로 오르게 한 뒤 대도독 우호군 진서장군으로 삼고 아울러 누후로도 삼았다. 이어 보배 칼과 관인을 주면서 6개 군 81고을 및 형초의 모든 군사들을 맡아 다스리게 했다.

오왕 손권이 육손에게 말했다.

"궁 안 일은 내가 알아서 할 테니, 궁 밖 일은 장군이 모두 맡아서 하시오."

육손은 명령을 받들고 단에서 내려왔다. 바로 서성과 정봉을 호위로 삼아 그날로 군사를 몰고 나가기로 했다. 그러는 한편 여러 군데의 군사를 모아 물과 뭍 양쪽으로 나아가도록 했다.

이러한 것들을 알리는 문서가 효정에 이르렀다. 한당과 주태는 깜짝 놀랐다.

"대왕께서는 어쩌자고 한낱 선비인 사람한테 모든 군사를 다스리게 하셨는가?"

육손이 효정에 이르렀다. 그러나 아무도 그의 말을 따르려 하지 않았다. 육손이 의논하기 위해 막사에 들어와 장수들을 불러모았으나 모두들 마지못해 겉치레 인사만 했다.

육손이 장수들을 둘러보았다.

"대왕께서 나를 대장으로 삼으셔서 군사를 모두 다스려 촉을 깨라 하셨소. 군에는 법이 있소. 여러분들은 저마다 잘 지켜주시기 바라오. 나라의 법은 사사로운 정이 없으니, 혹시라도 어기고 나서 아쉬워하지 않도록 하시오."

모두들 입을 다물고 있는데 주태가 나섰다.

"대왕의 조카인 안동장군 손환이 지금 이릉성에 갇혀 어려움을 겪고 있소. 성 안에는 먹을거리며 말먹이가 없고, 성 밖에는 도와주러 오는 군사가 없소. 부디 도독께서는 빨리 좋은 방법을 써서 손환을 구해내 대왕의 마음을 편하게 해 드리십시오."

육손이 대답했다.

"나는 평소에 손안동이 군사들의 마음을 깊이 얻고 있는 걸로 알고 있소. 그러니 틀림없이 잘 지켜내리라 여기므로 굳이 구하러 갈 필요 없소. 내가 촉을 깨고 나면 저절로 나오게 되오."

그 말에 모두들 비웃으며 물러갔다.

한당이 주태에게 말했다.

"저런 애송이를 대장으로 삼았으니 이제 동오는 끝났소. 저 하는 꼴 보니 어떻소?"

주태가 고개를 끄덕였다.

"그래서 내가 일부러 한마디 던져봤는데 역시나 아무 생각이 없더군요. 이래가지고 어떻게 촉을 깨겠소!"

다음 날 육손이 명령을 내렸다. 장수들에게 자기가 맡은 중요한 길목을 단단히 지키되 적을 가벼이 여기지 말라고 했다. 장수들은 모두들 육손이 겁먹은 거라 놀리며 애써 단단히 지키려 하지 않았다.

하루가 더 지났다. 육손이 막사로 모든 장수들을 불러들였다.

"나는 왕의 명령을 받들어 모든 군사를 다스리게 되었소. 이미 어제 거듭 이르기를 저마다 자기 자리를 굳게 지키라 했소. 그런데 여러분들은 내 명령을 따르지 않고 있소. 어찌 된 일이오?"

한당이 나서서 말했다.

"나는 손견 장군을 모시고 강남을 가라앉힐 때부터 수백 차례나 싸움을 치러 왔소. 다른 장수들도 손책 장군과 함께 싸움을 치르러 다녔거나 지금의 대왕을 따라 모두들 갑옷 차림에 무기를 들고 죽을 둥 살 둥 지낸 사람들이오. 이제 대왕께서 공을 대도독으로 삼으셔서 촉군을 물리치라 하셨소. 그러면 서둘러 방법을 찾고 군사와 말을 마련하여 길을 나누어 나아가 큰일을 꾀해야 하오. 그런데 공은 오로지 군게 지키기만 하고 싸우지 말라 하고 있소. 하늘이 도적들을 알아서 죽여줄 때까지 기다리자는 거요? 우리는 모두 목숨을 아까워하며 죽기를 두려워하는 사람이 아니오. 그런데 어찌하여 우리들의 날카로운 기운을 꺾으려 드오?"

그 말에 장수들 모두 한목소리를 냈다.

"한장군의 말씀이 옳소. 우리는 목숨을 걸고 한판 싸우기를 원하오!"

말을 다 듣고 난 육손이 칼을 빼어 들고 목소리를 가다듬어 소리쳤다.

"내 비록 한낱 선비에 지나지 않는 사람이지만, 대왕께서는 지금 내게 중요한 자리를 맡기셨소. 이건 나한테 조금이나마 쓸 만한 구석이 있고, 큰일을 위해 웬만한 업신여김은 견뎌낼 수 있을 거라 믿으셨기 때문이오. 여러분들은 저마다 중요한 길목을 잘 지키고 절대로 가벼이 움직이지 마시오. 지키지 않는 이는 모두 목을 베겠소!"

장수들은 모두 씩씩거리며 물러갔다.

한편 유비는 효정에서부터 서천 어귀에 이르기까지 7백 리에 걸쳐 영채 40개를 세웠다. 낮이면 온갖 깃발이 해를 가릴 정도이고, 밤이면 불빛이 하늘을 밝혔다. 그때 보고가 들어왔다.

"동오에서 육손을 대도독으로 삼아 모든 군사를 다스리도록 했습니다. 육손은 장수들에게 험한 길목을 지키기만 하면서 나가지 말라는 명령을 내렸답니다."

유비가 곁에 있는 이들에게 물었다.

"육손이 어떤 사람이오?"

마량이 대답했다.

"육손은 동오의 하잘것없는 선비라고 하지만, 어린 나이인데도 재주가 많으며 꾀와 생각이 깊은 사람입니다. 저번에 형주를 덮친 것도 다 이 사람 머리에서 나왔습니다."

유비가 화를 벌컥 냈다.

"어린놈이 못된 꾀를 내어 내 두 아우를 죽게 했으니 당장 사로잡고 말겠다!"

유비가 바로 군사를 몰고 나가라는 명령을 내렸다. 그러자 마량이 말렸다.

"육손의 재주는 결코 주랑보다 못하지 않습니다. 가벼이 보시면 안 됩니다."

유비가 말했다.

"나는 싸움터에서 늙은 사람이오. 어찌 젖내 나는 어린애만 못하겠는가!"

유비는 직접 군사를 이끌고 나아가 여러 곳의 관이며 나루며 길목을 들이쳤다.

한당은 유비의 군사가 쳐들어오자 육손에게 사람을 보내 알렸다. 육손은 혹시라도 한당이 가벼이 움직일까 걱정스러워 직접 살펴보기 위해 급히 말을 달려왔다. 그때 한당은 산 위에 말을 세워놓고 멀리서 촉군이 산과 들을 뒤덮으며 몰려오는 걸 살펴보고 있었다. 촉군 가운데 누런 비단 해 가리개가 아득히 보였다. 한당이 육손을 맞은 뒤 말 머리를 나란히 하고서 바라보았다.

한당이 손가락으로 가리키며 말했다.

"저 안에 틀림없이 유비가 있을 거요. 내가 가서 치겠소."

육손이 말했다.

"유비가 동쪽으로 쳐들어오면서 연거푸 열 차례 남짓이 나 이겨 기운이 한창 올라 있소. 지금은 험한 길목을 잘 지킬 때지 나갈 때가 아니오. 나가면 좋을 게 없소. 그러니 장수와 군사들을 다독거리며 널리 막아낼 대책이나 궁리하면서 뭔가 탈이 생기기를 지켜보고 있어야 하오. 지금 드넓은 들판을 거침없이 달리기에 다 얻은 성싶을 거요. 그러나 우리가 굳게 지키고 나가지 않으면 저쪽은 싸우려도 싸울 수가 없어 아무것도 얻지 못하오. 그러면 하는 수 없이 군사를 산 숲속에 머물게 할 거요. 우리가 그때 기막힌 꾀를 내서 치면 이길 수 있소."

한당은 입으로는 그러마고 했지만 속으로는 받아들이지 않았다.

유비는 앞부대를 시켜 싸움을 걸게 하며 온갖 욕을 마구 퍼붓도록 했다. 육손은 군사들더러 귀를 틀어막고 못 듣게 하면서 나가지도 말라고 했다. 그러면서 직접 관의 길목을 돌아보고 장수와 군사들을 다독거리며 굳게 지키라 일렀다.

유비는 오군이 나오지 않자 속이 몹시 탔다.

마량이 말했다.

"육손은 지금 속으로 뭔가 깊은 꾀를 품고 있습니다. 폐하께서 싸움길에 오르신 뒤 봄이 지나고 여름에 이르렀습니다. 저쪽이 나오지 않는 건 우리 군사들한테 탈이 생기기를 기다리느라 그럽니다. 폐하께서는 부디 잘 헤아리시기 바랍니다."

유비가 콧방귀를 뀌었다.

"제까짓 게 무슨 꾀가 있겠는가? 겁이 나서 싸울 생각을 못 낼 테지. 앞서 여러 차례 졌는데 무서워서 나올 수 있겠는가!"

그때 앞장선 풍습이 와서 말했다.

"날씨가 너무 무더워 군사들은 지금 불 속에 들어앉아 있는 듯합니다. 물을 길어다 쓰기도 쉽지 않습니다."

유비는 영채들을 숲이 우거지고 물이 가까이 있는 데로 옮기라는 명령을 내렸다. 거기서 한여름을 지내고 가을이 되면 힘을 내 나아가려는 뜻이었다. 풍습이 명령을 받들어 장수들에게 숲이 우거진 곳으로 영채를 옮기도록 했다. 그러자 마량이 유비에게 말했다.

"우리 군사들이 움직일 때 오군이 갑작스레 쳐들어오기라도 하면 어찌해야 합니까?"

유비가 말했다.

"내가 오반에게 약한 군사 만 명 남짓을 이끌고 오군 영채 가까이 있는 평평한 땅에 가 머물도록 했소. 나는 직접 날래고 씩씩한 군사 팔천 명을 뽑아 이끌고 가서 산골짜기에 숨어 있겠소. 만약에 우리가 영채 옮기는 걸 알고 육손이 덮쳐들면 오반은 거짓으로 진 척하고 달아나게 되어 있소. 육손이 그 뒤를 쫓아오면 그땐 내가 숨어 있던 군사들을 이끌고 뛰어나가 돌아갈 길을 끊어버리고 어린놈을 사로잡겠소."

문무 벼슬아치들 모두 놀라워하며 유비를 추켜세웠다.

"폐하의 생각은 마치 귀신 같으셔서 저희들은 아무리 해도 따라갈 수 없습니다!"

마량이 말했다.

"요새 들으니 제갈승상이 위가 쳐들어올지 몰라 동천에 가서 중요한 길목들을 살피고 있다 합니다. 폐하께서 영채가 옮겨 간 자리를 그림으로 그리게 하여 승상에게 한번 물어보면 어떻겠습니까?"

유비가 시큰둥하게 대답했다.

"나도 군사 쓰는 법을 알고 있는데 굳이 승상한테까지 물어볼 게 뭐 있겠소?"

마량이 말했다.

"옛말에 여러 사람 말을 들으면 밝아지고 한쪽 말만 들으면 어두워진다고 했습니다. 폐하께서는 살펴주십시오.”

유비가 말했다.

“그대 뜻이 그렇다면 직접 영채로 가서 영채의 자리와 이어지는 길 따위를 자세히 그려 동천으로 가서 승상한테 보여주시오. 만약에 잘못된 게 있으면 급히 와서 알려주시오.”

마량은 명령을 받들어 바로 떠났다.

마침내 유비는 군사들을 숲이 우거진 곳으로 옮겨 더위를 피할 수 있게 했다.

이러한 사실은 금세 한당과 주태에게도 보고되었다. 두 사람은 이러한 사실을 알자마자 크게 기뻐하며 육손에게 가서 말했다.

“지금 촉군의 영채 사십 개를 모두 숲이 우거지고 물이 가까이 있는 데로 옮겨 물을 얻고 서늘하게 지낸다 합니다. 도독께서는 이 틈을 놓치지 말고 적을 치시지요.”

촉 임금, 꾀를 내어 군사를 숨겨놓았는데
오군은 씩씩함만 믿다 사로잡히려나

과연 육손은 그 말을 들을는지…….

제갈량의 팔진도

육손은 7백 리에 걸친 영채를 불태우고
제갈량은 교묘하게 팔진도를 펴다

한당과 주태는 유비가 영채를 서늘한 곳으로 옮겼다는 걸 알자마자 육손에게 곧바로 달려가 보고했다. 육손은 무척 좋아라 하며 직접 군사를 거느리고 가 움직임을 살폈다. 평평한 곳 한쪽에 촉의 군사들이 모여 있는데 1만 명 남짓밖에 되지 않았다. 그나마 대부분 늙고 약해빠진 이들로 보이는데, 깃발엔 '선봉 오반'이라고 크게 쓰여 있었다.

주태가 말했다.

"내 보기에 저것들은 지금 애들 장난을 하고 있소. 한장군과 두 갈래 길로 나누어 쳐들어가겠소. 만약에 이기지 못하면 군법에 따른 벌을 달게 받겠소."

육손은 말없이 오랫동안 살피더니 마침내 채찍으로 한쪽을 가리켰다.

"저 앞 산골짜기 안에서 사람 죽일 듯한 기운이 뿜어져 나오는 걸 보니 틀림없이 군사가 숨어 있는 성싶소. 반반한 땅에다 약해빠진 군사들을 모아놓은 건 우리를 꾀려고 그러오. 여러분들은 절대로 나가서는 안 되오."

그 말에 장수들은 모두들 속으로 육손을 겁쟁이라고 비웃었다.

다음 날 오반이 군사를 이끌고 관 앞으로 와서 싸움을 걸었다. 군사들은 짐짓 무예를 뽐내고 힘자랑을 하며 끊임없이 욕을 퍼부어댔다. 게다가 갑옷은 물론 옷까지 다 벗어던지고 아예 알몸으로 누워 있거나 앉아 있기까지 했다.

서성과 정봉이 막사 안으로 들어가 육손에게 말했다.

"촉군이 우리를 깔보고 놀리는 게 너무 심합니다! 우리가 나가 쓸어버리고 싶습니다!"

육손이 웃으며 대답했다.

"여러분은 그저 솟구치는 피와 씩씩함만 믿지, 손자와 오기의 군사 부리는 법은 모르는구려. 지금 저쪽은 적을 속여내는 꾀를 쓰고 있소. 사흘만 지나면 어떤 속임수인지 드러나오."

서성이 말했다.

"사흘 지나면 적들은 영채를 다 옮겨 안정되어 있을 텐데 어떻게 친단 말이오?"

육손이 말했다.

"바로 그거요. 나는 그들이 영채를 다 옮겨놓기를 기다리고 있소."

장수들은 모두 비웃으며 물러갔다.

사흘 뒤, 육손이 장수들을 관 위에 모아놓고 살펴보니 오반은 이미 물러가고 없었다.

육손이 한 곳을 손가락으로 가리켰다.

"저기서 사람 죽일 듯한 기운이 일고 있소. 틀림없이 유비가 산골짜기 안에서 나올 거요."

말이 채 끝을 맺기도 전에 갑옷이며 투구를 단단히 갖춘 촉군들이 유비를 둘러싼 채 몰려나왔다. 오군들은 그걸 보자 모두들 가슴이 내려앉는 듯했다.

육손이 말했다.

"여러분들이 오반을 치자는 말을 듣지 않은 건 바로 저럴 줄 알았기 때문이었소. 이제 숨어 있던 군사들이 나왔으니 열흘 안에 촉군을 반드시 깰 수 있소."

장수들이 말했다.

"촉군은 처음에 바로 깨부수었어야 합니다. 지금은 오륙

박상률 완역 삼국지 7

백 리에 걸쳐 영채를 세워놓고 지킨 지 일고여덟 달이 지났습니다. 이젠 중요한 자리 모두 단단하게 지키고 있는데 어떻게 깬단 말이오?"

육손이 말했다.

"여러분은 군사 쓰는 법을 모르오. 유비는 세상이 알아줄 정도로 사납고 씩씩한 영웅인데다 앎과 꾀가 많은 사람이오. 군사들이 처음 모였을 때에는 질서가 잘 잡혀 있었지만, 오랫동안 지키고 있기만 해서 지금은 맥이 빠져 있소. 더구나 싸움을 걸어도 우리가 싸워주지 않아 군사들은 더욱 지쳐 있어 지금이야말로 딱 무찌르기 좋은 때요."

장수들은 그때에야 비로소 감탄하며 고개를 끄덕였다.

나중에 어떤 이가 그를 기리는 시를 읊었다.

막사에 범처럼 웅크리고 앉아 군사 쓰는 법 두루 꿰고
향기로운 먹이 던져 고래를 낚는구나
세상이 셋으로 나뉘자 영웅호걸 마구 쏟아졌는데
강남의 육손이 이제 또 우뚝 서는구나

육손은 촉군을 깰 방법을 마련해놓고 손권에게 편지를 보냈다. 며칠 안에 촉군을 무찌를 수 있다는 내용을 담은 편지였다.

손권은 편지를 읽고 나더니 무척 좋아라 했다.

"강동에 또다시 이렇듯 뛰어난 사람이 나타났으니 나는 이제 걱정할 게 없구나! 여러 장수들이 육백언은 겁쟁이라는 글을 바쳤지만 난 그렇게 생각하지 않았지. 오늘 이 편지를 보니 과연 그 사람은 겁쟁이가 아니었도다."

손권은 오군을 크게 일으켜 도우러 보냈다.

한편 유비는 효정에서 수군을 모조리 몰고 강을 따라 내려가다가 동오 가까이 다다르자 강가에 영채를 세웠다. 이에 황권이 나서서 말했다.

"수군은 강을 따라 내려가기는 쉬워도 물러나기는 어렵습니다. 제가 앞장서 나갈 테니 폐하께서는 뒤쪽에 남으십시오. 그래야 만에 하나 잘못을 막을 수 있습니다."

유비가 말했다.

"오군 놈들은 지금 겁을 잔뜩 집어먹고 있소. 내가 멀리 몰고 나가 단박에 들이친다고 안 될 게 뭐 있겠소?"

여러 버슬아치들이 애써 말렸으나 유비는 듣지 않았다. 유비는 군사를 두 갈래로 나누어 강 북쪽 군사는 황권이 맡아 위가 쳐들어오는 걸 막게 하고, 강 남쪽 군사는 모두 자신이 맡았다. 마침내 촉군은 강을 사이에 두고 영채를 나누어 세워놓은 뒤 나아갈 준비를 하였다.

이러한 움직임을 재빨리 알아낸 위의 염탐꾼은 밤새 달려가 위 임금 조비에게 보고했다.

"촉군이 지금 오를 치기 위해 울타리와 영채를 칠백여 리에 걸쳐 잇대어놓고 있습니다. 사십여 군데로 나누어 머물고 있는 곳 모두 산에 기대어 있고 숲속입니다. 강 북쪽 군사는 황권이 죄다 거느리면서 날마다 백여 리를 살피고 있는데 왜 그러는지는 모르겠습니다."

조비가 보고를 듣고 나더니 얼굴 가득 웃음을 지으며 말했다.

"유비가 곧 지겠구먼!"

뭇 신하들이 그 까닭을 묻자 조비가 대답했다.

"유현덕은 군사 쓰는 법을 모르오. 칠백 리에 걸쳐 영채를 늘어세워놓고 어떻게 적을 막을 수 있단 말이오? 군사 부리는 법을 아는 이는 높은 산에 펼쳐진 땅이나 습기가 많은 땅, 또 땅 생김이 험한 곳은 모두 피해서 영채를 세운다오. 현덕은 반드시 동오의 육손한테 지게 되어 있소. 열흘 안에 틀림없이 그리되었다는 소식이 있겠소."

그러나 신하들은 그 말을 믿지 못하고 군사를 일으켜 막을 준비를 하자고 했다. 이에 조비가 다시 말했다.

"육손이 이기면 틀림없이 동오군을 몰고 서천을 치러 갈 거요. 그렇게 오군이 멀리 가면 나라 안은 텅 비게 되오. 나는 그 틈을 타 싸움을 도와준다는 핑계를 대고 세 길로 군사를 한꺼번에 몰고 가서 치겠소. 그러면 동오는 손쉽게 얻을 수 있소.”

그 말에 신하들은 모두 엎드려 절을 올렸다.

마침내 조비는 조인에게 군사 한 무리를 이끌고 유수로 가도록 했다. 이어 조휴는 동구로 가게 하고, 조진은 남군으로 가게 했다.

“세 길로 나누어 군사를 이끌고 갔다가 날을 잡아 몰래 동오를 덮치도록 하라. 나도 직접 뒤따라가서 돕겠다.”

조비는 이렇게 군사가 나아갈 곳을 다 정해주었다.

이때 동천에 다다른 마량은 제갈량을 만나 영채 자리를 그린 그림을 내보이며 말했다.

“지금 영채들을 옮겨 강을 따라 칠백 리에 걸쳐 사십여 군데에 세웠습니다. 모두 개울이 가깝고 숲이 우거진 곳에 자리 잡고 있습니다. 폐하께서 저더러 이 그림을 승상께 가져다 보여드리라고 해서 왔습니다.”

제갈량이 그림을 보고 나더니 손으로 책상을 내리치며 소리쳤다.

“도대체 누가 폐하께 이런 꼴로 영채를 세우라고 했소? 그 사람 목을 벨 일이오!”

마량이 허둥대며 말했다.

"모두 폐하께서 직접 하셨습니다. 다른 사람이 이렇게 하지 않았습니다."

제갈량이 한숨 소리를 내뱉었다.

"한나라 운수가 끝났구나!"

마량이 그 까닭을 묻자 제갈량이 대답했다.

"영채를 세울 땐 높은 산에 펼쳐진 땅과 습기가 많은 땅과 험한 지역은 모두 피하는 법이오. 싸울 줄 아는 이는 그런 곳을 매우 꺼리오. 만약 적이 불로 공격하면 어떻게 빠져나간단 말이오? 또 영채를 칠백 리에 걸쳐 잇대어놓고서 어떻게 적을 막는단 말이오? 화가 멀지 않았소! 육손이 꼼짝 않고 지키기만 하면서 나오지 않은 건 바로 이 까닭이오. 그대는 빨리 돌아가서 천자를 뵙고 영채를 다시 옮겨 세우도록 하시오. 이렇게 해서는 안 되오."

마량이 물었다.

"만약 그 사이에 오군이 들이닥쳐 눌러 이겨버렸으면 어찌합니까?"

제갈량이 대답했다.

"육손이 섣불리 뒤를 쫓지는 못할 테니 성도를 지키는 건 걱정 안 해도 되오."

"육손이 왜 뒤를 쫓지 못하지요?"

"그건 위군이 뒤를 덮칠까봐 두려워하고 있어서요. 폐하께서 만약에 잘못되시거든 곧장 백제성으로 피하도록 하시오. 내가 서천으로 들어오면서 어복포에 군사 십만 명을 이미 숨겨두었소.”

마량이 깜짝 놀랐다.

“제가 어복포를 여러 차례 지나다녔지만 군사 하나 보지 못했습니다. 승상께서는 왜 그런 없는 말을 하십니까?”

“나중에 꼭 알게 될 테니 군이 여러 말 마시오.”

마량은 글을 받아 들고 그 길로 급히 황제의 영채로 달려갔다. 제갈량은 성도로 돌아가 군사들을 뽑으며 도울 준비를 하였다.

한편 육손은 촉의 군사들이 흐트러진 채 아무런 준비도 하고 있지 않은 걸 보자 막사에 높고 낮은 장수들을 불러놓고 명령을 내렸다.

“나는 명령을 받고 온 뒤 아직까지 한 번도 나가 싸우지 않았소. 이제 촉군의 움직임을 다 살폈으니 먼저 강남 쪽의 영채 하나를 얻고자 하오. 누가 두려움을 무릅쓰고 빼앗으러 가보겠소?”

육손의 말이 채 끝나기도 전에 한당·주태·능통 들이 바로 나섰다.

“우리가 가겠습니다.”

　그러나 육손은 그들을 모두 쓰지 않으며 물러가라 하고 끄트머리에 서 있는 낮은 장수 순우단을 불렀다.

　"그대에게 군사 오천 명을 내주겠소. 촉의 장수 부동이 지키고 있는 강남의 네 번째 영채를 빼앗도록 하시오. 오늘 밤 꼭 공을 세우시오. 나도 직접 군사를 거느리고 가 돕겠소."

　순우단이 군사를 이끌고 떠나자 육손은 서성과 정봉을 불렀다.

　"그대들은 군사 삼천 명씩을 거느리고 가서 영채 밖 오리쯤에 머무시오. 순우단이 지고 돌아올 때, 뒤쫓는 군사가 있으면 곧바로 나가 돕되 절대로 뒤쫓지는 마시오."

　두 장수는 군사를 거느리고 떠났다.

　순우단이 군사를 이끌고 나간 때는 해가 질 무렵이었다. 촉군 영채 가까이 이르렀을 때는 이미 한밤중이 지난 뒤였다. 순우단은 군사들더러 북을 치고 소리를 내지르며 들이치도록 했다. 그러자 영채 안에서 부동이 군사를 이끌고 나오더니 창을 뻗쳐들고 순우단에게 달려들었다. 순우단은 해볼 수 없어 말 머리를 돌려 달아나기 시작했다. 그때 갑자기 외침 소리가 크게 일며 사나운 범 같은 군사 한 무리가 나타나 앞을 가로막았다. 앞장선 대장은 조융이었다. 순우단은 겨우 길을 뚫고 달아났지만 군사를 절반 넘게 잃고 말았다. 한창 달아나고 있는데 이번엔 산 뒤쪽에서 오랑캐군

한 무리가 나타나 길을 막았다. 앞장선 장수는 그들의 우두머리인 번장 사마가였다. 순우단은 죽을힘을 다해 그 자리를 벗어났다. 뒤에서는 군사들이 세 갈래로 나뉘어 쫓아왔다. 마구 달려 영채에서 5리쯤 떨어진 곳에 이르자 오군의 서성과 정봉 두 장수가 뛰쳐나와 촉군을 물리치고 순우단을 구해 영채로 돌아갔다. 순우단은 화살이 꽂힌 채 그대로 들어가 육손에게 벌을 내려달라고 빌었다.

육손이 말했다.

"그대 잘못이 아니오. 내가 적이 어느 정도인지 시험해보았소. 촉을 깰 방법은 이미 세워놓았소."

서성과 정봉이 말했다.

"촉군의 힘이 워낙 세서 깨부수기가 어렵겠소. 괜히 군사나 잃고 장수나 꺾이는 게 아닌가 싶소."

육손이 웃었다.

"내가 이번에 낸 꾀로 속이지 못할 이는 오로지 제갈량뿐이오. 다행히도 그 사람이 여기 없으니 나는 큰 공을 세울 수 있소."

마침내 육손은 높고 낮은 장수들에게 명령을 내리기 시작했다. 먼저 주연에게 물길로 나아가게 한 뒤, 다음 날 오후에 동남풍이 크게 일거든 배에 띠풀을 잔뜩 싣고 가 이러저러하라고 일렀다. 이어 한당은 군사 한 무리를 이끌고 가

강 북쪽을 치도록 했고, 주태는 강 남쪽을 치도록 했다. 군사들은 저마다 불붙기 쉬운 유황과 염초 따위가 든 띠풀 더미와 불씨를 지니도록 했다. 그런 뒤 창이며 칼을 아울러 들고 한꺼번에 나아가 촉군의 40군데 영채에 이르는 대로 바람길을 따라 불을 지르게 했다. 촉군이 머물고 있는 영채 가운데 하나 건너씩 불을 질러 20군데만 태우도록 했다. 모든 군사는 말린 식량을 가져가되 절대로 물러나지 말라 당부했다. 밤낮으로 뒤를 쫓되 유비를 사로잡을 때까지 멈추지 말도록 했다.

장수들은 모두 명령을 들으며 저마다 주어진 일을 받아 들고 떠났다.

한편 유비는 영채 안에서 오군을 깰 방법을 궁리하고 있었다. 그때 갑자기 중군 앞에 세워둔 깃발이 바람도 없는데 스르르 쓰러졌다.

유비가 곁에 있는 정기에게 물었다.

"무슨 일이 나려고 저러는가?"

정기가 대답했다.

"오늘 밤 오군이 영채를 덮치러 오는지 모르겠습니다."

유비가 말했다.

"엊저녁에 왔다가 다 죽었는데, 어찌 또 겁도 없이 쳐들어

오겠는가?”

정기가 말했다.

“육손이 시험 삼아 그랬으면 어찌합니까?”

얘기를 나누고 있는데 보고가 들어왔다. 산 위에서 바라보니 오군이 모두 산을 따라 동쪽으로 가고 있다고 했다.

유비가 말했다.

“우리 눈을 속이려고 거짓으로 꾸민 군사들일 거다.”

유비는 함부로 움직이지 말라고 명령했다. 이어 관흥과 장포더러 군사 5백 명씩을 거느리고 나가 살펴보게 했다.

해가 질 때쯤 해서 관흥이 돌아와 말했다.

“강북 영채 안에 불이 났습니다.”

유비는 관흥에게 급히 강북으로 가라 하고, 장포는 강남으로 가서 적의 상태를 살펴보라 했다.

“만약에 오군이 와 있으면 급히 돌아와 보고하라.”

두 장수는 명령을 받고 떠나갔다. 초저녁에 동남풍이 크게 불었다. 황제 영채 왼쪽에서 불길이 치솟았다. 그 불을 끄려 하는데 이번엔 영채 오른쪽에서 또 불길이 치솟았다. 바람이 크게 불어 불길이 거센 탓에 금세 온 숲에 불길이 번지며 외침 소리가 크게 울렸다. 양쪽에 있던 군사와 말들이 한꺼번에 뛰쳐나와 황제의 영채 안으로 몰려들었다. 그 바람에 영채 안에서 군사들은 서로 밟고 밟히며 죽어가는데 그 수를 이루 헤아릴 수가 없었다. 뒤에서는 또 오군이 몰아쳤다. 적의 숫자가 얼마나 되는지 알 수조차 없었다.

유비는 급히 말에 올라 풍습의 영채로 달려갔다. 그러나 풍습의 영채 안에서도 불길이 치솟아 하늘을 찌를 듯했다. 강남·강북 모두 불빛이 마치 대낮처럼 환했다. 풍습은 정신없이 말에 올라 군사 몇십 명만 거느리고 달아나다 오의 장수 서성을 만나 서로 싸우기 시작했다. 유비가 이를 보고 말머리를 돌려 서쪽으로 달아났다. 서성이 풍습을 놔두고 군사를 끌고 뒤쫓아왔다. 유비가 허둥대는데 앞에서 또 군사 한 무리가 나타나 길을 막았다. 오의 장수 정봉이었다. 양쪽에서 끼고 치는 바람에 유비는 깜짝 놀라며 어찌해야 좋을지 몰랐다. 사방을 둘러보아도 빠져나갈 길이 없었다.

그때 외침 소리가 크게 일더니 사나운 범 같은 군사 한 무리가 둘러싼 곳을 헤치며 들이닥쳤다. 장포였다. 유비를 구한 장포는 어림군을 이끌고 그대로 달아났다. 한창 달아나고 있는데 앞에서 군사 한 무리가 또 나타났다. 촉의 장수 부동이었다. 장포와 부동은 군사를 한데 모아 달아났다. 뒤쪽에서는 계속 오군이 쫓아왔다. 가다 보니 마안산이 앞에 나타났다. 장포와 부동은 유비에게 산으로 올라가라 하였다. 바로 산 밑에서 외침 소리가 크게 일더니 육손이 거느린 군사들이 마안산을 에워싸버렸다. 장포와 부동은 죽을힘을 다해 산어귀를 틀어막았다. 유비가 멀리 바라보니 온 들녘에 불빛이 그치지 않고 이어져 있었다. 시체들은 겹겹으로 쌓여 강을 메우며 떠내려갔다.

다음 날 오군은 또 산을 둘러싼 채 사방에서 불을 질렀다. 군사들은 어지러이 달아나고, 유비 또한 놀라 어찌해야 좋을지 몰랐다. 그때 갑자기 불길을 뚫고 장수 하나가 몇 사람을 거느리고 산 위로 올라왔다. 관흥이었다.

관흥이 땅에 엎드려 말했다.

"사방에서 불길이 일어 덮쳐드니 오래 머무르실 수 없습니다. 폐하께서는 빨리 백제성으로 가셔서 다시 군사와 말을 거두어 살피십시오."

유비가 말했다.

"그럼 누가 뒤를 끊겠는가?"

부동이 말했다.

"제가 마땅히 죽음으로써 맡겠습니다!"

그날 해 질 무렵이 되었다. 마침내 관흥이 앞장서고, 장포는 가운데를 맡고, 부동은 뒤를 끊으면서 유비를 보호하며 산 아래로 쳐내려갔다. 유비가 달아나는 걸 본 오군은 서로 공을 세우려고 저마다 대군을 이끌고 밀려드니, 그 수가 하늘을 가리고 땅을 뒤덮을 정도였다. 그렇게 서쪽으로 몰려왔다. 유비는 군사들에게 웃옷과 갑옷을 벗어 길 위에 쌓아 불을 질러 뒤쫓는 군사를 끊게 했다. 마구 달아나고 있는데 외침 소리가 크게 일며 오의 장수 주연이 군사 한 무리를 이끌고 강언덕에서 밀고 내려와 길을 막았다.

유비가 울부짖었다.

"내가 여기서 죽는구나!"

관흥과 장포는 마구 말을 몰아대며 싸웠다. 그러나 어지럽게 쏟아지는 화살 때문에 몸만 다칠 뿐 뚫고 나갈 수가 없었다. 뒤쪽에서 다시 외침 소리가 크게 일더니, 육손이 이끄는 대군이 산골짜기 안에서 쏟아져나왔다. 유비는 더는 어찌해볼 수가 없어 갈팡질팡했다. 하늘은 어둠이 걷히고 조금씩 밝아지며 먼동이 트고 있었다.

갑자기 앞쪽에서 외침 소리가 하늘을 찌를 듯이 나더니 주연의 군사들이 마치 바윗덩이가 굴러떨어지듯 계곡으로 처박히기 시작했다. 사나운 범 같은 군사 한 무리가 밀고 들어오는가 싶더니 유비를 구했다. 유비가 무척 다행스러워하며 보니 상산 조운이었다.

조운은 원래 서천 강주에 있었다. 거기서 오군과 촉군이 싸우고 있다는 소식을 듣자 서둘러 군사를 이끌고 나왔다. 동남쪽을 보니 불빛이 하늘을 찌를 듯했다. 깜짝 놀란 조운은 더 멀리 살펴보았다. 그랬더니 뜻밖에도 유비가 어려움에 빠져 있는 게 눈에 들어왔다. 그래서 곧바로 씩씩함을 떨치며 달려왔다.

육손은 조운이 왔다는 소식을 듣자 급히 명령을 내려 군사를 물러가게 했다. 조운이 마구 무찌르고 있는데 주연이 나타났다. 두 사람은 바로 어우러져 싸웠다. 그러나 주연은 채 1합도 싸우지 못하고 조운이 한 번 내지른 창에 찔려 말 아래로 고꾸라지고 말았다. 조운은 오군을 무찔러 흩어지게 한 뒤 유비를 구해 백제성을 바라고 달아났다.

유비가 한숨을 내쉬었다.

"나는 비록 위험을 벗어났지만 다른 장수들은 어찌해야 할꼬?"

조운이 대답했다.

"적군이 바로 뒤에 있으므로 머뭇거릴 새가 없습니다. 폐하께서는 일단 백제성으로 가셔서 쉬고 계십시오. 제가 다시 군사를 이끌고 가서 다른 장수들을 구하겠습니다."

그때까지 남은 군사는 겨우 1백 명 남짓밖에 되지 않았다. 유비는 그들을 데리고 백제성으로 들어갔다.

나중에 어떤 이가 육손을 기리는 시를 읊었다.

창을 들고 불을 질러 잇대어놓은 영채 무찌르니
현덕만이 겨우 몸을 빼 백제성으로 달아났네
하루아침에 높아진 그 이름, 촉과 위를 놀라게 하니

오왕이 어찌 한낱 선비라며 존경하지 않을 수 있겠는가

한편 부동은 뒤를 끊다가 오군에게 겹겹이 둘러싸이고 말았다.

정봉이 큰소리로 외쳤다.

"촉군은 죽은 이를 셀 수가 없고, 항복한 이도 엄청나다. 네 주인 유비도 이미 사로잡혔다. 이제 너 혼자 남아 힘도 다했을 텐데 어째서 항복하지 않느냐?"

부동이 맞받아 꾸짖었다.

"나는 한나라 장수다. 내 어찌 살기를 바라고 오의 개들한테 항복하겠느냐!"

부동은 곧바로 창을 뻗쳐들고 말을 달려 촉군을 거느리고 죽을힘을 다해 싸웠다. 1백합을 넘게 싸우며 마구 무찔렀지만 끝내 적을 뚫고 나갈 수는 없었다.

부동이 한숨을 길게 내쉬었다.

"나는 이제 죽는다!"

부동은 말을 마치자마자 입으로 피를 토하며 오군들 속에서 죽고 말았다.

나중에 어떤 사람이 부동을 기리는 시를 지어 읊었다.

이릉에서 오와 촉이 크게 싸울 적에

육손은 불로 공격하는 꾀를 썼다네

죽으면서도 오의 개를 꾸짖으니

부동은 한나라 장군으로 떳떳했다네

그때 촉의 쾌주인 정기는 혼자서 말을 달려 강가로 갔다. 수군을 불러 적과 싸우기 위해서였다. 그러나 오군이 뒤를 따라와 마구 무찌르는 바람에 수군들은 사방으로 흩어져 달아나느라 바빴다.

부하 장수 하나가 외쳤다.

"오군이 쫓아옵니다! 정쾌주께서는 빨리 달아나십시오!"

정기가 화난 소리로 말했다.

"나는 폐하를 따라 싸움터에 나가기 시작한 뒤 적을 맞아 한 번도 달아난 일이 없는 사람이다!"

말을 채 끝맺기도 전에 오군이 몰려왔다. 어디를 둘러봐도 빠져나갈 길이 없었다. 정기는 칼을 빼어 들어 스스로 목을 찔러 죽고 말았다.

나중에 어떤 사람이 그를 기리는 시를 읊었다.

굽힘 없는 의로운 마음 지닌 촉의 정쾌주여

몸에 지닌 한 자루 칼로 임금 은혜 갚았다네

위기에 빠져서도 평생 지닌 뜻 바뀌지 않으니

그 이름 길이길이 향기롭게 전해지리

이때 오반과 장남은 이릉성을 오랫동안 에워싸고 있었다. 그런데 갑자기 풍습이 달려와 촉군이 싸움에 졌다고 했다. 이에 그들은 군사를 거두어 유비를 구하러 갔다. 그 바람에 손환은 위험에서 벗어날 수 있었다.

장남과 풍습 두 장수가 정신없이 달려가고 있는데 앞에서 오군이 몰려왔다. 게다가 뒤에서는 이릉성에서 뛰쳐나온 손환이 군사를 몰고 쫓아왔다. 마침내 앞뒤에서 공격을 받게 되어버렸다. 장남과 풍습은 있는 힘을 다해 싸웠으나 벗어나지 못하고 어지럽게 싸우다 끝내 죽고 말았다.

나중에 어떤 사람이 그들을 기리는 시를 읊었다.

> **풍습의 충성스런 마음 세상에 또 있으랴**
>
> **장남의 의로움 또한 그 짝을 찾을 수 없다**
>
> **모래밭에서 싸우다 기꺼이 그 목숨 버려**
>
> **역사에 함께 오른 꽃다운 이름들이여**

오반은 가까스로 몇 겹으로 둘러싸고 있는 적을 뚫고 나왔으나 또다시 뒤쫓는 오군을 만났다. 다행히 조운이 나타나 도와주어서 백제성으로 들어갔다.

오랑캐 왕 사마가는 홀로 말을 달려 달아나다 주태와 맞닥뜨려 20합을 넘게 싸웠으나 끝내 주태에게 죽고 말았다.

촉의 장수 두로와 유녕은 모두 오에 항복해버렸다.

촉군 영채에 있던 식량이며 말먹이·무기 등은 하나도 남지 않았다. 촉의 장수와 군사들 가운데 항복한 이도 셀 수 없이 많았다.

한편 오에 있던 손부인은 효정 싸움에서 촉군이 크게 졌다는 소식과 함께 유비도 싸우다 죽었다는 잘못된 소문을 들었다. 이에 손부인은 수레를 몰고 강변으로 가 멀리 서쪽 하늘을 바라보며 하염없이 울다가 강물에 몸을 던져 죽고 말았다. 뒷날 사람들이 강가에 사당을 세우고 효희사라는 이름을 붙였다.

또 손부인의 죽음을 슬퍼하는 시도 읊었다.

유비의 군사는 백제성으로 들어갔는데

손부인은 잘못되었다는 소문 듣고 홀로 목숨 던져버렸네

오늘도 강언덕에는 비석이 서 있어

오랜 세월 두고두고 열녀 이름 전하네

육손은 크게 이기자 군사들을 이끌고 서쪽으로 쳐들어갔

다. 기관 가까이 이르렀을 때 육손은 말 위에서 앞쪽을 바라보았다. 산을 끼고 강물이 흐르는데 사람을 죽일 듯한 으스스한 기운 한 줄기가 하늘 높이 뻗쳐오르는 게 느껴졌다.

육손이 고삐를 잡아당겨 말을 멈추고 장수들을 돌아보며 말했다.

"앞쪽에 틀림없이 군사들이 숨어 있소. 전군은 가벼이 나가지 않도록 하시오."

육손은 바로 군사를 뒤로 10리쯤 물러나도록 한 뒤 널따란 곳에 진을 쳐 적을 맞을 준비를 했다. 이어 군사를 보내 앞을 살펴보도록 했다. 그런데 돌아와 하는 말이, 군사라곤 한 사람도 보이지 않는다고 했다. 육손은 그 말을 믿을 수 없어 말에서 내려 높다란 곳으로 올라가 살펴보았다. 역시 으스스한 기운이 일었다. 육손은 다시 사람을 시켜 샅샅이 뒤져보도록 했다. 그러나 똑같은 말이었다. 앞쪽에 사람이고 말이고 아무것도 없다고 했다.

어느새 해가 서쪽으로 지고 있었다. 그러자 으스스한 기운은 더욱 거세졌다. 육손은 의심스런 마음이 걷히지 않아 이번엔 가까이 믿고 지내는 사람을 다시 보내며 살펴보게 했다. 그가 다녀와 보고했다.

"강가에 아무렇게나 쌓은 돌무더기만 팔구십 개 있을 뿐, 사람이나 말은 하나도 보이지 않습니다."

육손은 더욱 의심이 들어 이 고장 사람을 불러오게 했다.
얼마 뒤 몇 사람이 불려오자 육손이 물었다.

"누가 돌을 마구 쌓아놓았느냐? 그리고 어찌하여 아무렇
게나 쌓아놓은 돌무더기에서 으스스한 기운이 뿜어나오는
거냐?"

불려온 사람 가운데 하나가 대답했다.

"여기 이름은 어복포라 합니다. 제갈량이 서천으로 들어
갈 때 군사를 몰고 이리 와서 돌을 쌓아 모래밭에 진을 치듯
해놓았습니다. 그때부터 늘 구름 같은 기운이 돌무더기 안
에서 뻗쳐오르고 있습니다."

육손은 그 말을 듣고 나자 말에 올라 몇십 명만 거느리고
돌로 쌓은 진을 보러 갔다. 산언덕에 말을 세우고 바라보니
사방으로 문이 나 있었다.

육손이 웃으며 말했다.

"이건 사람을 속이려고 장난친 거로군. 이게 쓸 데가 어디
있겠는가!"

육손은 몇 사람만 거느리고 산언덕을 내려와 돌로 쌓은
진 안으로 들어가 살펴보았다.

부하 장수가 육손에게 말했다.

"해가 졌습니다. 도독께서는 어서 돌아가시기 바랍니다."

육손이 돌무더기 진을 벗어나려 하는데 갑자기 바람이

     박상률 완역 삼국지 7

미친 듯이 거세게 휘몰아치더니 모래가 날리고 돌이 구르면서 하늘을 가리고 땅을 덮어버렸다. 보이는 건 이상하게 생긴 돌들뿐인데 마치 날카로운 칼을 세워놓은 듯했다. 또 모래와 흙더미가 솟아나 마치 겹겹으로 서 있는 산 같았다. 끓어오르듯 파도치며 우는 강물 소리는 마치 칼이 부딪치고 북이 울리는 소리 같았다.

육손은 까무러치게 놀랐다.

"내가 제갈량의 꾀에 속았구나!"

급히 돌아 나가려고 둘러보아도 나갈 길을 찾을 수가 없었다. 육손이 아찔해하며 어찌해야 할 줄을 몰라 쩔쩔매고 있는데 뜻밖에 노인 하나가 말 앞에 와 서더니 껄껄 웃으며 물었다.

"장군은 이 진에서 나가려고 그러시오?"

육손이 말했다.

"부디 어르신께서 끌어내주십시오."

노인이 지팡이를 짚고 앞장서더니 천천히 걸어 곧바로 돌무더기 진을 빠져나갔다. 마침내 아무런 걸림 없이 그곳을 벗어나 산언덕으로 올라갔다.

육손이 물었다.

"어르신께서는 누구신지요?"

노인이 대답했다.

육손이 제갈량의 팔진도에 갇히다.

"이 늙은이는 바로 제갈공명의 장인 되는 황승언이라는 사람이오. 전에 사위가 서천으로 들어가면서 여기다가 돌 무더기 진을 펼쳐놓았는데, 바로 팔진도라는 것이오. 휴(休)·생(生)·상(傷)·두(杜)·경(景)·사(死)·경(驚)·개(開) 등 여덟 문이 번갈아 둔갑하지요. 날마다, 또 시간마다 끝없이 바뀌므로 날래고 씩씩한 군사 십만 명에 맞먹는다오. 떠나면서 사위가 이 늙은이한테 단단히 일렀소. 나중에 동오의 대장이 이 진 안에 갇힐 텐데 절대로 나가는 방법을 알려주면 안 된다고 말이오. 마침 이 늙은이가 산 위 바위에 앉아 있는데 장군이 죽음을 뜻하는 사문(死門)으로 들어가는 게 보였소. 장군이 이 진을 모르니 틀림없이 홀릴 거라 생각했소. 이 늙은이는 평생을 두고 좋은 일 하기를 좋아해왔소. 그래서 장군이 함정에 빠진 걸 그대로 두고 볼 수 없어 살아날 수 있게 생문(生門)으로 나올 수 있도록 해주었소."

육손이 물었다.

"어르신께서도 이 진법을 알고 계십니까?"

황승언이 대답했다.

"하도 많이 바뀌는 거라서 배우지 못했소."

육손은 얼른 말에서 내려 그에게 절을 하며 고마움을 나타낸 뒤 돌아갔다.

나중에 두보가 시를 지어 읊었다.

그가 이룬 공은 셋으로 나뉜 나라를 덮고

팔진도를 이루어 그 이름 또 떨쳤네

강물은 흘러도 돌은 구르지 않고

오를 삼키지 못한 일이 한으로 남아 있네

육손은 영채로 돌아오자 한숨을 길게 내쉬었다.

"공명은 참으로 누워 있는 용, 와룡이로다! 나는 도무지 따라갈 수 없도다!"

그런 뒤 곧바로 명령을 내려 군사를 거두어 돌아가자고 했다.

곁에 있는 이가 물었다.

"유비는 지금 싸움에 져 어렵게 되어 겨우 성 하나를 지키고 있을 뿐입니다. 이런 때 기운을 몰아 무찌르는 게 좋습니다. 돌무더기 진을 보시고 물러가자니, 어찌 된 일이십니까?"

육손이 대답했다.

"내가 돌무더기 진을 보고 겁을 먹어 물러가자고 하는 게 아니오. 내 보기에 위왕 조비는 간사스러운 꼴이 제 아비와 다를 바 없소. 우리가 지금 촉군을 뒤쫓는 줄 알면 틀림없이 빈틈을 노리고 덮칠 거요. 내 만약에 서천으로 깊숙이 들어갔다가는 급히 물러나오기 어렵소."

육손은 장수 하나를 시켜 뒤를 끊게 한 뒤 대군을 거느리고 돌아갔다. 군사를 몰고 돌아간 지 이틀도 안 되었을 때 세 군데서 사람이 와 보고했다.

"위가 군사를 움직이고 있습니다. 조인은 유수에서, 조휴는 동구에서, 조진은 남군에서 나왔습니다. 세 길에서 오는 군사 수십만 명이 밤을 도와 우리 땅 가까이 오고 있습니다. 왜 그러는지는 모르겠습니다."

육손이 웃으며 말했다.

"내가 생각했던 그대로구나. 내 이미 군사들을 시켜 다 막을 수 있게 해놓았다."

크게 먹은 마음대로라면 곧바로 서촉을 삼키고 싶으나
일을 따져보고 되레 위나라를 막으려 하네

과연 육손은 위군을 어떻게 물리칠는지…….

박상률 완역 삼국지 7

ⓒ 박상률, 백남원, 2025

초판 1쇄 인쇄 | 2025년 10월 29일
초판 1쇄 발행 | 2025년 11월 6일

옮긴이 | 박상률
책임편집 | 배상현
콘텐츠 그룹 | 배상현, 김다미, 김아영, 박화인, 기소미
표지 디자인 | design R 이보람
본문 디자인 | 스튜디오 보글

펴낸이 | 전승환
펴낸곳 | 책 읽어주는 남자
신고번호 | 제2024-000099호
이메일 | bookpleaser@thebookman.co.kr

ISBN
979-11-93937-86-0 (세트)
979-11-93937-93-8 (04820)